LA VIE EST UN CIRQUE

MAGNE HOVDEN

LA VIE EST UN CIRQUE

Traduit du norvégien
par Marianne Ségol-Samoy

ÉDITIONS DU SEUIL
57, rue Gaston-Tessier, Paris XIXe

Titre original : *Cirkus*

Publié en langue française en accord
avec Nordik Literary Agency, France
Première publication : Pegasus Books, US.

ISBN 978-2-02-143500-9

www.seuil.com

1

« *Only one thing can challenge a dragon's dominance : another dragon*[1] », déclara le journaliste scientifique David Attenborough qui observait deux dragons de Komodo se tournant autour dans une savane en Indonésie.

De l'autre côté du globe, à Oslo, Lise Gundersen monta le son de la télé et se réinstalla bien confortablement sur son canapé. Les reptiles se mesurèrent d'abord du regard, puis se dressèrent sur leurs pattes postérieures dans une danse guerrière pleine d'attente. Soudain le combat commença. En poussant des grognements, ils plantèrent leurs dents acérées dans le dos, le poitrail et les pattes de leur adversaire jusqu'à ce que l'un des deux admette sa défaite et prenne la fuite.

Le lendemain, Lise se sentait comme le dragon vainqueur. L'homme d'une cinquantaine d'années, assis en face d'elle à la table de conférences, avait perdu

1. Une seule chose peut défier la domination d'un dragon : un autre dragon.

la bataille. Depuis longtemps déjà. Entre la phase de courtoisie et le début du combat, il s'était écoulé une trentaine de secondes d'un silence agacé.

Elle étudia l'homme quand il ouvrit son ordinateur portable. Elle vit les rides se creuser sur son front avant qu'il ne relève la tête et lui dise avec un sourire :

– Comme vous pouvez le constater, je suis venu seul aujourd'hui. Sans avocats.

– Très bien.

La table était vide, excepté une tasse posée devant Lise. Elle sourit en regardant les volutes de vapeur s'échapper du café.

– Vous connaissez l'histoire de l'homme qui se retrouve en enfer ? demanda-t-elle. Le diable le conduit devant des cratères fumants et des pécheurs hurlant dans les flammes, quand soudain l'homme reconnaît un avocat en pleins ébats amoureux avec une belle femme. « C'est injuste ! » se plaint-il au diable.

Lise se rendit compte qu'elle avait fait parler l'homme de son histoire comme un pêcheur du Nord. À sa grande frustration, son accent du Finnmark était à nouveau remonté à la surface. Cela avait tendance à se produire quand elle était émue. Que ce soit joie, tristesse ou colère, peu importe. Comme si elle était possédée par une sorte de démon du Finnmark dont le seul but était de divulguer ses sentiments. Elle fit une pause afin de faire taire le démon en elle avant de reprendre l'histoire.

– « Moi je suis condamné à une souffrance éternelle, se plaint l'homme en enfer, alors que cet avocat peut profiter d'une jolie femme. » Le diable secoue la tête avec agacement et répond : « Vous n'imaginez pas ce que cette femme a pu faire. Elle mérite vraiment cette punition. »

Un voile d'indignation passa dans les yeux de l'homme assis de l'autre côté de la table, mais il se reprit et tourna son ordinateur portable vers Lise.

– Voici la célébration des cent ans de notre entreprise !

Sur l'écran, on voyait une cinquantaine de personnes souriantes et d'âges différents devant un bâtiment industriel. Au milieu se tenait l'homme lui-même qui présentait fièrement un gâteau. Il poursuivit :

– Je suis ici pour faire comprendre aux nouveaux propriétaires que Holmen Packaging peut fonctionner de manière rentable pendant encore cent ans. Au moins. Et tous ces gens le prouvent.

Lise soutint son regard sans regarder l'image.

– Ils ont tous déclaré être prêts à baisser leur salaire. Les économies qui en découleront seront importantes. Et nos sous-traitants locaux ont accepté de renégocier les accords.

– Ça ne change rien, malheureusement, répondit Lise d'un ton indifférent qui atténuait ses regrets. La décision est déjà prise, on ne peut plus rien faire.

– Regardez-les, répliqua-t-il d'une voix plus dure, mais elle ne cilla pas. Non, bien sûr que vous ne pouvez pas puisque cela vous montrerait que des vraies personnes sont touchées. Des vraies vies qui vont être détruites pour que vous puissiez vous engraisser sur les restes de l'épave. Le pire, c'est que vous avez accepté de figurer en première page du journal local, un sourire rassurant aux lèvres, sous le titre « Une entreprise d'Oslo sauve l'usine d'emballage ».

Un bruit à la fenêtre attira l'attention de l'homme qui tourna la tête. Un pigeon sur le rebord métallique les regarda, puis sauta et sortit du cadre.

– À ce moment-là, vous le saviez déjà, poursuivit l'homme. Vous le saviez avant même d'avoir fait une offre, n'est-ce pas ? Quand vos griffes de vautour ont tapé sur la calculatrice pour évaluer les bénéfices.

– Depuis l'acquisition, les conditions ont changé. La fluctuation du marché, le prix des matières premières et la baisse du taux de change de la couronne ont…

Il l'interrompit d'un geste de la main.

– Je ne suis pas venu ici dans l'espoir de vous faire changer d'avis, dit-il. Je suis venu pour voir si vous pouviez encore me regarder dans les yeux. Et vous n'avez visiblement aucune difficulté à le faire.

Les charnières en plastique de son ordinateur portable grincèrent lorsqu'il le referma. Il fourra l'appareil dans son sac à dos posé sur une chaise, se leva et se dirigea vers la porte. Avant de sortir, il se tourna vers elle.

– Ça fait combien de temps que vous travaillez ici ?

– Onze ans.

– Eh bien, depuis que vous y êtes, vous avez perdu vingt et un grammes.

Intriguée, Lise resta assise tandis qu'il quittait la salle de conférences.

Quelques secondes plus tard, le visage souriant de Børge Høylund surgit dans l'encadrement de la porte.

Les rides autour de ses yeux et sur son front indiquaient qu'il avait dépassé la cinquantaine, ce que confirmait sa chevelure grisonnante coiffée en arrière. Il entra et s'assit sur le bord de la table à côté de Lise, en croisant les bras.

– Le gars des cartons d'emballage n'avait pas l'air très heureux, dit-il.

– Vingt et un grammes… répéta Lise en regardant la porte.

– Quoi ?

– C'est la dernière chose qu'il m'a balancée avant de partir. Que dorénavant je pèse vingt et un grammes de moins que quand j'ai commencé ici. Qu'est-ce qu'il a voulu dire par là ?

– C'est ton âme, répondit Børge en faisant un sourire encore plus large. Un médecin américain a pesé des gens juste avant leur mort et juste après. Il a constaté qu'ils avaient tous perdu vingt et un grammes.

– Super. Donc je n'ai plus d'âme.

– Mais en échange, tu vas bientôt avoir une belle prime sur ton compte.

– En tout cas, ça s'est mieux passé avec lui qu'avec l'hôtelier de haute montagne la semaine dernière, dit-elle en haussant les épaules. Les hommes qui pleurent et qui supplient, c'est une chose à laquelle je ne m'habituerai jamais.

– On s'habitue à tout, je peux te le dire. Crois-en l'expérience de quelqu'un qui a connu toutes les manifestations de la misère : le désespoir, la tristesse, la colère… Heureusement que je suis sorti du ventre de ma mère avec une armure qui me protège contre ce genre de choses. Tout rebondit dessus. Pim, pam, poum ! s'exclama-t-il en faisant semblant de faire ricocher une balle contre sa poitrine avec son index.

– Oh mon Dieu ! s'écria Lise en imaginant Børge bébé en armure dans la salle d'accouchement.

– Mais c'est vrai, c'est inné. Cette capacité à ne pas être touché par la merde des autres. Toi aussi, Lise, tu l'as. Tu es glaciale. C'est pour ça que je t'ai engagée.

– Sans âme et glaciale. Je suppose que je serai réchauffée quand je me retrouverai en enfer en compagnie des avocats.

– A priori, tu iras là-bas en première classe, dit Børge en laissant échapper un rire. Au fait, comment se passe ta recherche d'appartement ?

– J'en ai trouvé un qui est parfait. Deux cents mètres carrés, toit-terrasse avec jacuzzi. Un palais. Mais tu ne me paies pas assez.

– Quand tu deviendras mon associée, tu pourras…

Avant que Børge ait terminé sa phrase, un jeune homme apparut dans l'embrasure de la porte.

– Lise, il y a un clown qui t'attend à la réception.

Lise lança un regard méfiant à Børge avant de se tourner vers le jeune homme.

– Écoute, j'aime bien qu'on utilise un ton un peu cynique dans ce bureau, mais tu ne peux quand même pas traiter nos clients de clowns, dit-elle en se rendant compte que le démon du Finnmark s'était à nouveau réveillé en elle. Il faut un minimum de respect…

– Il s'agit d'un vrai clown.

Le jeune homme s'approcha d'elle et lui tendit une carte de visite. Sur un fond orange, au-dessus d'un numéro de portable et entouré de ballons colorés et de chaussures surdimensionnées, elle lut : FILLIP DARIO – CLOWN.

Déstabilisée, elle se tourna vers Børge.

– Merde, Børge. Je ne suis pas d'humeur, là.

Børge la regarda, interrogateur.

– Arrête avec ton air de *je-ne-sais-vraiment-pas-de-quoi-tu-parles*, s'énerva Lise. C'est toi qui as envoyé ce clown, n'est-ce pas ? Pour me divertir après mon rendez-vous avec le gars des emballages ?

– À la rigueur, j'aurais pu t'envoyer un masseur. Ou un strip-teaseur, comme quand tu as décroché ce gros contrat en mai. Mais un clown ? Ce n'est pas mon style, Lise. À moins que ce ne soit un clown-strip-teaseur. C'en est un ? poursuivit-il en se tournant vers le jeune homme.

– Il ne s'est pas encore déshabillé. Mais il ne porte pas non plus de costume de clown, répondit le jeune homme en haussant les épaules.

Lise les regarda tous les deux. Elle s'apprêtait à dire quelque chose, mais se ravisa et se leva. Passant devant le jeune homme, elle poussa un soupir et quitta la salle de conférences.

Le miroir dans l'ascenseur avait subi un choc quelques mois plus tôt lorsqu'un chariot y était entré trop violemment. Lise se contempla exactement là où il y avait un éclat. Elle se mit de profil pour regarder son ventre qui débordait de la ceinture de son pantalon noir.

Son chemisier blanc ressemblait au glaçage sur un gros muffin. C'était le résultat de ses nombreux plaisirs coupables, dont la plupart impliquaient du chocolat sous une forme ou une autre. Sa façon à elle de se récompenser après de longues et dures journées de travail qui, presque sans exception, se prolongeaient le soir. Elle enfonça son index dans le muffin. Børge lui avait offert un abonnement dans une salle de sport comme cadeau de Noël, en soulignant que la santé était importante si on voulait faire du bon travail. Pas pour rester en forme physiquement, mais pour se mettre le client dans la poche. « On ne peut pas faire confiance aux gens gros, Lise, lui avait-il expliqué. Comment faire croire à un client qu'on va prendre soin de lui si on n'est pas capable de prendre soin de soi ? »

Mais elle détestait le sport. Elle avait donc opté pour des vêtements amples qui cachaient les bourrelets autour de sa taille. Son visage aux pommettes marquées sous sa frange cendrée le lui permettait. Quelle que soit la quantité de chocolat qu'elle avalait, son visage restait fin. Sa grand-mère lui avait un jour dit que toutes les femmes de la famille avaient cette chance : « Souviens-toi de ça, Lise, dans notre famille, nous ne grossissons pas de la bouille. » En plus du visage fin de sa grand-mère, Lise avait hérité de ses yeux gris clair. Si clairs qu'ils étaient presque transparents.

Lise avait une petite idée de ce à quoi pouvait ressembler un clown sans costume. Grand, grassouillet, déprimé et alcoolique, avec une barbe de trois jours et le front dégoulinant de sueur. Cette image lui venait de personnages qu'elle avait vus au cinéma et à la télé. Elle avait aussi vu de vrais clowns, au cirque quand elle était enfant, mais jamais sans costume. Et elle ne les avait jamais aimés. Alors que sa sœur tombait presque à la renverse à force de rire, leurs gestes exagérés, leurs perruques et leurs grandes chaussures avaient l'effet inverse sur elle. Elle n'avait qu'une hâte : voir les acrobates venir les remplacer.

Les portes de l'ascenseur s'ouvrirent, mais la réception était vide. Aucun clown grassouillet et transpirant ne l'attendait. Lise s'apprêtait à appuyer à nouveau sur le bouton pour remonter quand elle s'arrêta en apercevant quelqu'un sur le trottoir devant les grandes baies vitrées.

Un homme d'une trentaine d'années, aux cheveux noirs et bouclés qui lui descendaient jusqu'aux épaules, tendait un billet de deux cents couronnes à un jeune type. La curiosité fit sortir Lise de l'ascenseur.

Le jeune type portait une chemise sale et déchirée. Des cicatrices sur son visage aux traits creusés y ajoutaient plus d'années que celles qu'il avait vécues sur terre. Lise le vit prendre les deux cents couronnes d'un geste lent. S'apercevant qu'il avait du mal à se tenir debout, l'homme aux boucles noires lui prit le bras pour le soutenir. Le regard lourd du jeune type signalait qu'il n'était pas dans son état normal. Visiblement ému, il attrapa la main de son bienfaiteur pour le remercier. Celui-ci lui donna une tape sur l'épaule avant d'avancer vers la porte d'entrée.

L'homme pénétra dans la réception tout en jetant un regard autour de lui. Il avait les yeux marron foncé, presque noirs, les pommettes saillantes et la mâchoire large. Quand il aperçut Lise, un grand sourire se dessina sur son visage.

– Lise ? Lise Gundersen ?

– Oui. Vous êtes… le clown ?

– Je m'appelle Fillip Dario. Je suis le fils du célèbre Gino Dario, issu d'une longue lignée de clowns qui s'étend sur plusieurs siècles. Une grande et fière famille de clowns.

L'image que sa présentation suscita dans la tête de Lise la fit sourire. Un papa clown qui perd son faux nez dans son journal, alors qu'il s'assoupit dans son fauteuil, après une longue journée de travail sur la piste, une maman clown qui laisse tomber sa tourte à la viande dans la cuisine parce que ses grandes chaussures la font trébucher, des enfants clowns qui, assis autour de la table de cuisine, arrosent les devoirs de leurs frères et sœurs avec leur fleur truquée à la boutonnière…

– Personne ici n'a commandé de clown, il doit y avoir un malentendu, dit-elle en secouant la tête pour se débarrasser de l'image.

– Commandé ? Qu'est-ce que vous voulez dire ? Je ne suis pas ce genre de clown.

Lise le dévisagea pendant quelques secondes.

– Vous avez donné un billet de deux cents couronnes à ce type dehors ?

– Oui, répondit Fillip en haussant les épaules, comme si c'était la chose la plus naturelle au monde.

– Alors vous êtes un clown facile à duper. Il y a beaucoup de junkies dans cette ville. Si vous continuez comme ça, vous serez fauché en rentrant chez vous à... ?

– Dans le Sunnmøre. C'est là que le cirque est installé en ce moment. Et ce type, comme vous dites, avait plus besoin des deux cents couronnes que moi. Je sais ce que c'est que de... Bon, peu importe.

– Très bien. En quoi puis-je vous aider ? Qu'est-ce qui vous amène ?

– J'ai bien peur de vous apporter une mauvaise nouvelle, dit-il en posant une main pleine de compassion sur l'épaule de Lise. Votre oncle est mort.

– Mon oncle Jo Alte est mort ? dit Lise en faisant quelques pas en arrière. Mais... c'est... mon Dieu. Pas plus tard qu'hier soir, je l'ai vu sur Facebook dans la vallée de Gudbrandsdalen avec son détecteur de métaux.

– Non, il ne s'agit pas de lui.

– Je n'ai pas d'autre oncle.

– Si, vous en avez un autre. Ou plutôt, vous en aviez un autre. Votre oncle Hilmar Fandango.

– Non. Vous vous trompez de personne. Je n'ai jamais entendu parler de Hilmar... Fandango.

– Fandango est le nom que Hilmar a pris lorsqu'il a créé son cirque, il y a quarante ans. Avant il s'appelait Gundersen. Comme vous. Et comme son frère, Oskar.

En entendant le nom de son père, Lise fut parcourue d'un frisson. Des souvenirs difficiles, vieux de dix ans, refirent surface. Le cancer de la prostate qui l'avait lentement dévoré. La morphine en intraveineuse qui l'avait entraîné vers un autre monde où personne ne pouvait l'atteindre. Elle était arrivée trop tard. Elle devait négocier un contrat à Østfold et, lorsqu'elle avait finalement pu se rendre à Kirkenes, son père était déjà mort. Ses remords et le fait de ne pas avoir pu lui dire au revoir, ni combien elle l'aimait avaient rendu sa douleur insupportable. Lui qui s'était occupé d'elle et de sa demi-sœur Vanja depuis qu'elles étaient toutes petites. Après le décès de leur mère, il avait assuré à la fois le rôle de père et de mère. Il avait toujours été là pour les deux filles, quoi qu'il arrive. À son décès, les remords et le chagrin de Lise avaient été immenses, mais elle les avait noyés dans le travail.

– Tout va bien ?

Elle secoua la tête afin d'effacer ces souvenirs, puis repoussa la main réconfortante de Fillip.

– Oui, très bien. Pourquoi ça n'irait pas ? Je ne le connais même pas, ce gars… du cirque.

– C'était le directeur du Cirque Fandango, rectifia Fillip avec de la fierté dans la voix. Avec qui je travaille et voyage depuis quinze ans. En Norvège, en Suède, au Danemark et en Finlande. Votre oncle est mort il y a deux jours, après une représentation. Son cœur était fatigué, poursuivit-il d'une voix qui se brisa, et il a fini par arrêter de battre.

– Ça a dû être très… difficile pour vous. Mais vous n'aviez pas besoin de venir jusqu'ici pour me dire ça. Vous auriez pu me passer un coup de fil.

– C'était le souhait de votre oncle, dit Fillip sur un ton qui s'était durci en sentant l'indifférence de Lise. Parmi ses affaires dans sa caravane, nous avons trouvé une lettre avec ses dernières volontés. Le premier point était de vous retrouver. Parce que vous êtes la seule famille qui lui restait. Et il voulait que vous soyez présente à son enterrement à Hareid, à côté d'Ålesund.

– Je comprends, mais les enterrements ce n'est pas trop mon truc. Et de toute façon, je n'ai pas le temps de m'absenter.

– Mais c'était votre oncle. Le frère de votre père. Vous ne voulez pas lui montrer un peu de respect en assistant à son enterrement ?

– Écoutez, je ne le connaissais pas. Je n'ai même jamais entendu parler de lui. Et j'ai une réunion dans cinq minutes. Mais si vous me donnez le nom de l'église, je ferai envoyer une couronne de fleurs ou autre chose.

Elle se dirigea vers l'ascenseur en reculant.

– OK ?

– L'église de Hareid. Samedi prochain, répondit Fillip d'un air déçu.

– Génial, merci.

Arrivée devant l'ascenseur, Lise lui tourna le dos et appuya sur le bouton.

– Vous voulez donc qu'on vous retire du testament ?

Lise fit volte-face.

– Du testament ?

– Oui. Le deuxième point est que, si vous ne venez pas à l'enterrement, vous ne figurerez plus sur le testament.

2

– Vanja, tu penses que ça gagne combien un directeur de cirque ? demanda Lise en s'asseyant sur le canapé, son téléphone portable coincé entre son oreille et son épaule.

D'une main, elle tenait une plaquette de chocolat, et de l'autre, un tube de sauce caramel au beurre salé. Après avoir tracé deux bandes régulières de caramel sur le chocolat, elle posa le tube devant elle sur la table Elliptical Eames. Vanja était sa demi-sœur. Bien qu'elles aient eu la même mère, elles étaient loin d'avoir la même conception de l'argent et de la manière de le dépenser. Vanja avait traité Lise de folle en apprenant le prix de sa table basse : douze mille cinq cents couronnes. Lise avait renoncé à lui dire combien avait coûté son canapé. Un Kelvin Giormani importé d'Italie, trente-neuf mille couronnes. Elle fourra un morceau de chocolat dans sa bouche en attendant la réponse.

– Tu vas enfin changer de boulot ? demanda Vanja avec son accent chantant du Finnmark. Tu vas arrêter de dépouiller de pauvres entreprises pour t'acheter des meubles snobs et hors de prix ?

– Tu aimerais bien, mais non. Aujourd'hui un clown est venu au bureau m'annoncer que mon oncle était mort. Un vrai clown. Et...

Vanja l'interrompit :

– Oncle Jo Alte ?

– Non, oncle Hilmar Fandango...

Il y eut un long silence à l'autre bout du fil.

– ... qui avant s'appelait Gundersen. Le frère de mon père. Jusqu'à aujourd'hui je n'avais jamais entendu parler de lui.

– Et c'est un clown qui t'a dit ça ? Tu te rends bien compte que c'est absurde ce que tu me racontes, non ?

– Mon oncle était directeur d'un cirque. Le Cirque Fandango. Le clown en question travaillait pour lui.

– Fandango... J'en ai entendu parler. Je crois qu'il est venu ici à Kirkenes, il y a quelques années.

– Et je suis mentionnée dans son testament parce que je suis le seul membre de sa famille qui lui reste. D'où ma question : à ton avis, combien gagne un directeur de cirque ?

– Quand est-ce que le testament sera ouvert ?

– Samedi prochain, après l'enterrement. Et si je n'y vais pas, on raiera mon nom. Donc, si je veux hériter, il faut que je fasse le voyage jusqu'à Hareid qui se trouve quelque part dans le Sunnmøre. Génial !

– Bouh, ma pauvre. Tout ça, c'est la faute de ton boulot. Et tu le sais très bien.

– Quoi ?

– Tu n'étais pas comme ça avant. Tu es devenue tellement égocentrique que tu ne veux même pas...

– Ne recommence pas avec ces conneries.

– Tu n'étais pas comme ça il y a douze ans, quand tu travaillais pour un salaire de misère…

– Quand ça se passait très mal pour moi, l'interrompit Lise, et que ma vie était un enfer, une seule personne a cru en moi. Et ce n'était pas toi, Vanja. C'était Børge. Il a cru en moi quand tout le monde m'a lâchée. Et il m'a donné une deuxième chance. Alors, pour la énième fois, arrête de me parler de mon putain de boulot chez Global Giving.

– OK, OK. C'est juste que je m'inquiète pour toi. Parce que je t'aime.

Quelques secondes s'écoulèrent. Lise se fourra un nouveau carré de chocolat dans la bouche et l'avala en même temps que son irritation.

– Je m'en sors très bien. Même si je n'ai pas d'âme et que je suis glaciale.

– Je n'ai jamais dit que tu n'avais pas d'âme et que tu étais…

– Non, oublie.

La nuit était tombée. Son visage se reflétait dans la fenêtre du salon. Elle s'apprêtait à prendre encore un carré de chocolat, mais elle crut entendre la voix de Børge : « Mon Dieu, Lise ! Retiens-toi ! Repose ce morceau de chocolat ! » Elle haussa les épaules et l'engloutit.

– Au fait, comment va Yngve ? Et l'entreprise Nordlys ?

– Bien, ça grouille de Chinois ici. On a acheté dix nouveaux scooters. Tu devrais investir tant que tu en as la possibilité, au lieu de gaspiller ton argent dans des meubles de designers.

– Je crois que je vais plutôt m'associer à Børge. Si Hilmar Fandango a un gros compte en banque, j'aurai peut-être les moyens d'investir. Et aussi de m'acheter un nouvel appartement.

– Et tu n'auras plus qu'à trouver l'homme de tes rêves pour le partager avec lui… ou la femme de tes rêves si tu préfères.

– Je ne suis pas lesbienne, répliqua Lise en levant les yeux au ciel. Combien de fois il faut que je te le dise ? Je n'ai pas le temps de m'occuper de ce genre de choses, c'est tout.

– Détends-toi, tu finiras bien par rencontrer quelqu'un.

– Arrête. J'ai connu beaucoup d'hommes dans ma vie. C'est juste qu'aucun ne m'intéressait…

– C'était pareil pour moi. La première fois que j'ai vu Yngve, il m'a dit que je ressemblais à la Princesse Leia et il m'a demandé si je voulais voir son sabre-laser. Ce soir-là, si tu m'avais demandé si je m'imaginais passer le restant de ma vie avec lui, je t'aurais dit que non. Mais j'ai appris à le connaître. J'ai découvert à quel point il est attentionné et combien il m'aime.

– Mon Dieu, Vanja. Tu devrais avoir ta propre rubrique sur la vie de couple dans le *Norsk Ukeblad*.

– Ce que j'essaie de te dire, c'est que tu dois donner une chance à quelqu'un. Détends-toi un peu et apprends à mieux connaître les hommes que tu rencontres. Ça pourrait changer ta vie.

Lise croisa à nouveau son regard dans la vitre et le soutint.

– J'aime ma vie telle qu'elle est.

3

Assise à une table devant la fenêtre du restaurant Løve du grand Det Norske Teatret, Lise suivit des yeux trois femmes qui en sortaient. Leurs vêtements colorés et décontractés contrastaient avec ceux de la clientèle d'affaires du restaurant. Elle remarqua que Børge regardait les trois femmes lui aussi. Il fit un signe de tête vers elles lorsqu'elles passèrent sur le trottoir devant la fenêtre.

– Probablement des actrices, dit Lise en souriant.

– Des hippies, oui. Artistes autoproclamées.

– Saumon fumé à froid sur gaufre au seigle, œufs de capelan sur cœur de salade et sa crème fouettée au raifort, annonça la serveuse en posant une assiette devant lui.

– Ça, c'est de l'art, déclara Børge en lançant un regard à Lise. Nous aussi on est des artistes. Notre scène est la réalité, et notre public, les investisseurs. Mais au lieu de récolter des applaudissements, nous récoltons de l'argent. Et puis on est bien mieux habillés, ajouta-t-il en tirant sur le col de sa chemise d'un air satisfait.

Tout en mâchant un morceau de gaufre, il considéra un instant Lise qui soufflait sur le bol de soupe brûlante posé devant elle.

– La première année où tu travaillais pour moi, tu étais un peu comme une actrice, lui lança-t-il.

– Oui, au début ce n'était pas facile.

– Tu te souviens de l'usine de tôle à Sør-Trøndelag ? Tu te trouvais dans la cantine devant trois cents personnes que tu devais licencier et tu leur as montré une version terriblement dure de toi-même. Tous avaient beau hurler, t'insulter, te maudire, te cracher dessus, tu n'as pas sourcillé. Et dans la voiture de location, en route pour l'aéroport, tu as essuyé tes larmes. Mais tu en as vite tiré un enseignement. Ça t'a fait grandir. Tu m'as écouté, tu as suivi mes conseils et tu t'es rendu compte qu'en fait tout le monde pense avant tout à soi. Alors pourquoi ne pas faire la même chose ? Tu as réussi à grimper bien plus d'échelons que la plupart des gens n'ont jamais rêvé de le faire, et aujourd'hui il ne reste plus qu'une seule version de toi. La plus dure. Qui continue à s'enrichir.

– Ouais, soupira-t-elle en posant sa cuillère. Et qu'est-ce que tu penses de cette histoire de cirque ? À ton avis, je devrais aller à l'enterrement ?

– Évidemment.

– Ah bon ? Je ne le connaissais même pas. Un vieux cirque décati, ça ne doit pas valoir grand-chose. Et je n'ai pas franchement le temps, il faut qu'on s'occupe de l'industrie Heggdal.

– Pendant ton absence, je garderai le fort, aucun problème, dit Børge en posant sa main sur la sienne. Écoute-moi, tu sais combien tu es importante pour l'entreprise. Et combien tu comptes pour moi. Je t'ai toujours considérée comme ma propre fille. Mon petit Terminator au cœur de glace, sourit-il brièvement avant d'enlever sa main. Tu es ma famille, et la famille c'est ce qu'il y a de plus important. Ton oncle faisait aussi partie de ta famille, prends donc quelques jours de congé et va à la cérémonie. Tu seras de retour à temps pour qu'on enterre ensemble l'industrie Heggdal.

4

Le ferry *M/F Tidefjord* avait traversé la moitié du fjord lorsque Lise repéra la petite ferme. Elle avait atterri à l'aéroport de Vigra une heure plus tôt. Sa voiture de location était garée sur le pont du bateau et elle-même s'était installée dans la cafétéria d'où elle regardait la ferme avec sa grange entourée de champs verdoyants. C'était une ferme ordinaire, mais avec son emplacement, impossible de ne pas la remarquer. Elle était située sur une falaise à deux cents mètres au-dessus du fjord. Lise n'était pas habituée aux hautes montagnes. Toute son enfance, elle avait vécu dans le Finnmark où le paysage était plat et venteux. Ici, les montagnes formaient de véritables barrières, ce qui lui donnait un sentiment de claustrophobie. Mais leur masse et la violence qu'elles dégageaient étaient d'une beauté saisissante qui contrastait avec le fjord aux eaux immobiles.

– Vous permettez que je m'asseye ici ?

Lise quitta la fenêtre des yeux et découvrit une vieille dame au regard souriant. Il n'y avait plus une seule place libre dans la cafétéria, excepté à la table de Lise.

– Oui, bien sûr.

La vieille dame s'installa et renifla l'air.

– Des *sveler*[1]. Vous en avez déjà goûté ?

Lise tourna la tête vers le comptoir où était posée une pile de *sveler* fumants.

– Non, pas ici. J'en ai mangé une fois à Oslo. Mais là-bas, on les appelle des *lapper*.

– Rien à voir. Ce n'est tout simplement pas comparable.

La vieille dame hocha la tête d'un air songeur, comme si elle venait de prononcer une parole pleine de sagesse qu'elle partageait maintenant avec Lise.

– Oui, je suis sûre qu'ils sont bons, répondit Lise, avant de tourner à nouveau la tête vers la ferme. D'après vous, qu'est-ce qui leur est passé par la tête quand ils ont décidé de s'installer là-haut ? « Essayons de trouver l'endroit le moins accessible du monde pour y construire une ferme où rien ne sera pratique, quoi qu'on fasse » ?

La vieille dame laissa échapper un petit rire et jeta un coup d'œil à la ferme.

– Oui, on peut se le demander. Mais il doit sans doute y avoir une raison. Peut-être qu'ils n'aiment tout simplement pas avoir de la visite.

Lise rit et se tourna à nouveau vers la dame.

– Si c'est le cas, ils ont réussi leur coup. Ça doit être terriblement dangereux, rien que pour y accéder de la mer. Surtout quand ils reviennent du resto.

1. Crêpes norvégiennes ressemblant à des pancakes.

– Ils ont bien dû trouver un moyen. On s'habitue à tout.

– Vous parlez comme mon patron. Lui aussi dit qu'on s'habitue à tout.

Le regard interrogateur de la vieille dame incita Lise à poursuivre :

– Il s'appelle Børge. Je l'ai rencontré dans un restaurant quand j'avais vingt-trois ans et que… j'étais au bout du rouleau. Des rêves brisés, quoi. Mais ça, c'est une autre histoire, bien trop longue et déprimante pour que je vous la raconte. Quoi qu'il en soit, la queue devant le buffet était interminable et j'étais pressée. J'avais très envie d'une mousse au chocolat avec une crème anglaise et il y avait un homme devant moi. Je lui ai donc gentiment demandé si je pouvais passer devant lui. Il m'a répondu : « Non, hors de question, et c'est sans appel. Oubliez ça. » Et c'est ce que j'aurais fait s'il n'avait pas employé ce ton. Il y avait une telle arrogance dans sa voix qu'il s'est passé quelque chose en moi. Je l'ai aussitôt doublé pour aller me servir. Je n'avais jamais agi comme ça auparavant. Ça ne me ressemblait pas. Ce n'était pas franchement grave, mais j'avais quand même enfreint un code social. Et ça m'a mise mal à l'aise. Je n'arrivais pas à m'arrêter de sourire. Même quand je me suis retournée et que j'ai vu le regard des autres dans la queue il n'y a qu'une personne qui me souriait en retour : l'homme que je venais de doubler. Il s'est approché de moi et m'a chuchoté à l'oreille : « Ça fait du bien, hein ? » Cet homme, c'était Børge. On a mangé notre dessert ensemble et un mois plus tard il m'a proposé un boulot dans son entreprise. J'y travaille encore aujourd'hui... Désolée, poursuivit Lise en regardant la vieille dame, ce n'est pas dans mon habitude de raconter ma vie aux gens que je ne connais pas. Je ne sais pas pourquoi je...

– Aucun problème, c'est très sympathique. Qu'allez-vous faire à Hareid ?

– Je vais à un enterrement.

– À celui de Hilmar Fandango ? Moi aussi.

– Vous le connaissiez ?

– Bien sûr. Tout le monde connaissait Hilmar.

5

Le gravier sur le sentier entre le parking et l'église de Hareid crissait sous les pas de Lise. À côté de la fosse, elle distingua un monticule de terre fraîche.

Le dernier enterrement auquel elle avait assisté était celui de son père, en plein hiver à Kirkenes. Quatre hommes avaient descendu le cercueil dans la cavité à l'aide de cordes, comme c'était la tradition là-bas. La cérémonie avait eu lieu dans une petite chapelle à l'intérieur du cimetière. Elle s'était réduite au sermon du prêtre, à un discours prononcé par Vanja et à la mise en terre. Même pas une version pour orgue de la chanson préférée de son père ni d'autres éléments non liturgiques.

En approchant de l'église, Lise comprit à quelques indices que les funérailles de Hilmar seraient très différentes. Sur les marches se tenait un homme de petite taille avec son frère jumeau, tout aussi petit, en équilibre sur ses épaules. Ils étaient vêtus d'un justaucorps doré. Derrière la porte ouverte, elle devina un homme en armure de chevalier avec la poignée d'un sabre sortant de la bouche.

Lorsqu'elle arriva près des deux petits hommes, celui du haut lui tendit un programme. Un dessin coloré sur la première page représentait un vieil homme avec une grande moustache en guidon et un imposant chapeau haut de forme en satin doré. En dessous était écrit :

LE CIRQUE FANDANGO PRÉSENTE
LE DERNIER NUMÉRO
DE HILMAR FANDANGO !

Le programme à la main, elle passa devant l'avaleur de sabres et entra dans l'église qui, d'évidence, n'était pas suffisamment grande pour accueillir tout le monde. Ceux qui n'avaient pas réussi à trouver une place assise restaient debout dans l'allée. Le cercueil ouvert était posé devant le chœur.

Lise s'arrêta pour le contempler. C'était un cercueil on ne peut plus ordinaire, en bois blanc. Tout en avançant dans l'allée, elle jeta des coups d'œil méfiants sur les côtés. Les gens étaient habillés de justaucorps et de costumes de cirque bariolés. Comme si une Gay Pride ayant pour thème les années soixante-dix s'était égarée et était entrée par erreur. Le contraste entre les vêtements de la foule et la tristesse qui se lisait sur les visages donnait une dimension très étrange à la scène.

Derrière le prêtre et la chaire, se tenaient trois hommes en costume de velours violet et au chapeau assorti, chacun avec un instrument. Une caisse claire, une trompette et un tuba. Lise s'arrêta à un mètre du cercueil. Elle n'avait jamais vu de mort auparavant.

À l'enterrement de son père, le cercueil était fermé. Et c'était Vanja qui était à ses côtés au moment où les médecins avaient débranché les appareils respiratoires et qu'il ne lui restait plus que quelques heures à vivre. Après l'enterrement, Lise lui avait demandé comment ça s'était passé. Vanja avait répondu : « J'avais imaginé que ça serait différent. Maman est morte si brutalement que je suis arrivée trop tard. Alors que, pour papa, j'ai passé vingt-quatre heures avec lui avant qu'il meure. J'ai vu sa poitrine se soulever de plus en plus lentement, m'attendant à ce qu'il se débatte, à ce qu'il ouvre les yeux et qu'il pousse son dernier soupir, mais rien de tout ça ne s'est passé. Sa poitrine a juste cessé de bouger. Comme si quelqu'un avait retiré les piles. »

Ces mots étaient restés gravés en Lise. Ils avaient quelque chose d'inquiétant qui la faisait hésiter à avancer jusqu'au cercueil de son oncle. Mais la file derrière elle la poussait en avant. Elle serra les dents. Quand elle fut suffisamment près pour voir l'intérieur du cercueil, elle fut déroutée par ce qu'elle découvrit. Excepté un coussin en soie blanche, il était vide. Elle regarda autour d'elle, comme si elle s'attendait à ce que le défunt se trouve quelque part à proximité, puis elle se tourna vers une femme derrière elle et lui lança un regard interrogateur. C'est alors qu'elle entendit une voix familière crier son nom.

– Lise ! Viens t'asseoir ici !

Au premier rang était assis Fillip en costume de clown, qui lui souriait en lui indiquant la place sur le banc à côté de lui. Lise secoua la tête en pointant du doigt le fond de l'église. Son idée était de s'installer près de l'entrée, derrière l'étagère où étaient rangés les livres de cantiques, pour pouvoir se sauver si quelqu'un du bureau l'appelait.

Mais Fillip avait un autre plan en tête. Il se précipita vers elle et posa ses mains sur ses épaules.

– Le premier rang est réservé à la famille, lui dit-il en la conduisant vers la place libre.

Le banc grinça quand ils s'assirent.

– Pas de larmes ? demanda Lise en considérant son visage maquillé en blanc.

– Je ne suis pas un clown triste, sourit Fillip.

Le minuscule chapeau jaune qu'il portait sur la tête et son nez rouge étayaient sa déclaration. Son costume blanc était parsemé de pois rouges de différentes tailles et son col très large, qui lui arrivait jusqu'au bout des épaules, rivalisait sérieusement avec celui du prêtre. Il la regarda dans les yeux :

– Je suis content que tu aies choisi d'honorer le dernier souhait de ton oncle.

– Merci. Mais j'ai l'impression qu'il n'a pas l'intention d'être présent lui-même, dit Lise en faisant un geste de la tête vers le cercueil.

– Un directeur de cirque ne se montre jamais avant le début du spectacle.

– Bien sûr, rétorqua Lise avec sarcasme. Au fait, quand le testament va-t-il être lu ?

– Après les funérailles, sous le chapiteau qui est installé sur un terrain de sport pas très loin d'ici...

Un roulement de tambour sur la caisse claire l'interrompit. Lorsque le percussionniste releva ses baguettes, le prêtre baissa les bras et fit régner le silence dans l'église.

Le micro de la chaire crépita quand quelqu'un ajusta le volume. Puis le prêtre se pencha en avant et dit :

– Nous nous sommes réunis ici aujourd'hui pour accompagner dans son dernier repos un homme qui a apporté beaucoup de joie à ses prochains, aussi bien dans sa vie personnelle que dans son travail. Donner de la joie était le but de la vie de Hilmar Fandango. D'abord en tant que trapéziste au début de sa carrière, puis en tant que directeur de cirque. Il avait compris que l'espoir et l'optimisme se nourrissent de la joie, et que la joie rassemble. Comme les gens se réjouissent de la parole de Jésus et se rassemblent autour de lui. Mais avant de lui dire au revoir, avant que Hilmar ne se rende au grand chapiteau du paradis, j'ai le plaisir et l'honneur de vous présenter son tout dernier spectacle.

Les mots du prêtre furent suivis par une fanfare de trompettes qui fit sursauter Lise. Le prêtre leva d'abord les bras en l'air, puis les yeux. Sous la nef, un voile blanc était attaché par des câbles. Les trompettes se turent et les gens regardèrent le voile. Après un nouveau roulement de tambour, il fut brutalement retiré. Un frémissement parcourut l'assemblée et Lise poussa un gémissement en voyant apparaître Hilmar Fandango. Raide comme un bâton, il était suspendu en l'air par quatre câbles, tête à l'envers. Avec son justaucorps argenté recouvert de milliers de facettes scintillantes, il ressemblait à une boule disco. La boule disco la plus étrange du monde. Il y eut un tonnerre d'applaudissements qui s'arrêta net lorsqu'un nouveau roulement de tambour retentit. Un court silence précéda le grincement des poulies provoqué par les câbles qui se mirent en mouvement. Lise suivit du regard les câbles jusqu'en bas où quatre hommes en justaucorps les dirigeaient, un à chaque bout. Chacun actionna son câble, l'un après l'autre, et fit lentement mais sûrement balancer Hilmar Fandango d'avant en arrière, en rythme, comme un pendule. Il prit de la vitesse et un nouveau roulement de tambour retentit. Dans un mouvement synchronisé, les quatre hommes firent faire un salto arrière parfait à Hilmar Fandango avant de le stabiliser et de repositionner son corps à la verticale. Puis ils le descendirent lentement jusqu'à son cercueil sous une *standing ovation*.

Lise s'était levée elle aussi pour mieux voir. À quelques rangs derrière elle, elle remarqua une femme âgée qui était restée assise. Ses cheveux noirs, striés de mèches grises, étaient attachés en une queue-de-cheval très serrée. Sa robe sombre se démarquait des costumes bariolés autour d'elle. Elle était la seule à ne pas applaudir ni sourire. Lise nota que ses larmes avaient fait couler le maquillage autour de ses yeux. La femme se mit à sangloter en silence, le visage caché dans ses mains. La voix du prêtre attira l'attention de Lise :

– Dans sa jeunesse, on l'appelait « l'hirondelle norvégienne » lorsqu'il partait en tournée en Belgique et en Allemagne avec le Cirque Balthazar. Aujourd'hui il a accompli son dernier vol et il s'est posé dans son nid pour la dernière fois. Dans le nid de Dieu.

Le silence s'installa à nouveau dans l'église. Le prêtre regarda Fillip :

– Et maintenant, l'un de ses artistes aimerait dire quelques mots.

Les câbles furent détachés du corps de Hilmar, tandis que Fillip, ses grandes chaussures de clown aux pieds, s'avançait vers la chaire. En montant les trois marches menant à l'autel, il fit semblant de trébucher et s'étala de tout son long. Des rires et des applaudissements brisèrent le silence. Son nez de clown tout cabossé, Fillip se remit rapidement debout et s'inclina devant l'assemblée avant de prendre la place du prêtre à la chaire. Il regarda la foule d'un air satisfait.

– Une représentation très réussie. Hilmar aurait adoré ça. Il ne vivait que pour ça. Un chapiteau plein à craquer. Il se fichait bien du nombre de billets vendus. Ce qu'il voulait, c'était voir de la joie sur le visage des enfants. Et aussi des adultes. À l'entracte, il se promenait souvent parmi les gens qui faisaient la queue soit pour voir l'éléphant, soit pour acheter une barbe à papa. Et cela afin d'entendre leurs commentaires sur ce qu'ils venaient de voir. Il était comme ça, totalement engagé. Ce qui était aussi évident lorsqu'il prenait le micro pour s'adresser au public. On l'entendait à sa voix et on le voyait dans ses yeux. Mais nous, qui avons eu la chance de voyager avec lui, nous connaissons aussi une autre facette de lui, dit-il en regardant le premier rang où tous les artistes de Hilmar Fandango hochaient la tête pour montrer leur approbation. Partir en tournée avec un cirque... c'est comme faire un voyage d'une durée de six mois avec une famille dysfonctionnelle. Chacun a un passé, une personnalité et des habitudes très différentes. Certains aiment manger du chou au petit déjeuner… dit Fillip en lançant un regard complice aux jumeaux de petite taille, et d'autres détestent se réveiller avec l'odeur du chou cuit, poursuivit-il en se tournant cette fois vers l'avaleur de sabres qui leva les yeux au ciel. Nous vivons très proches les uns des autres. Il y a des tensions. Nous nous énervons, nous nous disputons, il nous est même arrivé de nous battre… mais nous restons une famille. Nous nous soutenons mutuellement et nous sommes solidaires malgré nos différences. L'homme qui a fait de nous une famille, c'est Hilmar Fandango. Il a été un père pour nous, un frère, un ami. Chaque fois que nous en avions besoin. Et aussi quand nous ne le voulions pas. Tard le soir quand nous étions fatigués de nous entraîner et de répéter. « Allez, une dernière fois pour bien l'imprimer ! Allez, mettez-y de la fierté ! » Cela nous a rendus meilleurs. Cela a donné encore plus de joie aux spectateurs. Parce que nous voulions qu'il soit fier de nous. Et je suis… dit Fillip d'une voix chevrotante, je suis fier et heureux d'avoir eu la chance de voyager avec lui.

Fillip balaya l'assemblée du regard et rencontra des yeux remplis de larmes et des têtes baissées. Puis il sortit un mouchoir d'une de ses oreilles et essuya ses propres larmes. Il s'apprêtait à continuer, mais fut interrompu par un bip qui retentit depuis la première rangée. Tout le monde dans l'église tourna la tête vers Lise qui, l'air impassible, sortit son portable de sa poche pour regarder le message qu'elle venait de recevoir.

– Aujourd'hui nous avons aussi avec nous une personne de la « vraie » famille de Hilmar qui aimerait prendre la parole, reprit Fillip en lui envoyant un regard noir. Lise, c'est à toi maintenant !

L'air confus, Lise leva la tête de son écran.

Les gens tendirent le cou pour voir à qui il s'adressait. Lise fit un geste de refus en disant :

– Non, non, je... c'est... trop difficile.

– Tout le monde ici aimerait t'offrir la possibilité de faire un dernier adieu à ton oncle, déclara Fillip en ignorant son geste. Viens partager avec nous ce que Hilmar signifiait pour toi. N'aie pas peur, tu es parmi des amis.

Le silence qui s'installa dans l'église était tendu. Les gens la regardaient d'un air encourageant. Les secondes s'écoulèrent tandis que Lise restait la tête baissée et les yeux fermés pour simuler la tristesse. Une main réconfortante se posa sur son crâne et lui fit rouvrir les yeux.

– Prends le temps dont tu as besoin, dit Fillip qui se tenait maintenant devant elle. Nous ne sommes pas pressés, n'est-ce pas ? En tout cas, Hilmar a tout son temps.

Des rires se firent entendre ici et là. Pendant une trentaine de secondes, Lise s'efforça de rassembler ses esprits. Fillip était toujours devant elle. Elle lança un regard au prêtre en espérant qu'il viendrait à son secours et qu'il passerait à autre chose, mais il continua de l'observer patiemment. Finalement elle se leva et se retrouva face à Fillip.

– Merci, dit-elle à voix haute en passant devant lui, puis elle lui chuchota à l'oreille : Tu vas me le payer.

Arrivée devant l'autel, elle remarqua avec irritation son sourire complaisant. Elle se racla la gorge et se lança :

– Je ne connaissais pas Hilmar Fandango. Il y a quelques jours encore, je ne savais même pas qui il était. C'est pourquoi je n'ai pas grand-chose à vous dire. Tout ce que je sais c'est qu'il était directeur de cirque. Et aussi le frère de mon père, Oskar Gundersen.

Prononcer le nom de son père eut sur elle un effet inattendu. Le souvenir de ses funérailles ressurgit si brusquement à la surface que son masque impassible tomba.

La boule dans son ventre remonta jusqu'à sa gorge qui se noua. Elle était prête à craquer, mais elle s'efforça tant bien que mal de le camoufler. Alors qu'elle luttait pour ne rien laisser paraître, son regard se posa sur le cercueil. La vue du défunt en justaucorps, avec sa moustache en guidon, transforma ses sanglots en un rire sonore. Depuis les quatre haut-parleurs, son rire ricocha contre les murs de l'église mais s'arrêta net quand elle vit les visages horrifiés de l'assemblée. Elle se ressaisit rapidement et poursuivit :

– C'est de cette façon que je veux montrer le respect que je porte à mon oncle. Pas avec des pleurs, mais avec des rires et de la joie. C'est de cette façon que nous devrions tous lui témoigner notre respect.

Un grand silence s'ensuivit. Les gens se regardaient sans comprendre.

Puis l'avaleur de sabres se leva, hocha respectueusement la tête vers le cercueil et éclata d'un rire strident qui fit sursauter Lise. À deux rangées derrière lui, une femme âgée se leva et s'efforça de rire elle aussi. Les uns après les autres, tous firent de même jusqu'à ce que l'église entière soit debout. Lise, toujours au micro, recula de quelques pas devant les cinq cents personnes qui regardaient le cercueil en riant. L'absurdité de la scène était renforcée par la douleur qu'exprimaient leurs visages. Elle resta muette jusqu'à ce qu'elle voie Fillip la fusiller du regard.

Il s'était levé mais ne riait pas. Il cherchait à capter l'attention autour de lui, un doigt posé sur les lèvres, pour mettre fin à ce spectacle déplaisant. Lise haussa les épaules en guise de réponse, puis elle s'approcha à nouveau du micro. Les rires cessèrent.

– Merci à vous.

Elle descendit de l'estrade et alla reprendre sa place sur le banc. Tout le monde se rassit. Le prêtre fit un signe de la main à l'organiste qui se remit à jouer.

– C'était quoi ça ? dit Fillip en se tournant vers Lise.

– C'était quoi ça ? répéta-t-elle. C'est une sacrée bonne question. Tu peux peut-être y répondre toi-même. C'était quoi ça... Merde, mais c'était quoi ? Pourquoi tu m'as mise dans cette situation ? Ça te fait plaisir d'humilier les gens à un enterrement ?

– Tu étais sur ton portable.

– Et alors ?

– C'est l'enterrement de ton oncle. Ta chair et ton sang. Tu es plus intéressée par ton téléphone que par…

– Je t'avais dit que les enterrements, c'était pas mon truc.

– Et apparemment la famille non plus.

– La famille ? Il y a encore quelques jours je ne connaissais même pas l'existence de cet homme. Depuis, je me demande pourquoi mon père ne m'a jamais dit qu'il avait un frère. Je l'ignore. En tout cas, il ne l'a pas fait. Hilmar Fandango est donc pour moi un parfait inconnu. C'était apparemment quelqu'un d'apprécié mais cela ne signifie rien pour moi. Absolument rien. Je ne vais quand même pas prétendre le contraire.

Fillip s'apprêtait à répondre, mais se ravisa en secouant la tête. Lise aperçut à nouveau la vieille dame en noir, à quelques mètres derrière elle. Ses yeux fixaient le cercueil. Elle donnait l'impression de ne pas voir ce qui se passait autour d'elle. Ni l'orgue, ni le prêtre, ni la foule dans l'église.

6

Au moment où les cloches s'arrêtèrent de sonner, il se mit à pleuvoir. Des gouttes tombaient du toit de l'église sur l'escalier extérieur et laissaient des taches sombres sur le cuir des escarpins de Lise. Le prêtre lui avait demandé de sortir la première afin de recevoir les condoléances. Elle avait poliment tenté de repousser la requête mais il avait insisté : « Puisque vous êtes sa seule famille. »

Fillip prit place à côté d'elle. Probablement pour s'assurer qu'elle se comportait correctement, supposa-t-elle. Le spectacle avait repris à l'intérieur de l'église. Une procession de jonglage, de clowneries et de cabrioles acrobatiques avançait dans l'allée centrale, accompagnée de l'orchestre du cirque. Mais dès que les artistes se trouvèrent hors de l'église, ils cessèrent leurs numéros. Leurs regards devinrent graves lorsqu'ils prirent la main de Lise en lui disant ce que Hilmar Fandango avait signifié pour chacun d'entre eux : « Il a cru en moi quand personne d'autre ne le faisait », « C'était un homme bon qui pensait avant tout aux autres »,

« La terre est devenue plus pauvre depuis que ton oncle nous a quittés »… La tristesse dans leurs yeux et la sincérité dans leur voix l'incitèrent à entrer dans leur jeu. Elle hochait la tête avec un sourire compatissant tout en se sentant comme un escroc. Comme si elle faisait semblant d'être une proche de Hilmar Fandango. Comme si elle cherchait à les tromper. Et ça la mettait en colère. Entre deux condoléances, elle jeta un œil au prêtre qui se tenait derrière Fillip, au milieu de l'escalier.

– Comment a-t-il pu me mettre dans une situation pareille ?

– Oh, ma pauvre, lui chuchota Fillip. Ça doit être terrible de prendre dans ses bras ces gens qui aimaient tant ton oncle. Je ne sais pas comment tu arrives à supporter ça. Heureusement que c'est bientôt terminé, ajouta-t-il après un regard rapide vers la porte ouverte de l'église.

Les musiciens fermèrent le cortège. Ils présentèrent leurs condoléances à Lise à leur tour et prirent ensuite la direction du parking. Quelques enfants s'étaient arrêtés sur le sentier à proximité, curieux de voir toute cette foule en costumes bariolés. Les deux petits jongleurs se lancèrent dans un mini-spectacle qui fut reçu avec beaucoup d'enthousiasme. Mais Lise regardait ailleurs. À l'intérieur de l'église, elle aperçut la vieille femme restée seule à côté du cercueil.

– C'est qui ? demanda-t-elle à Fillip.

– Diana Brancusi. Diseuse de bonne aventure et vendeuse de billets.

– Elle semble… bien plus affectée que les autres.

– C'est elle qui était la plus proche de Hilmar.

– C'était sa femme ? Ils étaient mariés ?

– Non, ils ne se sont jamais mariés.

– Mais ils étaient proches jusqu'à quel point ? Ils habitaient ensemble ? demanda Lise tout en observant la vieille dame.

– Le testament te le dira, lui siffla Fillip. Et moi qui croyais que tu étais venue ici pour en savoir plus sur ton oncle.

– Quoi ?

– Tout ce qui t'intéresse en fait, c'est le testament. Et de savoir si Diana y est mentionnée. D'ailleurs, c'est elle qui doit le lire, lui lança-t-il en s'éloignant sans la regarder.

Lise le suivit des yeux pendant quelques secondes, puis elle retourna dans l'église. Ses talons claquèrent comme des coups de marteau dans le silence. Les bancs vides rendaient le lieu encore plus oppressant. Diana, la tête baissée, regardait Hilmar Fandango.

Le voile noir de sa coiffe dissimulait ses yeux. Elle ne réagit pas lorsque Lise vint se placer à côté d'elle. Lise regarda, elle aussi, le cercueil. *Le petit chapeau en satin doit être collé sur sa tête,* se dit-elle en constatant qu'il était toujours parfaitement bien placé sur le crâne de son oncle malgré son saut périlleux et son vol plané depuis le plafond de l'église. L'idée absurde qu'un croque-mort ait pu passer du temps à coller un chapeau sur la tête d'un directeur de cirque mort fit naître un petit rire irrésistible en elle. Mais elle réussit à le réprimer. Elle se tourna vers Diana.

– Mes condoléances, dit-elle.

– Merci, mon enfant, répondit Diana sans lâcher le cercueil des yeux.

– Je suis...

– Je sais qui tu es. Tu es Lise Gundersen.

Sa voix était à peine audible. Lise fut surprise par la façon dont elle pesait ses mots. Quel sens cela pouvait-il avoir ?

– Et vous, vous êtes Diana Brancusi. Fillip m'a parlé de vous. Il m'a dit que vous étiez très proche de Hilmar.

– Suffisamment proche pour savoir qu'il aurait été très heureux de savoir que tu es là aujourd'hui pour honorer sa dernière volonté.

– Je ne connaissais même pas son existence il y a quelques jours. C'est étrange qu'il n'ait pas essayé de me contacter.

– Lui non plus ne connaissait pas ton existence jusqu'à il y a peu de temps. Je lui ai demandé pourquoi il ne m'avait jamais dit qu'il avait un frère, mais il m'a juste répondu que les vieilles blessures ne cicatrisent jamais si on arrache sans cesse les croûtes.

Diana se tourna vers Lise. Ses yeux brillaient derrière son voile.

– Vers la fin de sa vie, il regrettait amèrement de n'avoir jamais cherché à se réconcilier avec son frère, poursuivit-elle. Il a contacté le gardien du cimetière de Kirkenes pour savoir où se trouvait la tombe de ton père. Il voulait y déposer une couronne comme un dernier au revoir. Puis on lui a parlé de toi et il a été très heureux d'apprendre que son frère avait une fille. L'espoir de te rencontrer lui a donné du courage. Fillip avait pour mission de te retrouver, mais le cœur de Hilmar a lâché avant qu'il y parvienne.

– Ça fait plaisir d'entendre qu'il a été heureux d'apprendre mon existence, dit Lise en regardant à nouveau son oncle dans le cercueil. Mais heureux jusqu'à quel point ? Sur une échelle de un à...

Diana prit sa main dans la sienne. Lise fut bouleversée par la chaleur qui en émanait. Elle ouvrit la bouche, mais ne réussit pas à prononcer un mot. Elle avait l'impression que les yeux de Diana pénétraient au plus profond d'elle et qu'ils y découvraient quelque chose. Elle se sentit soudain vulnérable.

– Ne t'inquiète pas, mon enfant, dit Diana en posant son autre main sur la joue de Lise. Son souhait était de s'assurer que tu serais heureuse. Très heureuse.

7

Hareid était un village situé entre les montagnes au fond d'un fjord. La diversité des paysages environnants était impressionnante et la gamme des couleurs allait du bleu de la mer au vert des bouleaux, en passant par le jaune des champs. En comparaison, Oslo faisait penser à un labyrinthe de pierres froides et grises, dont des gens stressés cherchaient désespérément la sortie. Les drapeaux dans les jardins qui entouraient les maisons étaient en berne. Lise avait suivi les affiches accrochées à un lampadaire sur trois jusqu'à ce qu'elle distingue le sommet du chapiteau entre deux toits.

La pluie s'était calmée dix minutes plus tôt, juste après son départ de l'église. Elle descendit de sa voiture sur le parking et regarda le chapiteau au milieu d'un terrain en terre battue. Sa couleur bleue avait pâli aux endroits où la toile était maintenue par des mâts. Les rayures verticales, qui un jour avaient dû être blanches, avaient jauni. Par endroits, la toile avait été rafistolée avec un tissu plus foncé.

Son portable à la main, Lise se dirigea vers le chapiteau tout en tapant sur Google « Prix chapiteau d'occasion » mais n'obtint que des réponses pour des tentes de réception.

Elle passa sa main sur la toile usée, puis se pencha légèrement pour entrer lorsqu'un bruit étrange l'arrêta net. C'était un mélange de gémissements et de murmures qui semblait provenir de derrière le chapiteau. Elle n'avait jamais rien entendu de semblable. La curiosité la conduisit de l'autre côté de la tente où elle découvrit un véritable village composé de caravanes, de camping-cars et de poids lourds. Elle voyait des cordes tendues avec des vêtements en train de sécher ; ici et là, étaient posées des tables et des chaises et, sur les toits des véhicules, pointaient des antennes paraboliques. Mais il n'y avait pas âme qui vive. Le bruit se fit à nouveau entendre. Plus fort cette fois. Il venait de derrière un des camions. Elle passa devant un camping-car, puis se faufila entre un poids lourd et une caravane. Elle n'était absolument pas préparée à ce qui l'attendait de l'autre côté.

– Merde alors !

Elle se trouva face à un éléphant de la taille d'un minibus et fut si surprise qu'elle trébucha et tomba à la renverse dans la sciure. Horrifiée, elle vit l'animal massif avancer vers elle.

– Gentil, l'éléphant ! cria-t-elle.

Elle chercha à reculer en rampant avec ses coudes et ses pieds, mais l'animal gigantesque la suivait.

Arrivé tout près d'elle, il baissa la tête et l'observa.

Lise resta parfaitement immobile, espérant que ça lui ferait perdre tout intérêt pour elle. Mais l'animal la regardait droit dans les yeux et ne bougeait pas. Lise soutint son regard, craignant qu'il décide de la piétiner si elle perdait le contact avec lui. Ses grands yeux bruns avaient un effet hypnotisant. Son pouls, qui s'était accéléré au moment où elle s'était perdue dans le petit campement, se calma progressivement. Soudain l'éléphant lança sa trompe vers elle. Elle ferma les yeux et protégea son visage de ses mains, persuadée qu'il allait la soulever du sol et la casser en deux comme une vulgaire baguette de pain.

– Non, non, non… !

– N'aie pas peur, dit une voix.

Lise ouvrit les yeux et vit Fillip à côté de l'éléphant.

– Lucille veut seulement t'aider à te relever.

La trompe se balançait maintenant devant le visage de Lise.

– Enlève-moi cette bête ! Sur-le-champ ! ordonna-t-elle en lançant un regard assassin à Fillip.

– C'est impoli de refuser une trompe tendue, dit Fillip en caressant le cou de Lucille. Et aussi de traiter un éléphant de « bête ». Elle ne bougera pas tant que tu n'auras pas attrapé sa trompe.

Chaque pulsation qui tapait dans ses tempes disait clairement ce que Lise ressentait face à l'éléphante. La trompe n'était plus qu'à quelques centimètres de sa poitrine. Se relever n'était pas une possibilité envisageable. Rouler sur le côté non plus. Elle regarda Fillip qui hochait la tête avec insistance. À contrecœur, elle leva une main, puis l'autre. L'éléphante poussa un soupir comme pour signifier qu'elle avait trop attendu, puis elle fit un petit mouvement de la tête et glissa sa trompe entre les mains nouées de Lise. Elle fut étonnée par le contact. La trompe n'était pas rugueuse et sèche, comme elle l'avait cru, mais douce et chaude comme de la flanelle sortie du sèche-linge. Lentement, prudemment l'éléphante remit Lise debout.

– Maintenant tu peux lâcher, lui dit Fillip.

Lise jeta un œil derrière elle. Constatant qu'elle était suspendue très près du sol, elle ouvrit ses mains. L'éléphante recula de quelques pas. Elle l'observa ensuite un instant avant de se retourner et de partir de l'autre côté de l'enclos d'un pas lourd. Là, elle plia ses pattes de devant et s'allongea sur le côté en poussant les mêmes gémissements profonds qui avaient éveillé la curiosité de Lise.

– Elle est malade ? demanda-t-elle en brossant la sciure sur son pantalon.

– Non. Lucille est en deuil.

– Mais voyons, bien sûr. Un éléphant en deuil.

– Lucille est comme ça depuis la mort de ton oncle. Ils étaient très liés tous les deux et je connais leur histoire. À plusieurs reprises, ton oncle m'a expliqué comment il l'avait sauvée d'un cirque en Allemagne, trente ans auparavant. Les coups de bâton et de fouet qu'elle avait reçus l'avaient stressée et rendue peu sûre d'elle. Un beau jour, elle en a eu assez. Sa peur s'est transformée en rage et elle a balancé son dresseur par-dessus l'enclos. Il s'est cassé la cheville et plusieurs côtes et le directeur du cirque a décidé de la faire euthanasier. D'une balle dans la tête. Mais un homme d'affaires local lui a proposé une jolie somme d'argent pour avoir le plaisir d'appuyer sur la détente. Une chasse au gros a été organisée sur un ancien terrain de foot en friche à Dortmund avec, en prime, la tête de l'éléphante à exposer parmi ses trophées. Puis ton oncle est arrivé et il a offert une somme plus importante. Après une courte négociation, il a remporté l'éléphante, mais au prix de tout ce qu'il possédait. Il s'est ainsi retrouvé propriétaire d'un animal capable de le tuer à tout moment.

« Il a ramené Lucille en Norvège et a commencé un long et patient travail pour gagner sa confiance. Au lieu de lui donner des coups de fouet, il la récompensait. Mais la foi en l'homme de Lucille avait été si endommagée que ses efforts ne donnaient aucun résultat. Ton oncle venait de créer le cirque et les quelques artistes et techniciens qu'il avait engagés trouvaient que c'était de la folie de dépenser autant de temps et d'argent pour tenter d'apprivoiser l'animal. Lucille était devenue une charge et ils ont essayé de convaincre ton oncle de s'en débarrasser. Hilmar savait qu'ils avaient raison. Un matin, avant que les autres soient levés, il s'est assis sur un tabouret en face d'elle pour réfléchir à cette terrible décision. Puis il s'est mis à lui parler. De sujets totalement insignifiants, seulement pour penser à autre chose. Il lui a parlé du temps, de la beauté des montagnes qui encadraient la vallée où ils avaient planté le chapiteau et aussi de son envie de crêpes. À sa grande surprise, cela a eu un effet apaisant sur elle. Au lieu de marcher nerveusement dans son enclos, elle s'est arrêtée pour l'écouter.

« Alors il a continué à lui parler. Pendant des heures. Après ce fameux jour, il a passé du temps avec elle tous les matins, jusqu'à ce qu'elle se laisse approcher, lentement mais sûrement. Après avoir prudemment accepté de manger dans sa main, elle s'est laissé caresser la trompe et frotter le dos avec un balai. La confiance s'est installée entre eux, et ton oncle a fait venir les membres du cirque, un par un, et il les lui a présentés. Il lui a raconté comment ils s'étaient connus, il a plaisanté sur leurs mauvaises habitudes et lui a expliqué en quoi consistait leur travail. Un jour, quand il n'y avait personne sous le chapiteau, il a fait entrer Lucille sur la piste. D'abord pour lui faire faire un petit tour rapide, puis, progressivement, des tours de plus en plus longs. À chaque fois, il introduisait une partie d'un numéro qu'elle devait réaliser. Lorsqu'elle a été capable d'exécuter un numéro entier, il a invité tous les artistes et leur a demandé de s'asseoir sur les gradins pour jouer le rôle du public. Ils devaient crier et applaudir pendant que l'orchestre jouait aussi fort que possible. Lucille a assuré son numéro à la perfection. Sans aucune faute. Deux semaines plus tard, elle s'est produite devant un vrai public dans un chapiteau bondé. Et elle a continué ainsi pendant les vingt années qui ont suivi, jusqu'au matin où Hilmar n'est pas venu la voir avec sa tasse de café. La veille, il s'était écroulé dans sa caravane. Elle a tout de suite compris que quelque chose n'allait pas.

Et depuis, elle est comme ça. Inconsolable. J'ai essayé de lui parler mais ça ne sert à rien.

– Une belle histoire. Tu devrais la vendre à Disney.

Lise vit que Lucille agitait une oreille. Comme si elle avait compris ce qu'elle disait. Elle se tourna alors vers l'animal :

– Lucille, tu pourrais être la nouvelle Dumbo, dit-elle. Tu aurais ta propre étoile sur le Walk of Fame à Hollywood. Ce serait mieux que de faire peur aux gens.

– Les éléphants sont des animaux intelligents. Ils comprennent bien plus qu'on imagine. Et...

– Attends, ne le dis pas... et ils ont une bonne mémoire ?

Fillip la regarda droit dans les yeux comme s'il cherchait la confirmation de quelque chose, puis il tourna les talons et dit :

– Tout le monde t'attend sous le chapiteau.

Lise sentit de la déception dans sa voix. Si ça avait été de la colère ou de l'irritation, elle ne s'en serait pas souciée. Mais de la déception ! Ça, il n'avait pas le droit ! C'était réservé à ses proches, à Vanja et Børge. La déception chez les autres suscitait toujours en elle une étrange envie de se justifier. Elle voulait expliquer à Fillip qu'elle n'avait jamais versé une larme devant les vidéos YouTube où des chiens attendaient leur maître décédé dans les gares, où des agneaux dormaient tranquillement entre les pattes de leur maman lionne adoptive. Pendant un temps elle était sortie avec un océanographe qui sanglotait comme un gosse en lui montrant des vidéos de ce genre : « Regarde ! Tu ne vois pas ? Ce chat qui sauve une souris ! Au lieu de la manger ! » Lorsqu'elle haussait les épaules d'un air indifférent, il lui disait : « Tu as un cœur de pierre ? Tu es morte de l'intérieur ou quoi ? » Au bout d'un moment, aussi bien l'océanographe que les vidéos avaient dégagé. Même celles où des soldats américains rentraient chez eux et retrouvaient leurs enfants après dix ans de guerre.

Avant de demander à l'océanographe de se barrer et d'arrêter de lui envoyer des liens YouTube, elle avait ressenti ce même besoin de se justifier. Elle lui avait expliqué qu'elle n'avait pas un cœur de pierre, mais qu'elle ne pouvait tout simplement pas se soucier de trucs qui ne la concernaient pas. S'il s'était agi de sa souris à elle qui n'avait pas été mangée par le chat, ou de son propre père qui revenait de la guerre, la situation aurait été différente. Mais elle n'arrivait pas à s'émouvoir devant ce qui arrivait aux gens ou aux animaux à l'autre bout de la terre.

Pendant qu'elle suivait Fillip en direction du chapiteau, elle réfréna son envie de se justifier en se persuadant qu'elle n'en avait pas besoin. Ce cirque ne la concernait pas. Et Lucille non plus.

Ils longèrent le chapiteau jusqu'à l'entrée principale. Le passage, sous la tribune, était plongé dans l'obscurité. Lise suivit Fillip devant le stand vide de pop-corn et de barbe à papa. La lumière des projecteurs au-dessus de la piste éclairait légèrement un escalier étroit menant à la tribune. Ils le contournèrent pour se rendre de l'autre côté du chapiteau.

Enfant, Lise s'était demandé à quoi pouvaient bien ressembler les coulisses d'un cirque. Que se passait-il derrière le rideau d'où sortaient les clowns, les acrobates et les éléphants ? Et voilà qu'elle s'y trouvait.

À droite et à gauche étaient rangés divers objets. Des cordes, des boîtes contenant des quilles et des trampolines repliés. L'ouverture à l'arrière du chapiteau était fermée.

Fillip s'arrêta devant le rideau et se tourna vers elle.

– Les gens qu'on va retrouver... commença-t-il en cherchant les mots justes, ... viennent de perdre quelqu'un de très cher et ils sont également inquiets pour leur avenir. Le testament qui va être lu peut signifier un nouveau départ pour eux en tant qu'artistes de cirque. Ou, au contraire, la fin. Ce cirque est tout ce qu'ils ont... Nous sommes des artistes qui maintiennent vivantes des traditions séculaires. Et chaque jour nous en sommes fiers. Pour nous, ce n'est pas une profession, c'est un... style de vie. Tous ces gens n'en connaissent pas d'autre. Ils ne savent rien faire d'autre. Le cirque, c'est leur vie. Ce que j'essaie de dire, c'est que j'espère que tu respecteras cette idée et que tu essaieras de...

– T'inquiète pas, ce n'est pas parce que je ne pleure pas devant des vidéos YouTube à l'eau de rose que je suis socialement attardée.

– Parfait.

Il ouvrit un pan du rideau et passa de l'autre côté.

Lise s'apprêtait à le suivre mais s'arrêta en entendant la voix de Fillip :

– Mesdames et messieurs, j'ai l'honneur et le plaisir de vous présenter Lise Gundersen, la nièce de Hilmar !

Elle entra en le fusillant du regard.

– C'est la coutume dans le cirque, lui chuchota-t-il en haussant les épaules avec indifférence. Salue le Cirque Fandango !

Lise sursauta. Sur la piste, à dix mètres d'elle, se tenaient une trentaine de personnes qui la fixaient du regard. Elles portaient toutes des costumes de scène. Elle en reconnut quelques-unes de l'enterrement. Les jumeaux de petite taille en justaucorps. L'avaleur de sabres. Et aussi Diana, assise sur un tabouret sur le côté gauche de la piste. Tous la regardaient avec des yeux pleins d'attente. Personne ne disait rien.

Lise se sentit forcée de rompre ce silence inconfortable.

– Ben salut. Donc je m'appelle Lise. Mais ça, vous le savez déjà...

Elle chercha Fillip du regard avant de se retourner vers la piste.

– Bon voilà...

Elle jeta un œil autour d'elle et remarqua que la peinture de la tribune s'écaillait, que les mâts qui soutenaient le toit du chapiteau étaient tachetés de rouille et que l'estrade sur laquelle se trouvait l'orchestre était bancale.

– Très beau cirque, dit-elle.

Elle vit à la tête de Fillip qu'il avait senti le sarcasme dans son ton, ce qui avait totalement échappé à l'avaleur de sabres.

– Merci beaucoup, madame, répondit celui-ci. C'est très gentil à vous de dire ça.

Sa voix était plus claire que Lise ne l'avait imaginé, peut-être à cause de son accent français chantant qui montait à la fin de chaque phrase. Elle vit que plusieurs hochaient la tête pour approuver ce qu'il venait de dire et que d'autres gardaient le silence. Leurs regards indiquaient qu'ils en attendaient plus. Elle sentit l'irritation monter. Elle était donc obligée de bien se comporter avec des gens qu'elle ne reverrait jamais.

– Hilmar Fandango était mon oncle et, comme je l'ai dit à l'église, je ne le connaissais pas. Absolument pas. Pour vous, il était important, alors que pour moi c'était un parfait étranger. Au lieu de vous faire perdre votre temps, et le mien par la même occasion, en prétendant le contraire, je vais être honnête avec vous.

Fillip lui envoya un nouveau regard noir, mais elle décida de l'ignorer et poursuivit :

– La seule raison pour laquelle je suis ici aujourd'hui c'est que j'aurais été rayée du testament si je n'étais pas venue à l'enterrement.

Le sourire sur les lèvres de l'avaleur de sabres s'effaça immédiatement. À présent les gens la regardaient avec scepticisme. Ils exprimèrent leur consternation dans différentes langues. Finalement Diana prit la parole :

– Qu'est-ce que tu veux dire ?

– C'est si difficile que ça à comprendre ? Que je ne ressens aucun lien de parenté avec cet homme que je n'ai jamais...

– Non, le testament. Qu'est-ce que tu veux dire par « rayée du testament si je n'étais pas venue à l'enterrement » ?

– C'était une des conditions de Hilmar Fandango.

– Hilmar n'a jamais mentionné ni écrit une telle chose. D'où cela vient-il ?

Lise se tourna vers Fillip.

– J'ai dû annuler des réunions avec trois clients importants pour venir ici. J'espère donc que tu as une putain de bonne explication à me donner...

– C'était le dernier souhait de ton oncle. Que tu sois là, rétorqua Fillip. Et je savais que tu ne t'en soucierais pas. Puisque tu as des clients dont tu dois t'occuper, qui sont bien plus importants que ta propre famille. Je propose donc qu'on en finisse afin que tu puisses rentrer les retrouver et que nous, nous puissions honorer Hilmar avec une vraie fête.

Tout le monde applaudit mais Fillip les arrêta d'un signe de la main :

– Diana, peux-tu nous lire le testament ?

– Hilmar m'a demandé de ne pas décacheter l'enveloppe avant que nous soyons tous réunis ici, dit Diana en se levant de son tabouret.

Elle sortit de son sac à main une enveloppe blanche qu'elle ouvrit à l'aide d'un de ses ongles rouges. Elle déplia une feuille et se mit à lire :

– *Quand vous entendrez ces mots, j'aurai tiré ma révérence. J'aurai ôté mon chapeau et je me serai incliné devant le public pour la dernière fois. C'est étrange à quel point les choses nous arrivent brusquement. Au moins pour moi. Je n'ai jamais pensé à la mort. En tout cas, pas à la mienne. Et je suis presque certain que c'est parce que j'ai mené une existence riche et gratifiante. Pleine de joie, de solidarité et de fierté. J'ai aussi travaillé dur. Mais dès que le chapiteau était monté, que le public était installé et que je faisais mon entrée sur la piste avec l'orchestre derrière moi, j'oubliais tout le reste. C'était de la magie pure. L'excitation. Les rires et les applaudissements. Peu importe où nous nous trouvions, ces instants étaient toujours aussi intenses. Qu'on soit dans des villes ou des villages, en Suède ou en Belgique. Je ressentais une telle fierté de pouvoir participer à ces moments uniques, et cela grâce à vous tous qui êtes ici. Je suis heureux d'avoir pu passer mes dernières années sur terre avec vous. Et je vous en remercie.*

Diana lança un regard autour d'elle. Les gens sanglotaient et essuyaient leurs larmes. Elle croisa le regard indifférent de Lise et continua :

– *Mon seul regret est de ne pas avoir eu de famille. Une famille à moi. Je n'ai pas eu d'enfants. La vie en a voulu ainsi. Et mon unique frère est mort il y a quelques années. Ça a été un coup dur pour moi. Depuis une grosse dispute il y a trente ans, nous n'avions plus aucun contact. Et nous n'avons jamais pu nous réconcilier. Nous sommes tous les deux passés à côté de la vie de l'autre. Je ne savais même pas qu'il avait une fille. Jusqu'à ce que je découvre, à la fin de mes jours, l'existence de Lise.*

Tout le monde se tourna vers elle. Diana reprit sa lecture :

– *J'aurais aimé le savoir plus tôt. Un enterrement n'est pas le meilleur endroit pour apprendre à connaître les gens. Surtout quand on est celui dans le cercueil. Mais le simple fait de savoir qu'elle existe m'apporte de la joie et de la paix. Parce que la famille, c'est ce qu'il y a de plus important. J'ignore quelle vie ma nièce a menée jusqu'à présent, mais je veux lui donner la possibilité de trouver le même bonheur que moi. C'est pourquoi...*

Diana leva les yeux de la feuille.

– ... *je veux léguer le Cirque Fandango et tout ce que je possède à Lise Gundersen.*

Une vague d'inquiétude s'abattit aussitôt sur l'assemblée. Fillip baissa la tête. Lise avait du mal à réprimer le sourire qui lui chatouillait les lèvres. Elle voyait déjà devant elle un contrat d'associée. Elle s'imaginait dans son nouvel appartement, allongée sur un transat sur son immense toit-terrasse, une coupe de champagne à la main. Il lui suffisait de rentrer à Oslo et de vendre le cirque.

– Il reste encore quelques lignes, commenta Diana avant de reprendre sa lecture : *J'ajoute les conditions suivantes : Lise Gundersen ne pourra pas vendre le Cirque Fandango avant de l'avoir dirigé, avec tout ce que cela implique, pendant cinq représentations, et avoir voyagé et vécu avec le cirque entre chacune d'elles. Si ces conditions ne sont pas respectées, le cirque reviendra à mon cher ami Fillip Dario. Tous mes biens, excepté le cirque, reviendront à Lise Gundersen.*

De nouveaux murmures dans l'assemblée. Cette fois-ci, mélange de consternation et d'optimisme. Fillip leva les yeux vers Lise et lui fit un large sourire. Elle le regarda d'un air sceptique.

– Donc il veut que je...

– Que tu sois directrice de ce cirque pendant cinq représentations. Avec un chapeau haut de forme en satin et tout l'accoutrement.

– Merde, siffla-t-elle en accusant le choc. Et concernant ses biens ? Il possédait quoi en dehors du cirque ?

– Ce que je peux te dire, c'est ce qu'il ne possédait pas. Il avait tout investi dans le Cirque Fandango, répondit Fillip en lui donnant une petite tape sur l'épaule. Ne t'inquiète pas, tu as le temps de t'entraîner devant le miroir. La prochaine représentation aura lieu à Valldal dans une semaine.

8

La piste semblait plus grande quand on se tenait seul au milieu. Après la lecture du testament, les artistes étaient allés boire une bière autour d'un feu dans l'espace entre les caravanes et les camping-cars. Lise regarda autour d'elle en essayant d'imaginer les gradins remplis de spectateurs et elle-même comme directrice de cirque, le micro à la main. Puis elle se dirigea vers la sortie, mais s'arrêta lorsqu'elle entendit la voix de Diana.

– Tu comprends pourquoi Hilmar a posé ces conditions, n'est-ce pas ? demanda la vieille femme en surgissant de l'obscurité derrière l'estrade de l'orchestre.

– Oui, bien sûr. Ce n'était pas seulement un directeur de cirque apprécié, c'était aussi un sadique notoire.

– Il voulait que tu trouves le bonheur. Le vrai.

– Alors il n'avait pas à s'inquiéter. J'ai réussi à le trouver toute seule, comme une grande. À Oslo. Mon compte en banque est d'ailleurs plutôt bien rempli de bonheur. Bientôt presque suffisamment rempli.

– On peut mettre ce mot sur beaucoup de choses. Mais très rares sont celles qui le méritent.

Diana fit signe à Lise de la rejoindre à l'entrée des artistes. Elle écarta un pan de la toile. Les visages des gens réunis autour du feu étaient illuminés par les flammes et les souvenirs heureux qu'ils partageaient. Fillip, debout, parlait avec enthousiasme. Diana et Lise ne pouvaient pas distinguer ses paroles mais elles entendirent les rires et les acclamations des autres.

– Hilmar avait trouvé le vrai bonheur, dit Diana en regardant Lise dans les yeux. Qui continue à vivre après sa disparition. Chez les autres. Il voulait que tu trouves le bonheur toi aussi.

– Je vais sans doute le trouver, dit Lise en se retournant vers la piste. Quand j'aurai vendu cette espèce de taudis sur Internet. Et il y a une chose que je peux déjà te promettre. À toi. Et aussi à Hilmar. Je ne serai jamais directrice de cirque.

9

– Tu vas donc devenir directrice de cirque ?

Le Bluetooth dans la voiture de location rendait la voix de Vanja plate, sans timbre, comme si elle se trouvait dans une boîte hermétique. Lise comprit cependant que sa sœur s'efforçait de réprimer un rire.

– Oui, selon le testament.

Le ferry heurta le quai. Lise entendit un bruit sourd et sentit une secousse faire trembler la voiture. Un membre de l'équipage appuya sur une télécommande et une rampe articulée se baissa. D'un geste autoritaire, il fit signe à la première voiture d'avancer. Lise démarra le moteur.

– Avec le chapeau et tout... ?

– Oui, avec le chapeau haut de forme, le costume pailleté et tout le toutim.

Vanja explosa d'un fou rire si fort que Lise dut baisser le son. La voiture devant elle commença à rouler et elle la suivit sur le quai.

– C'est vrai que tu as beaucoup d'expérience en la matière, dit Vanja d'une voix toujours aussi rieuse.

Tu te souviens dans notre chambre ? Le Cirque Gundersen !

Un sourire se dessina sur les lèvres de Lise tandis qu'elle passait devant un kiosque et un panneau de signalisation limitant la vitesse à 80 km/h. La pluie avait cessé depuis un petit moment, mais l'asphalte était toujours humide.

– Avec la table de la salle à manger en guise de piste, se remémora Lise.

– Mais à l'époque, tu préférais être un lion plutôt que la directrice.

– Et toi, tu étais Vanja, l'incroyable trapéziste volante. Jusqu'à ce que papa rentre et trouve le fauteuil Sacco tout explosé.

Le rire de Vanja résonna à nouveau dans les haut-parleurs et contamina finalement Lise qui éclata de rire à son tour. Elle jeta un œil vers Hareid entre les montagnes de l'autre côté du fjord. Un nuage de pluie formait un couvercle au-dessus de la petite ville. Son rire s'évanouit.

– Tu ne trouves pas étrange qu'il ne nous ait jamais parlé de l'oncle Hilmar ? On aurait été folles de joie si on avait su que j'avais un oncle directeur de cirque.

– C'est sans doute pour ça qu'il n'a rien dit. Notre spectacle menait déjà la vie dure aux chaises et à la table de la salle à manger.

– Oui, c'est vrai, dit Lise en esquissant un sourire. Papa était presque plus rapide pour réparer les chaises que pour nous soigner quand on se blessait. À l'époque, les gens faisaient plus attention à leurs meubles. En tout cas papa. Il ne se contentait pas de nous dire de faire gaffe. Tu te souviens de la table du salon ?

La route était ombragée par le flanc de la montagne à gauche de la voiture sur lequel s'agrippaient des arbres.

– Oui, deux draps et une nappe par-dessus. Jusqu'à mes quinze ans, je n'ai pas su à quoi ressemblait le plateau de cette table. Maintenant elle est rangée dans la remise, recouverte d'au moins cinq couvertures.

– C'est quand même bizarre qu'il ne m'ait jamais dit que j'avais un oncle. Qu'il avait un frère, quoi. Dans son testament, Hilmar a écrit qu'il s'est passé un truc entre eux, il y a trente ans, et qu'après, ils ont perdu tout contact. Ils ont coupé les ponts. Est-ce que maman t'a dit quelque chose à ce sujet ?

– Non.

– Qu'est-ce qui a bien pu se passer ? Papa était l'homme le plus gentil du monde. Et Hilmar était apparemment la réincarnation en costume pailleté de Jésus, de Gandhi et du Dalaï Lama réunis.

Un silence s'ensuivit à l'autre bout du fil.

– Tu as l'intention de le faire ?

– Quoi donc ?

Après un long virage qui l'éloigna du fjord, elle arriva sur une grande plaine qui s'étalait de chaque côté de la route. Des maisons surgissaient çà et là entre des champs de pommes de terre.

– Enfiler un costume à paillettes et diriger le cirque pendant cinq représentations ?

Lise freina lorsque la voiture devant elle tourna à droite.

– Ce que j'ai l'intention de faire, c'est trouver le meilleur avocat d'Oslo et lui demander d'éplucher ce foutu testament jusqu'à ce que j'obtienne ce que je veux.

Quelques secondes s'écoulèrent avant que Vanja ne réponde.

– Il faut juste que tu gardes en tête qu'il n'est pas seulement question de toi. D'autres personnes sont concernées par cette histoire...

Lise l'interrompit en grattant sur le tableau de bord avec ses ongles à côté du micro Bluetooth.

– Ça grésille, je capte mal, Vanja. On se reparle plus tard.

10

À travers la baie vitrée panoramique de Børge, on voyait le soleil sur le point de disparaître derrière les hauts immeubles de bureaux.

– Non… dit-il d'une voix douce, mais sa main crispée sur son portable laissait deviner son irritation. Vous m'avez mal compris. Ce n'est pas une menace. C'est une putain de promesse ! cria-t-il en tapant du poing sur son bureau avant de reprendre en serrant les dents. Je vais vous enterrer vivant dans votre propre merde, et ce n'est pas une métaphore. Dans vos propres excréments, vous entendez. Dans un putain de trou puant dans votre jardin. Je vais tout passer au crible. Je vais faire des recherches sur vous, votre femme et votre fils obèse jusqu'à ce que je trouve tout ce que vous voulez nous cacher. Et après, si jamais vous envoyez cette lettre aux huissiers, je partagerai tout ça avec votre famille, vos amis, votre patron et le reste du monde…

Lise apparut sur le seuil de la porte avec le testament de Hilmar dans la main. Il lui fit signe de s'asseoir sur le canapé avant de reprendre sa communication téléphonique. Sa voix était redevenue douce.

– Je terminerai juste en disant que je suis content que vous soyez d'accord. Merci beaucoup pour cette agréable conversation.

Il raccrocha, posa son portable sur le bureau et se tourna vers Lise.

– Alors ? L'avocat a dit quoi ?

– Le droit est clair sur ce point : le testament ne peut pas être contesté. Cette conclusion m'a coûté cinq mille couronnes. Incroyable !

Penchée en avant dans le canapé en cuir noir, elle fixait le testament de Hilmar.

– Donc tu ne peux rien faire ?

– Non. Et j'ai vu ça avec plusieurs avocats. Il vaut peut-être mieux laisser tomber. De toute façon, un vieux cirque ne doit pas valoir grand-chose.

– Il peut quand même s'agir d'une petite somme non négligeable. Probablement plusieurs centaines de milliers de couronnes, rien que pour le chapiteau, bien qu'il soit usé. D'après les photos que tu as prises, les poids lourds sont en bon état et doivent valoir au moins un million de couronnes. Et il y a aussi tout l'équipement, et l'éléphante…

– L'éléphante ? répéta Lise en riant. Le marché de l'éléphant d'occasion est bon en ce moment ?

– Entre un et trois millions.

– Pff, n'importe quoi.

– Je t'assure. Les éléphants de zoo valent entre un et trois millions. Un éléphant de cirque apprivoisé, qui en plus est dressé à faire des numéros, doit valoir au moins autant.

– C'est un bon prix au kilo. Mais comment tu as...

Le testament dans la main de Lise était tout chiffonné. Elle l'ouvrit lentement comme si des lingots d'or pouvaient en tomber.

– J'ai fait quelques recherches, répondit Børge. Tu sais que j'ai bâti ma carrière sur le fait de ne pas me soucier des autres. Mais je me soucie de toi, Lise. Tu es ma collaboratrice la plus talentueuse... (Il parut soudain vulnérable.) Seul au sommet, dit-on. C'était mon cas jusqu'à ton arrivée. Jusqu'à ce que tu apprennes tout ce que je sais. On s'est battus ensemble. Bataille après bataille. Et chaque fois, ça s'est terminé par un triomphe. Je suis si fier de toi. Mais un jour, je serai au bout de la route. Je me retirerai. J'irai m'installer dans le sud de la France et je mangerai du roquefort allongé sur une chaise longue. Mais d'ici là, je veux transmettre ce que j'ai construit à quelqu'un. À quelqu'un en qui j'ai confiance.

Plusieurs secondes s'écoulèrent.

– Ça signifie... commença-t-elle avant de s'arrêter pour chercher ses mots. Ça signifie beaucoup pour moi ce que tu...

– Très bien. Assez bavassé pour aujourd'hui. Ce monsieur le clown n'est pas franchement notre genre, dit-il d'un air sérieux. Mais je trouve que tu devrais le faire.

– Faire quoi ?

– Devenir directrice de cirque.

– Aller me pavaner devant des ploucs dans un coin oublié des dieux ? Non, je ne crois pas.

– Avec l'argent de la vente, tu pourrais devenir mon associée, dit Børge en faisant un geste vers la baie vitrée qui donnait sur l'open space où des employés étaient penchés sur leur clavier. Et c'est vrai que tu as déjà une sacrée réputation, un certain statut dans cette entreprise. Mais si tu vas jusqu'au bout de cette histoire... si tu deviens directrice d'un cirque dans le but de le dépecer... tu seras une légende.

Elle le considéra longuement.

– Tu te fous de moi, là. En fait, c'est ça le pire.

– Non, je suis sérieux. Tu devrais le faire. Si j'avais eu cette chance, j'aurais foncé. Je n'aurais pas hésité une seconde.

– C'est hors de question. Ça signifie que je serais absente plus de cinq semaines. Et j'ai des clients qui...

– Ce n'est pas un problème. Je te couvrirai. Et si ma mémoire est bonne, tu n'as jamais pris de vacances.

– Mais...

– La semaine où tu as eu la grippe ne compte pas, se dépêcha-t-il d'enchaîner en levant son index. Écoute, après tout ce que tu as fait pour moi et pour l'entreprise, tu le mérites. Alors, qu'est-ce que t'en dis ?

11

Tatjana Zoljovska était couchée à plat ventre sur une grande pelouse verte devant un food truck. Sa tête et le haut de son buste étaient redressés, ses mains tenaient solidement ses chevilles et relevaient ses talons au-dessus de son crâne. Le fjord, quelques mètres plus loin, baignait dans la lumière matinale rougeoyante. Juste devant trônait le chapiteau. Les gens dormaient encore dans les maisons alentour. On n'entendait que le gazouillement des oiseaux qui volaient ici et là, à la recherche de leur petit déjeuner. Et le gémissement de Wolfgang Heine, l'un des jumeaux acrobates.

Vêtu d'un T-shirt et d'un bas de jogging, il était allongé à quelques mètres de Tatjana et cherchait à reproduire sa posture. Il jeta un coup d'œil à l'avaleur de sabres, Jacobi Montebleu, qui, lui, y parvenait bien mieux. La fierté qui se lisait sur le visage de Jacobi irrita Wolfgang. Il se tourna vers la jeune femme et grogna avec son accent allemand :

– Comment la douleur peut-elle être bonne pour le corps ? C'est impossible. C'est n'importe quoi, Tatjana.

– C'est Dhanurasana. Cela signifie *s'incliner* en sanskrit. Le corps doit ressembler à un arc tendu prêt à tirer une flèche, expliqua Tatjana, concentrée sur sa respiration, les yeux fermés. Dhanurasana assouplit la colonne vertébrale. Tu te plains toujours d'avoir mal au dos, Wolfgang.

L'accent russe de la jeune femme donnait à ses mots une profondeur particulière.

– Oui. Et maintenant, j'ai aussi mal ailleurs, grimaça-t-il en lâchant ses chevilles et en roulant sur le dos. Le yoga, c'est pour les trapézistes comme toi. Et pour les contorsionnistes. Pas pour les jongleurs à faible teneur en matière grasse comme moi.

– Le yoga, c'est pour tout le monde, déclara Tatjana.

– En tout cas, ça fonctionne super bien pour moi, se vanta Jacobi en voyant le regard jaloux de Wolfgang. À une époque, j'ai été contorsionniste. Parce que mon père l'était. Le Grand Jacobi. On voyageait dans toute l'Espagne avec notre cirque. Mon père était constamment à la recherche d'espaces de plus en plus petits pour s'y introduire. Je me souviens d'un matin où j'ai été réveillé par un bruit dans le placard au-dessus du canapé. Je l'ai ouvert et mon père en est tombé et a cassé la table. Bien sûr, il a voulu que je fasse le même métier que lui. Pendant des années, je me suis entraîné quotidiennement et j'ai aussi fait quelques numéros devant un public. Tout laissait croire que je serais le prochain Grand Jacobi. Mais le problème, c'est que j'ai trop grandi. Frustré, mon père me voyait prendre des centimètres et il maudissait ma mère qui était partie peu de temps après ma naissance. « Que cette géante de femme aille en enfer ! » disait-il. Il a fini par se faire à l'idée que je ne pourrais jamais prendre la relève. Un jour, il a attrapé un couteau à beurre dans le tiroir de la cuisine et il m'a demandé de l'enfoncer aussi loin que possible dans ma gorge.

– Quelle histoire émouvante, se moqua Wolfgang.

– Tatjana et moi, on est ici pour faire du yoga, répliqua Jacobi. Puisque tu ne veux même pas prendre la peine d'essayer, tu n'as qu'à retourner dans ta caravane et nous laisser travailler en paix.

– C'est difficile de se concentrer quand tu n'arrêtes pas de nous raconter tes souvenirs d'enfance, persifla Wolfgang en tentant une nouvelle fois de forcer son corps à prendre la posture Dhanurasana.

– C'est surtout difficile de ne pas avoir l'esprit encombré en ce moment, dit Tatjana en ouvrant les yeux.

Elle abandonna sa posture et s'allongea sur le dos en regardant le ciel.

– Quand l'avenir est si incertain, je veux dire. Je n'ai aucune raison de retourner en Russie. Ma vie est ici, ajouta-t-elle en se tournant vers le chapiteau. Tout ce que j'ai et tout ce que je sais faire est ici.

– Pareil pour moi, répondit Wolfgang en cessant lui aussi sa posture. Chercher du travail en n'ayant que « jongleur » à mettre sur son CV, ce n'est pas terrible pour être contacté pour un entretien.

– Tu pourrais aussi ajouter « de petite taille », dit Jacobi.

– Quoi ?

– Tu pourrais le spécifier sur ton CV. Non, ne recommence pas avec ton air indigné, ajouta-t-il en voyant que Wolfgang s'apprêtait à protester. Pourquoi les gens de petite taille sont-ils aussi susceptibles ?

– Une double dose de préjugés. Merci, Jacobi. Je n'ai plus besoin des regards désagréables que me lancent les gosses quand j'entre dans un magasin. Ni de ces gens qui me parlent comme si j'étais un môme. Non, je n'en ai plus besoin, puisque j'ai un bon copain qui a suffisamment de préjugés à lui seul pour en donner toutes les facettes. Tout en un, avec l'accent français en plus.

– Je suis sérieux. Il y a plein de gens qui cherchent des personnes de petite taille pour différents boulots. Dans le cinéma, par exemple. Pourquoi tu n'écrirais pas « de petite taille » sur ton CV ? Tu es de petite taille, non ?

– Mais oui, tu l'as dit, je suis de petite taille, rétorqua Wolfgang d'une voix de plus en plus agacée. C'est bien ce que je suis. Je suis né comme ça. Ce n'est pas une compétence. Je ne me suis pas entraîné pour le devenir. Je n'ai pas non plus fait des études en petite taille dans une université de petite taille où j'aurais passé des examens de petite taille. Alors pourquoi est-ce que je devrais le mettre sur mon CV ? Tu n'as aucune idée de ce que je vis à l'extérieur… parmi les gens comme vous, précisa-t-il en voyant que Jacobi s'apprêtait à parler. Et tu n'as pas non plus essayé de trouver du boulot ailleurs que dans un cirque. Mais moi, j'ai essayé. Il y a dix ans, avant de rencontrer Hilmar, mon frère et moi, on travaillait dans un cirque au Danemark. La vente de billets n'arrêtait pas de baisser, comme c'est le cas dans tous les cirques depuis ces vingt dernières années. Ça faisait déjà un an et demi que je le voyais venir. Alors j'ai pensé qu'il fallait que je sois plus intelligent que ça et que je me prépare à faire un autre métier. Même si mon frère me disait que ça ne servirait à rien. J'ai suivi des cours de gestion et de comptabilité à l'université. Et le jour où le directeur du cirque a frappé à la porte de notre caravane pour nous dire que c'était fini et qu'il fallait qu'on parte, je n'étais pas inquiet. J'étais prêt pour un nouveau départ. Avec un diplôme et mon CV en poche, je me suis rendu à mon premier entretien. Il s'agissait d'une petite entreprise de transport qui avait besoin d'un comptable. En toute confiance, j'ai expliqué ce que je pouvais apporter à la boîte. Le directeur m'a poliment remercié d'être venu, mais je voyais bien qu'il brûlait d'envie de me poser une question. Alors je lui ai demandé s'il voulait d'autres renseignements sur moi. « Est-ce que vous pouvez me faire un numéro amusant ? » a-t-il demandé. J'ai dit non et je suis parti sans trop penser à ce qui venait de se passer. Il y a des idiots partout, tôt ou tard on les croise, me suis-je dit. À nouveau gonflé de motivation, je me suis présenté à mon deuxième entretien. L'homme qui m'a accueilli n'arrivait pas à s'empêcher de rire en me voyant grimper sur la chaise pour m'asseoir. Au milieu de l'entretien, il a disparu. Quelques minutes plus tard, il est revenu avec trois collègues et il m'a dit : « Venez dire bonjour à ces messieurs. » J'ai sauté de ma chaise et je suis allé les saluer, fier d'être considéré comme suffisamment important pour que d'autres personnes veuillent me rencontrer. Persuadé que la chance me souriait, je suis retourné à ma chaise, rassuré. Et c'est là que j'ai entendu le premier chuchoter aux autres : « Regardez, regardez ! » et lorsque je grimpais pour m'asseoir, ils ont tous eu un fou rire.

Quelques secondes s'écoulèrent, on n'entendait plus que le chant des oiseaux. Puis Wolfgang regarda Jacobi droit dans les yeux avant de poursuivre :

– Mon frère avait raison, c'était du temps perdu. Alors si tu veux que j'écrive « de petite taille » sur mon CV, toi, tu devrais écrire « idiot » sur le tien. Parce que c'est ce que tu es. Un idiot.

– Et toi, tu es… riposta Jacobi.

– On est tous dans le même bateau, les interrompit Tatjana avant de se tourner à nouveau vers le chapiteau. Nous et tous les autres là-bas. On doit donc rester solidaires. Comme on l'a toujours été. Ne vous disputez pas pour des choses sans importance. Allez, embrassez-vous.

– S'embrasser ? Jamais de la vie !

– Se montrer magnanime est une preuve de grandeur !

– Bien sûr mais… commença Wolfgang qui fut interrompu par Jacobi qui le serra dans ses bras de façon exagérée.

Wolfgang répondit au geste de Jacobi en jetant un regard plein d'espoir à Tatjana. Celle-ci observa leurs embrassades forcées, puis elle se tourna vers le fjord, un sourire sage aux lèvres.

Le bourdonnement d'un portable posé dans l'herbe mit fin aux embrassades. Jacobi attrapa le téléphone et lut le sms qu'il venait de recevoir. Puis il regarda les autres :

– Venez. Fillip nous convoque sur la piste.

12

Les restes de l'omelette dorée et les miettes de pain noir dans l'assiette de Fillip lui faisaient penser à de l'art abstrait. La tranquillité matinale régnait encore dehors. À travers la fenêtre de sa caravane, il aperçut Lucille, la seule à être réveillée, qui bâillait, appuyée contre son abreuvoir. Il sourit en voyant une grive sautiller sur son dos. L'oiseau avait dû croire s'être perché sur un rocher avant que celui-ci ne se mette à bouger.

Son sourire disparut quand son regard tomba sur le portable posé à côté de l'assiette. L'écran venait de s'allumer et il découvrit la réponse de Jacobi : *OK, on arrive*. Il leva les yeux vers le cadre poussiéreux en bois posé au-dessus de la banquette. C'était une photo de lui en habit de clown au milieu de la piste. Hilmar, vêtu de son costume de scène et coiffé de son chapeau haut de forme, se tenait à côté de lui, souriant, avec son bras autour de ses épaules. Cette photo réveilla des souvenirs qui donnaient une dimension plus grave encore à ce qui allait se dérouler sous le chapiteau d'ici quelques minutes. Elle avait été prise juste après sa première apparition devant le public du Cirque Fandango. Hilmar l'avait présenté avec panache et l'accueil de son numéro avait dépassé toutes ses attentes. Le public avait manifesté son enthousiasme avec des rires et en tapant des pieds. Lorsque Fillip s'était incliné pour remercier, il avait cherché le regard de Hilmar. Personne dans le public ne savait ce que cela signifiait pour lui d'être de retour sur la piste ce soir-là. En fait, c'était Hilmar qu'il avait remercié à la lumière des projecteurs après avoir passé une si longue période dans l'ombre. Ces projecteurs qui, à présent, risquaient de s'éteindre pour tous ceux qui avaient voué leur vie à ce cirque.

Il inspira profondément, se leva et regarda une nouvelle fois la photo avant d'enfiler une paire de sandales et de sortir de sa caravane en direction du chapiteau.

– Il y a vingt minutes j'ai reçu un sms de Lise Gundersen, déclara Fillip en passant d'un visage à un autre.

Il se tenait au milieu de la piste et faisait face à tous les artistes dont certains étaient debout, d'autres assis sur la bordure.

Le calme rendait l'ambiance pesante. Il leva son portable pour leur montrer l'écran.

– Elle arrive.

Un murmure inquiet se propagea dans la troupe.

– Qu'est-ce que ça signifie ? demanda Wolfgang. Est-ce qu'elle a pris une décision au sujet du cirque ?

– Je ne sais pas, Dieter, mais elle…

– Wolfgang, rectifia Wolfgang. Lui, c'est Dieter, dit-il en montrant du doigt son frère jumeau qui était assis un peu plus loin. Moi, c'est Wolfgang. Il faut que je te le dise combien de fois ?

Dieter fit un signe de la main à Fillip qui se tourna à nouveau vers Wolfgang.

– J'ignore si elle a pris sa décision. Tout ce que je sais, c'est qu'elle arrive demain matin. Elle n'en a pas dit plus. Si je vous ai convoqués, c'est pour que nous nous mettions d'accord sur ce que nous allons faire si elle décide de diriger le cirque pendant les cinq prochaines représentations, expliqua Fillip d'une voix grave. Car je suis persuadé que la première chose qu'elle fera après, ce sera de le vendre. À mon avis, elle a déjà des acquéreurs. Nous devons donc essayer de trouver le moyen de l'en dissuader.

– La dissuader de vendre le cirque ou de le diriger pendant cinq représentations ? demanda Diana, assise sur le tabouret qui d'habitude servait pour le numéro d'équilibre de Lucille.

Fillip vit dans le regard de la vieille femme qu'elle avait très bien compris.

– Nous ne pouvons pas prendre le risque qu'elle aille au bout des cinq prochaines représentations, dit-il. Il s'agit de notre gagne-pain. De notre cirque. Donc nous devons…

– Compromettre son travail ? l'interrompit Diana en le défiant du regard, avant de se mettre debout sur le tabouret et de se tourner vers l'assemblée. Le dernier souhait de Hilmar était que sa nièce, sa seule famille encore vivante, ait l'occasion d'apprendre à aimer le cirque autant que lui. Et toi, qui lui dois tout, tu refuses d'exaucer sa dernière volonté ?

– Il ne s'agit pas que de moi, Diana. Je suis certain que tout le monde ici...

– Et que se passera-t-il si on sabote son travail et qu'elle abandonne ?

– On continuera comme avant.

– Avec toi pour directeur, c'est ça ?

– Ce cirque était l'air que Hilmar respirait, commença Fillip en fixant Diana dans les yeux. Il était le sang qui circulait dans ses veines. Jamais il ne l'aurait sciemment mis en danger. Mais à l'approche de la mort, il arrive que l'âme cherche à combler le vide, parfois à l'aveugle, et alors elle perd la réalité de vue. Sans le vouloir, Hilmar a mis en péril ce qu'il avait créé et tant aimé en léguant ce cirque à Lise Gundersen. Tout ce que je veux, c'est m'assurer que son œuvre continue à exister, poursuivit-il en regardant les artistes un par un avant de revenir à Diana. Je suis certain que je partage cette volonté avec tout le monde ici.

– En sabotant le travail de sa nièce et en allant à l'encontre de ce qu'il souhaitait ? s'indigna Diana en se tournant vers le groupe. Voyons ce qu'en pensent les autres. C'est la piste qui décide, comme toujours. Vous qui voulez honorer la dernière volonté de Hilmar, sortez avec moi. Vous qui êtes d'accord avec Fillip, restez avec lui.

Mal à l'aise, les artistes échangèrent des regards en évitant de croiser celui de Diana. Une demi-minute passa sans que personne bouge.

– Vous savez que vous avez tort, dit Diana en se dirigeant d'un pas lourd vers la sortie.

Fillip la suivit des yeux jusqu'à ce qu'elle disparaisse derrière le rideau.

– Très bien. La piste a décidé. Si Lise Gundersen veut être directrice de cirque, nous ferons tout notre possible pour nous assurer qu'elle abandonne son idée au plus vite. Des suggestions ?

Jacobi leva la main.

– On pourrait refuser de se produire. Comme ça, elle ne serait pas en mesure de diriger les cinq représentations.

– Impossible, rétorqua Fillip en s'avançant vers le groupe. C'est écrit dans notre contrat. Et elle va l'éplucher, ça j'en suis certain. C'est aussi valable pour l'orchestre. Nous ne pouvons pas aller à l'encontre de notre contrat, ça lui donnerait l'occasion de nous virer et d'embaucher d'autres artistes.

Wolfgang, assis derrière Jacobi, se leva et monta sur la bordure pour se rendre visible.

– Mais dans notre contrat, il est également écrit que nous ne sommes pas obligés de nous produire si moins d'un tiers des billets est vendu. Nous pourrions nous arranger pour que nos numéros soient catastrophiques, non ?

– Tu veux dire, ne rien changer aux habitudes ? répliqua Jacobi en riant de sa propre blague.

– Continue Wolfgang, dit Fillip en faisant un signe à Jacobi pour lui demander de se taire.

– On pourrait liguer le public contre elle, reprit Wolfgang. Cinq cents personnes furieuses qui exigent d'être remboursées. Ça serait mortel pour n'importe qui. Et ce serait à elle de s'arranger avec tous ces gens, non ? La rumeur se répandra pour les représentations suivantes et plus personne ne voudra acheter de billets.

– C'est une très bonne idée.

– Oui, mais il n'est pas le seul à avoir de bonnes idées, dit Jacobi en voyant Tatjana approuver la proposition de Wolfgang. Moi aussi, j'en ai une, continua-t-il en faisant une petite pause avant de poursuivre : Nous pourrions passer notre temps à nous plaindre.

– Comme à ton habitude, tu veux dire ? lança Wolfgang en lui donnant une tape sur l'épaule.

– Laisse Jacobi parler, intervint Fillip.

Wolfgang leva ses mains en l'air, paume vers l'arbitre, comme un footballeur qui ferait l'innocent après un mauvais tacle.

– En tant que directrice, elle est responsable de nous, expliqua Jacobi. Aussi bien en ce qui concerne nos conditions de travail, notre équipement que notre sécurité. Et notre bien-être. Nous avons donc plein de possibilités de nous plaindre. Nous pouvons la faire sortir de ses gonds en protestant à propos de tout et n'importe quoi. Aller frapper à la porte de sa caravane de jour comme de nuit. Pleurnicher jusqu'à ce qu'elle n'en puisse plus.

– C'est aussi une très bonne idée, admit Fillip.

Fier de lui, Jacobi adressa un sourire à Tatjana. Elle répondit à son sourire, avant de se tourner vers Fillip et de prendre la parole :

– Avons-nous le droit d'être malades ?

– Malades ?

– Oui, nous pourrions prétendre que nous sommes malades puisque nous n'avons pas le droit de refuser de faire nos numéros.

– Elle exigera forcément un certificat médical.

– Je connais quelques médecins. Et puisque Lise devra aller jusqu'au bout de ces cinq représentations, il lui faudra trouver un remplaçant si l'un d'entre nous tombe malade. Ou bien monter elle-même sur la piste.

Fillip pouffa de rire à cette idée.

– Lise Gundersen sur la piste en costume de clown. Je ne pense pas qu'elle apprécierait… Le plus important c'est que nous soyons conscients de la gravité de la situation, dit-il après quelques secondes de réflexion, et que nous restions unis. C'est primordial pour réussir. Elle n'abandonnera pas facilement. Telle que je l'ai perçue, elle est froide et déterminée. Et demain, quand elle arrivera, nous devrons…

– L'assassiner ? l'interrompit Diana depuis le haut des gradins. Puisque vous êtes si bons en conspiration et en sabotage, vous pourriez aussi aller droit au but en planifiant un petit accident ?

– On a voté. Et tu as perdu, Diana. Donc tu dois respecter…

– Respecter ? l'interrompit-elle à nouveau.

– Oui, tu dois respecter le fait que nous n'avons pas le même point de vue que toi sur cette affaire.

– Hilmar te respectait, Fillip. C'est la raison pour laquelle tu figures sur le testament et que tu prendras la place de Lise Gundersen si elle décide de se retirer. Il avait confiance en toi et pensait que tu respecterais sa dernière volonté. Mais ce que tu fais là... dit-elle en faisant un grand geste de la main vers la piste. Ce que vous faites tous, c'est exactement le contraire de ce qu'il souhaitait. Je veux que vous en soyez conscients. Et que vous y pensiez, le soir, allongés dans votre lit ou quand vous continuerez à travailler dans ce cirque que Hilmar a créé et que vous aimez tant. Pensez à la façon dont vous voulez qu'on se souvienne de vous et à la dernière représentation que vous garderez en mémoire. Ce ne sont pas les applaudissements du public qui auront de l'importance, mais le respect que vous avez témoigné à ceux qui ont compté pour vous.

– Tu ne connais pas Lise Gundersen ! Elle se fiche totalement de nous et du cirque.

– Elle ne se connaît sans doute pas encore elle-même. Hilmar voulait peut-être lui donner la possibilité de le faire.

13

Un peu avant Åndalsnes, Lise avait tourné à gauche et pris l'autoroute 63. Elle s'était retrouvée bloquée derrière une queue de caravanes de touristes terrifiés qui avançaient au pas dans les étroits virages en épingle à cheveux de Trollstigen. Le café au sommet, à l'ombre des pics acérés, l'avait tentée – elle n'avait mangé qu'une saucisse à la station-service de Hamar quatre heures et demie plus tôt –, mais elle était finalement passée sans s'y arrêter. Elle avait continué la Route des Trolls à travers le paysage montagneux vers Valldal. Elle s'arrêta enfin et fit une pause aux gorges de Gudbrandsjuvet, devant un petit stand qui vendait des fraises. Avec une barquette dans la main, elle lut sur un panneau d'information que l'origine du nom venait de Gudbrand, un homme qui au 16e siècle s'était enfui avec une jeune mariée et avait échappé à ses poursuivants en sautant par-dessus la gorge, là où elle était la plus étroite. Mis hors la loi, il avait vécu le restant de ses jours dans une cabane en pierre dans l'une des vallées à proximité.

Appuyée contre le garde-fou, Lise oublia la légende en regardant la masse d'eau qui continuait à se briser contre la montagne avec la même force depuis des millénaires, alors que des guerres et des civilisations s'étaient succédé. En comparaison, une vie humaine n'était qu'un battement de cils, un flocon de neige sur une joue chaude. Ce côté éphémère la fit penser à celle de son père. À ce qu'il en avait fait. Aux souvenirs qu'il avait laissés et dont avaient témoigné ses amis dans leurs beaux discours lors de ses funérailles. Avant que ses pensées n'atteignent sa propre existence, elle se fraya un chemin à travers la horde de touristes asiatiques, remonta dans sa voiture et repartit.

Au fur et à mesure que la route s'aplanissait en bas du fjord, la vallée s'élargissait. De chaque côté de la rivière, il y avait des champs de fraises d'un beau vert, jusqu'à une rangée de vieilles maisons en bois qui s'étendait vers le fond du fjord. Lise se gara sur le parking de la marina, sortit de la voiture et jeta un regard autour d'elle. À sa droite, derrière quelques rares boutiques, elle aperçut une église. Au-dessus du tunnel, par lequel passaient des caravanes pour poursuivre leur trajet touristique jusqu'à Tafjord, elle vit une gravure représentant le serpent de mer que saint Olav aurait lancé contre une paroi rocheuse quelques centaines de mètres plus loin. Dans la direction opposée, elle découvrit le toit du chapiteau d'un bleu défraîchi. Elle remonta dans sa voiture et longea le fjord jusqu'à une grande pelouse à côté de la route où trônait le Cirque Fandango.

Il n'y avait pas d'autre voiture devant le chapiteau. Et personne en vue. Elle se dirigea vers l'entrée principale, s'arrêta et tendit l'oreille. Pas un bruit à l'intérieur. Elle repoussa la lourde toile, entra et traversa le passage sombre derrière les gradins avant de monter un escalier. La piste devant elle était vide, à l'exception d'un énorme canon qui trônait au milieu, éclairé par les projecteurs. Les gradins aussi étaient vides. On aurait dit que le canon, surdimensionné et décoré de rayures rouges et blanches, provenait d'une BD de Donald. Lise mit ses mains en coupe autour de sa bouche et cria :

– Hé ho ! Y a quelqu'un ?

– Fichez le camp ! répondit une voix d'homme avec l'accent britannique.

– Où êtes-vous ?

– Fichez le camp, je vous dis.

– Qui êtes-vous ? demanda Lise en cherchant l'endroit d'où pouvait provenir la voix.

– En quoi ça vous regarde ? Vous n'avez rien à faire ici. Foutez-moi la paix.

– Mais…

– Dehors !

– Mais, je…

– Dehors ! Sortez !!!

Lise regarda à nouveau autour d'elle et aperçut quelque chose du coin de l'œil. Un léger mouvement dans la bouche du canon. Elle se pencha en avant pour mieux voir. Quelque chose de rond et de brillant bougeait à l'intérieur. Quelque chose de rouge avec des rayures blanches. Elle réalisa que c'était le haut d'un casque et aperçut en dessous un visage en colère. Elle s'apprêtait à parler quand une main sur son épaule l'arrêta.

– Mieux vaut le laisser tranquille, dit une voix derrière elle qu'elle reconnut aussitôt. C'est Adam von Munchausen. Ou plutôt, Adam Foddletorp, de son vrai nom. Viens, dit Diana avec un sourire en se dirigeant vers l'escalier.

Lise la suivit. La lumière à l'extérieur du chapiteau était éblouissante. Elle se protégea les yeux de sa main.

– C'est franchement pas le gars le plus sympa que j'aie rencontré.

– Adam était une grande star dans le milieu du cirque, lui expliqua Diana. Le seul homme-canon d'Europe, légendaire pour son audace.

– Ce qui explique son côté diva.

– Non, ce n'est pas une diva. Il a simplement perdu confiance en lui après un accident il y a un an, lors d'une représentation en Belgique. Quelque chose est allé de travers et il s'est écrasé au sol cinq mètres avant le matelas d'atterrissage. Il a été très amoché, et surtout il a eu la peur de sa vie. Peu de temps après, le cirque pour lequel il travaillait l'a licencié. Depuis, il n'a jamais refait son numéro.

– Mais pourquoi il est là ?

– Hilmar croyait en lui. Il l'a engagé pour lui donner une chance de se refaire une réputation. Comme il l'a fait pour beaucoup de gens.

– Donc Hilmar le payait à ne rien faire ?

– Hilmar avait de la peine pour Adam. Il savait qu'il finirait par refaire son numéro d'homme-canon et que, ce jour-là, le Cirque Fandango aurait la plus grande attraction de tous les cirques d'Europe. C'est l'une des cascades les plus dangereuses qui soient. Et les gens adorent le danger. Lorsque Adam sera prêt à refaire son numéro, le chapiteau sera à nouveau bondé. Mais on ne peut jamais écarter le risque d'une mauvaise manœuvre.

– Une pure folie, si tu me demandes mon avis.

– Hilmar lui permettait de disposer de la piste seul pendant une heure tous les jours avant le début du spectacle. Et nous avons l'intention de continuer ainsi jusqu'à ce qu'il arrive à nouveau à appuyer sur le bouton.

– Je n'en suis pas aussi sûre, dit Lise en regardant Diana. Durant les cinq prochaines représentations, c'est moi qui dirai ce qui va continuer ou pas.

– Tu as donc pris ta décision ?

– Oui. Pourquoi tu souris ? demanda Lise en voyant le visage de Diana s'éclairer. Ce n'est pas franchement une bonne nouvelle pour toi. À moins que tu n'aies envie de prendre une retraite anticipée.

– Viens, dit Diana en posant une main sur son épaule pour l'entraîner le long du chapiteau. C'est une bonne nouvelle pour moi, parce que c'est une bonne nouvelle pour ton oncle. C'est ce qu'il voulait. Et maintenant on va la partager, cette nouvelle, avec Fillip. Il est dans sa caravane.

Lise suivit Diana entre les poids lourds derrière le chapiteau. Elles passèrent devant Lucille, la trompe plongée dans un seau d'eau, et continuèrent jusqu'à une vieille caravane jaune dans une rangée d'autres. Diana frappa à la porte et la voix de Fillip se fit entendre de l'intérieur.

– Entrez !

Fillip était assis sur sa banquette avec un livre entre les mains. En voyant Lise, il le posa rapidement sur la table, se leva et se dépêcha d'aller dans le coin cuisine pour rassembler les couverts et les gobelets sales dans l'évier, qu'il recouvrit d'un couvercle en verre trempé.

– Bonjour, tu veux... dit-il en faisant un geste vers la banquette jonchée de biographies, de romans et de paquets de biscuits vides.

– Non merci. Je ne préfère pas.

– Tu as pris ta décision ?

– Oui.

– Alors ?

– À ton avis ?

– Écoute, beaucoup de choses sont en jeu pour les artistes ici. Cette décision n'est pas à prendre à la légère. Ce serait donc bien si tu pouvais être sérieuse et me dire ce qu'il en est.

– Je pense que tu le sais déjà, répondit-elle en jetant un œil à Diana avant de regarder le chapiteau par la porte ouverte. J'imagine que tu as compris que je n'ai pas fait tout ce voyage pour annoncer que je renonce à mon héritage.

– Et tu es consciente de ce que ça signifie ? dit Fillip dont les yeux s'étaient rétrécis.

– Oui.

– Tu comprends que, pour pouvoir hériter, tu dois diriger le cirque pendant cinq représentations ? Ce qui signifie que tous les numéros inscrits sur le programme doivent être réalisés et que tu dois aussi t'occuper du quotidien de ce cirque, avec tout ce que ça implique ? Et bien qu'aucun des employés ne veuille de toi ici ?

– Je crois que tu as encore besoin de t'entraîner un peu sur ta stratégie pour me faire peur. J'ai déjà dirigé des projets avec plus de mille personnes impliquées, qui me détestaient toutes. Être à la tête d'un cirque pendant cinq représentations, ce sera des vacances pour moi. Des vacances étranges, mais des vacances quand même.

– Très bien. Comme tu veux. Alors je te suggère d'organiser une réunion ce soir pour faire le planning. En vue de ta première représentation demain. Bonnes vacances !

– Merci. J'ai trop hâte.

14

– Je croyais que le directeur disposait de la plus grande caravane, genre camion spacieux composé d'une chambre, d'un salon, d'une grande cuisine et équipé d'une antenne parabolique et d'un jacuzzi.

La caravane devant Lise était l'une des plus petites parmi celles qui étaient rangées derrière les camions. Sa carrosserie blanche laquée aux rayures horizontales beiges était marquée par les intempéries, mais n'avait pas de fissures. Une corneille se tenait en équilibre sur l'antenne télé qui se dressait de travers sur le toit. Diana sortit la clé de sa poche et déverrouilla la porte.

– C'est peut-être le cas dans les autres cirques mais Hilmar n'était pas un directeur ordinaire, dit-elle. Il a acheté sa caravane en 1986. D'occasion. Il était plus intéressé par son cirque que par son confort personnel.

– Évidemment.

– Bienvenue, lança Diana en ouvrant la porte dont les gonds grincèrent. (Elle tendit la clé à Lise.) J'ai enlevé la plupart des affaires de Hilmar. Il voulait que tu te sentes ici comme chez toi.

– Comme chez moi ? répéta Lise en regardant la clé comme si elle était empoisonnée, mais sans la prendre. Écoute, vous les gens du cirque, vous aimez apparemment vivre dans ce genre de… boîtes de conserve roulantes. Mais moi, ce n'est pas du tout mon truc. J'ai réservé une chambre à l'hôtel Fjord de Valldal. Je vais commencer par aller me relaxer dans leur spa avant de vider le minibar, puis j'irai me coucher dans mon énorme lit douillet où j'ai l'intention de passer une bonne nuit.

– Non, rétorqua Diana en regardant la clé qu'elle avait toujours dans sa main tendue.

– Non ? Comment ça, non ?

– Tu ne peux pas.

– Bien sûr que si. La réservation de la chambre a été confirmée. J'ai d'ailleurs retenu une chambre d'hôtel à tous les endroits où auront lieu les cinq représentations.

– L'une des conditions dans le testament de Hilmar était que tu…

– Mais, je vais vous suivre de ville en ville avec ma voiture. Et je pourrai toujours utiliser ce tas de ferraille comme bureau, dit-elle en tapant de la paume de sa main sur la caravane.

– Non. Les conditions stipulent clairement que tu dois habiter avec nous à temps plein pendant les cinq représentations. Il n'est pas question que tu te contentes de faire seulement le voyage avec le cirque. Donc, cette caravane sera ta maison pendant les cinq prochaines semaines, déclara Diana en tapant elle aussi sur la caravane de la paume de sa main. Profites-en bien. Il y a des draps propres dans le placard au-dessus du lit. Je vais annoncer à tout le monde qu'il y a une réunion à 18 heures.

Lise saisit brutalement la clé que lui tendait Diana, entra dans la caravane et claqua la porte. Le tissu marron foncé de la banquette était troué par endroits, la surface de la table était rayée et le petit évier en aluminium bosselé, signes qu'ils avaient des années de bons et loyaux services derrière eux. En revanche, l'endroit était propre et bien rangé. Le coin couchage se trouvait derrière un rideau au fond de la petite caravane. Elle s'en approcha, tâta le matelas et ouvrit ensuite la petite porte sur sa droite. Elle découvrit une salle d'eau microscopique où un pommeau de douche pendait au-dessus des minuscules toilettes.

Dépitée, elle recula d'un pas, sortit son portable, prit une photo de la salle d'eau et l'envoya à Børge :

MERCI DE M'AVOIR POUSSÉE À VIVRE ICI PENDANT CINQ SEMAINES !

Puis elle ouvrit le placard au-dessus du lit pour prendre les draps soigneusement pliés et rangés. En les sortant, elle remarqua qu'il y avait quelque chose dans le fond. Elle monta sur le bord du lit et découvrit des piles de livres, sans texte au dos. Elle en attrapa un et se rendit compte qu'il s'agissait en fait d'un album photo. Elle s'assit sur le lit et l'ouvrit. Le film plastique qui protégeait les photos fit un petit bruit de froissement lorsqu'elle tourna la couverture. La première image représentait Hilmar, dans son costume de directeur, au milieu de la piste. À en juger par les vêtements des spectateurs, la photo avait été prise une vingtaine d'années auparavant. L'appareil avait figé les mains en train d'applaudir, les mines enthousiastes et Hilmar qui recevait les acclamations, les bras écartés. Les parties dorées de son costume rivalisaient d'éclat et de chatoiement avec son chapeau haut de forme en satin. Mais la fierté qui se lisait dans ses yeux était encore plus spectaculaire. Derrière lui, à côté de l'orchestre, on voyait tous les artistes en train de saluer le public. Lise n'en reconnut aucun. Puis elle aperçut une silhouette qui regardait la piste de derrière le rideau. Elle l'étudia de plus près. Ses cheveux étaient d'un noir intense, et non pas striés de gris comme aujourd'hui, et son visage lisse et sans rides. Mais aucun doute, c'était Diana. La fierté et la tendresse qui se lisaient dans son regard étaient destinées à Hilmar, pas au public.

Lise passa à la page suivante sur laquelle il y avait deux photos. Celle du haut représentait Hilmar qui aidait un garçon d'une dizaine d'années à monter sur le dos de Lucille devant le chapiteau. D'autres enfants attendaient leur tour avec impatience et autour d'eux se tenaient des adultes souriants. Lise examina chaque visage. Elle avait l'habitude de chercher la personne qui ne souriait pas sur les photos où tout le monde semblait heureux. La seule qui soit triste, mécontente ou en colère, et elle se demandait ce qui se passait dans sa tête. Pourquoi cette personne n'arrivait-elle pas à partager la joie des autres ? Ou pourquoi n'en avait-elle pas envie ? Lise était sûre qu'une histoire bien plus intéressante se cachait derrière son visage, plutôt que derrière celui de ceux qui souriaient. Une rupture ? Une mauvaise nouvelle ? De la jalousie ? Un traumatisme ? Le fait qu'elle ne puisse jamais avoir le fin mot de l'histoire la rendait encore plus fascinante. Mais sur la photo devant elle, tout le monde souriait, sans exception, ce qui l'agaça fortement.

Sur la photo en dessous, Hilmar se trouvait au milieu de la piste. Les gradins étaient vides. Devant lui, sous son regard engagé et attentif, un funambule avançait sur un câble souple. Il avait les bras tendus comme pour aider l'artiste à garder l'équilibre. La grande photo de la page suivante montrait Hilmar entouré de sa troupe à l'arrière du chapiteau. Il parlait en pointant son doigt vers l'entrée. Tous semblaient boire ses paroles, comme s'il était un entraîneur qui donnait ses dernières recommandations avant le début du match de foot. Lise s'apprêtait à tourner encore une page quand son portable bipa. Elle regarda l'écran et lut la réponse de Børge :

C'ÉTAIT LA MOINDRE DES CHOSES, AMUSE-TOI BIEN !

En pestant, elle balança son portable et l'album sur le lit.

15

Un solo de trompette tonitruant réveilla Lise en sursaut alors qu'elle faisait un rêve très étrange à propos d'un écureuil et d'un pudding au caramel. Son voyage en voiture l'avait épuisée et elle voulait être en forme pour rencontrer les artistes. La solution avait été une sieste éclair sur la banquette de Hilmar. Elle faisait toujours des rêves étranges quand elle dormait dans un endroit inconnu. C'était comme ça depuis l'enfance, depuis la première fois où elle avait dormi chez une copine.

Elle essaya de se souvenir du rapport entre l'écureuil et le pudding, mais fut interrompue par le grondement d'un tuba et des roulements de tambour qui, accompagnés d'une trompette, interprétèrent avec enthousiasme mais sans grand talent *Shake It off* de Taylor Swift. Déconcertée, elle se leva, ouvrit les rideaux et découvrit devant un camping-car à quinze mètres de là, trois hommes, la cinquantaine, torse nu sous le soleil de l'après-midi. Le front luisant de sueur, le joueur de tuba tenait son instrument en équilibre sur son gros ventre velu. La moustache imposante du trompettiste, qui dépassait son compagnon d'une trentaine de centimètres, reposait sur l'embouchure de son instrument comme une grosse brosse rousse. Le troisième homme, le joueur de batterie, était assis entre les deux sur une boîte en carton. La tête de mort tatouée sur son avant-bras plissait le front chaque fois qu'il le levait pour frapper sur la caisse claire. Devant les autres caravanes et camping-cars, les gens vaquaient à leurs occupations sans prêter attention au trio. La scène était tellement surréaliste que Lise secoua la tête pour essayer de se réveiller.

Puis son œil fut attiré par ce qui se déroulait entre deux camions, là où se situait l'enclos de l'éléphante. L'un des jumeaux acrobates, qu'elle avait vus dans l'église, tenait un tuyau d'arrosage dans les mains. Soudain la trompe de Lucille s'enroula autour de sa taille et le souleva. Elle vit l'homme gigoter en l'air avant de disparaître de sa vue. Lise bondit de sa banquette et se précipita vers la porte.

Elle s'immobilisa au milieu des caravanes et hurla :

– Au secours ! Aidez-le ! L'éléphante l'a emporté !

Personne ne bougea. Ils se contentèrent de la regarder un instant avant de retourner à leurs occupations. Horrifiée, elle courut vers l'enclos, mais s'arrêta net en apercevant Lucille à seulement quelques mètres d'elle.

L'acrobate était toujours suspendu à deux mètres du sol avec le tuyau d'arrosage dans les mains. Lise le vit diriger le jet vers Lucille qui grogna de satisfaction quand l'eau assombrit sa peau gris clair.

– Tu peux me passer le balai ?

– Quoi ?

– Le balai. Là, posé contre le camion.

Elle se tourna vers l'endroit indiqué, attrapa le balai et le lui tendit.

– Je croyais que tu... Je croyais que l'éléphante t'avait...

– Oui ? demanda-t-il tout en arrosant Lucille d'une main et la brossant avec l'autre.

– Non, dit Lise, c'était... rien, oublie.

Lucille se balançait tout en grognant de satisfaction. De l'autre côté des caravanes et des camping-cars, Lise devina le toit de l'hôtel Fjord de Valldal.

– L'éléphante, elle, a droit à un petit spa, grommela-t-elle.

– Si tu veux, je peux t'arroser toi aussi.

– Non merci, dit-elle en s'éloignant de l'enclos.

Après avoir contourné un poids lourd, elle aperçut un vieillard qui grimpait avec difficulté sur une échelle menant à un trampoline. Les rides sur son visage, sa chevelure argentée et les taches brunes sur ses bras confirmaient l'âge avancé de ce corps voûté et affaissé, qui autrefois avait dû être beau et athlétique. Lise s'immobilisa et le regarda tituber au centre du trampoline tout en rentrant son maillot dans son short. Elle avait l'impression de voir un très vieux retraité se préparer à aller s'asseoir dans son fauteuil. L'homme leva le bras droit devant lui, se pencha en avant pour s'étirer le dos mais perdit l'équilibre et fit quelques pas trébuchants avant de réussir à se redresser et à retourner à son point de départ. Il fit ensuite quelques petits bonds et gagna progressivement de la hauteur. À chaque fois, il atterrissait lourdement et maladroitement sur la toile tendue qui l'envoyait encore plus haut.

Lise se précipita vers lui :

– Bonjour, vous ne devriez peut-être pas...

– Je ne devrais pas quoi ? demanda le vieillard.

– Vous savez... sauter aussi haut.

– Pourquoi pas ?

– Parce que... il vaudrait peut-être mieux faire ça plus tranquillement.

– Tranquillement ? répéta-t-il tandis qu'il s'élançait en prenant appui sur ses vieilles jambes instables. Parce que je suis vieux, c'est ça ? Vous trouvez que je devrais plutôt aller dans ma caravane manger ma bouillie ?

– Non, je...

Les ressorts du trampoline grinçaient à chacun de ses sauts.

– Et me badigeonner le corps de camphre pour mes douleurs articulaires ?

Raide comme un bout de bois, il rebondissait de plus en plus haut.

– Non, je voulais juste dire que...

Soudain un de ses genoux se plia et il fut projeté vers le bord du trampoline. Sa tentative désespérée de se rattraper eut l'effet inverse et le fit tomber à plat ventre sur la toile tendue. Il réussit à s'avancer jusqu'au rebord, puis il disparut.

Lise courut de l'autre côté du trampoline et le retrouva allongé dans l'herbe.

– Vous êtes... toujours entier ? lui demanda-t-elle en lui tendant la main pour l'aider à se relever.

– Bien sûr. Vous croyez que je ne suis jamais tombé d'un trampoline ? Je tombe des trampolines depuis l'époque où vous portiez des couches. Ça s'appelle s'entraîner. Vous comprenez ? répondit-il en refusant sa main et en se relevant comme si de rien n'était.

– Oui, mais…

– Et maintenant j'aimerais m'entraîner en paix, si vous n'y voyez pas d'inconvénient.

– OK, dit Lise en reculant de quelques pas, tandis que le vieillard boitait vers l'échelle du trampoline, une main posée sur la hanche.

Quelques mètres plus loin, elle repéra l'avaleur de sabres qu'elle avait vu à l'enterrement. Il se tenait devant une caravane, un bouquet de pissenlits dans sa main tremblante. De l'autre, il redressait le col de sa chemise. Elle s'apprêtait à poursuivre son chemin quand elle le vit lever le poing, s'apprêtant à frapper à la porte, et le retirer aussitôt. Elle recula d'un pas et se cacha pour l'observer. L'avaleur de sabres semblait discourir avec lui-même tout en tendant le bouquet à une personne imaginaire. Elle l'entendait dire en offrant son bouquet :

– Est-ce que tu voudrais… Oui, en fait, je me demandais si tu voulais… Toi et moi, enfin, nous deux, on pourrait… dîner ce soir ? Oui… j'adore le hareng.

Avec un petit grognement, il secoua la tête et se retourna pour s'en aller. Mais au même moment, la porte de la caravane s'ouvrit et Tatjana apparut sur le seuil. Il se figea, comme s'il voulait se rendre invisible.

– Jacobi ? dit Tatjana en descendant une marche de son petit escalier métallique. Tu voulais me voir ?

Jacobi ne bougeait toujours pas. Elle s'approcha de lui. Il hésita, prit une profonde inspiration et se tourna vers elle.

– Oui, je... je... bafouilla-t-il en essayant de cacher le bouquet qu'il tenait à la main. Je veux dire... je voulais juste te demander si...

– Oui ?

– Oui, si... si tu... bégaya-t-il en voyant qu'elle regardait le bouquet d'un air interrogateur, ce qui le découragea. Si tu... connaissais une bonne recette de vinaigrette. Je vais faire une salade de pissenlits. C'est très sain. Et plein d'antioxydants.

– Malheureusement je n'ai jamais préparé de salade de pissenlits de ma vie, répondit Tatjana avec un sourire en haussant les épaules.

– OK. Merveilleuse... Enfin, la salade. Elle a un goût merveilleux.

– Ah, répondit-elle en le regardant d'un air perplexe. Tu voulais me demander autre chose ?

– Euh ? Non, non. Rien d'autre. Juste ça... une recette de vinaigrette.

16

– Les albums photo ont été placés dans le placard exprès pour que je tombe dessus, non ? Pour que je les trouve en sortant les draps ?

La piste était vide à l'exception de Diana et Lise, plantées devant le rideau de l'entrée des artistes.

– Les albums photo ? répéta Diana en la dévisageant. Je ne sais pas de quoi tu parles.

– Arrête, c'est évident. Tout un tas de photos illustrant l'incroyable vie que menait mon oncle. Des spectateurs enthousiastes et des artistes dévoués. Tout le paquet, quoi. Presque comme dans un film de Disney. Pour que j'aie la larme à l'œil et que je trouve cette vie tellement inspirante que j'ai envie de continuer à diriger le cirque et mener la même existence que lui ?

– S'ils se trouvaient au fond du placard, je ne les ai pas vus, répondit Diana avec un visage neutre qui ne laissait rien paraître. Bon, avant que les autres n'arrivent, il faut que tu saches que personne ici ne veut que tu diriges ce cirque.

– Au moins on est tous d'accord sur ce point. Je ne serai là que le temps des cinq prochaines représentations.

– Et après, qu'est-ce que tu comptes faire du cirque ?

– Tu le sais très bien.

– Oui, on verra. Le moment voulu.

– C'est ça, rétorqua Lise en jetant un œil sur son portable. En parlant de temps, il est 18 h 15. Où est la troupe ?

– Tu vas rencontrer de l'opposition. Comme je te l'ai dit, aucun d'eux ne souhaite que tu...

– Super. Alors, on va procéder autrement, répliqua-t-elle en sortant du chapiteau d'un pas décidé avant de s'arrêter au beau milieu des caravanes.

Il n'y avait pas âme qui vive. Ni dehors ni derrière les fenêtres. Bien campée sur ses jambes et les mains sur les hanches, elle se mit à crier :

– Cette non-réunion est très rigolote ! Une petite rébellion contre la méchante dame de la ville ? Comme c'est amusant ! Mais c'est terminé ! dit-elle en regardant chaque fenêtre où elle ne voyait toujours personne. Maintenant c'est moi qui décide quand auront lieu les réunions et pourquoi je veux vous y voir !

Diana suivait la scène depuis l'entrée des artistes.

– Toute personne qui ne se présentera pas sur la piste dans cinq minutes verra son salaire réduit d'une demi-journée de travail, poursuivit Lise.

Elle regarda les fenêtres pendant un petit moment avant de passer devant Diana et de retourner sous le chapiteau.

Quatre minutes et demie plus tard, elle se tenait devant l'entrée, son portable à la main et le chronomètre activé. Elle lança un regard à Diana, à sa droite. La vieille dame et elle-même étaient toujours seules.

– On dirait qu'ils se fichent d'être payés.

– Il reste encore trente secondes. Ça va être difficile pour toi de mener à bien la représentation de demain si tu ne connais pas les numéros et si tu ne sais pas ce que tu dois faire.

– Plus que cinq secondes, merde ! jura Lise en levant les yeux de son portable et en se dirigeant vers la sortie.

Au même moment elle entendit des bruits de pas sur le gravier.

Jacobi se présenta et s'inclina profondément devant elle comme si elle était la reine d'Angleterre. Puis, le regard baissé, il alla prendre place au bord de la piste. De nouveaux bruits de pas à l'extérieur firent oublier son comportement ironique.

Quelques secondes plus tard, Wolfgang entra, suivi de Dieter, de Tatjana et de tous les autres. Lise s'écarta afin de les laisser passer. Puis elle alla se poster au milieu de la piste où les artistes formaient un demi-cercle, certains assis sur le bord, d'autres debout.

– Très bien. Donc vous aimez l'argent. C'est bon à savoir. Parce que moi aussi, commença-t-elle en regardant tous ces visages impassibles qui la fixaient. Quel groupe de gais lurons vous faites. Et moi qui croyais que les gens du cirque étaient joyeux et... un peu hippies. Une vie libre et tout le tralala, continua-t-elle en haussant les épaules. Mais apparemment ce n'est pas le cas. Enfin, ça n'a aucune importance. Vous n'avez pas besoin d'être contents que je sois là. Parce que moi non plus je ne suis pas contente d'être là. Au moins on est d'accord sur ce point. Mais où est passé l'homme-canon ? Quelqu'un l'a vu ?

– Adam n'assiste jamais aux réunions, lui murmura Diana à l'oreille.

– Bon, j'en discuterai plus tard en tête à tête avec lui, chuchota Lise après avoir lu dans les yeux de Diana qu'elle n'avait pas intérêt à pousser plus loin cette histoire. OK, passons à la représentation de demain. Qui va faire quoi ?

Elle se tourna vers la troupe.

– Tu te dis directrice de cirque et tu ne connais même pas le numéro de chacun de tes artistes ?

Le regard de Jacobi passa de Lise à la troupe.

– Non, je ne me dis absolument pas directrice de cirque. Mais vous pouvez m'appeler ainsi si vous le souhaitez. Si ça vous aide à vous souvenir qui est le chef ici. Et non, je ne sais pas qui fait quoi. Mais toi, je t'ai vu à l'enterrement avec un sabre enfoncé dans la gorge. J'en déduis donc que tu es un avaleur de sabres.

– Non, pas un avaleur de sabres. Un acrobate gastronome, déclara Jacobi en levant la tête.

– Vraiment ? dit Lise en le fixant pour voir s'il était sérieux.

Au lieu de répondre, Jacobi enjamba le bord de la piste et alla ramasser un programme sur une chaise dans les coulisses. Puis il revint et le tint devant Lise en montrant du doigt : « Le sensationnel Jacobi Montebleu – L'acrobate gastronome ! »

– Intéressant ! répondit Lise en lui arrachant le programme des mains.

– Il n'y a pas que des sabres. J'engloutis toutes sortes d'objets. Une canne à pêche, par exemple. Une chaîne, un bâton, une balle de golf au bout d'une ficelle, un levier de vitesse, un…

– Une souris ! dit Wolfgang avec un sourire en coin. Une souris vivante.

– Une souris ? Sérieusement ? s'étonna Lise, l'air dégoûté.

– Juste une fois. Ça s'était bien passé pendant les répétitions mais durant la représentation la ficelle s'est cassée.

– Alors que la souris était… ?

– Oui.

– Et tu… ?

– Oui.

– OK, dit Lise en secouant la tête pour essayer d'évacuer l'image de la souris se baladant dans l'estomac de Jacobi. Est-ce que ce programme est valable pour demain ? demanda-t-elle ensuite.

– Il est valable pour toute la saison, répondit Jacobi. Les mêmes numéros à chaque représentation. À moins qu'Adam ne soit soudain prêt à remonter sur la piste.

– Bon, conclut-elle avant de lire le point 2 du programme. « L'incroyable show des frères jongleurs ». Elle chercha les artistes en question du regard. Ce doit être vous. Je vous ai vus devant l'église. Et aujourd'hui j'ai aussi vu l'un de vous deux avec Lucille.

– Mais tu ne sais pas qui de nous deux tu as vu, pas vrai ? dit l'un d'eux en s'avançant d'un pas.

– Non, je...

– Alors, tu es prête ? demanda l'autre en faisant lui aussi un pas en avant.

– Prête à faire quoi ? demanda Lise.

– Prête à répondre à la devinette « Lequel des deux nains ai-je vu ? ».

– Je... Je ne vous ai pas appelés « nains ».

– Tant mieux. Parce qu'on est les seuls à avoir le droit de le faire. Alors, dis-nous, lequel de nous deux as-tu vu avec Lucille ?

– Écoutez, je... commença Lise en voyant bien que les autres pouffaient de rire.

– L'un de nous s'appelle Wolfgang et l'autre Dieter. Il suffit de deviner. Alors ?

– Vous croyez franchement que ça m'intéresse de le savoir ? lança-t-elle. (Aussitôt les sourires s'effacèrent sur les visages.) Vous pouvez vous appeler Boy George ou Elvis Aaron Presley et nettoyer tous les éléphants du monde, je m'en fous. Continuons. « Tatjana Zoljovska – La reine de la voltige aérienne » ?

– C'est moi, dit Tatjana qui se trouvait entre les frères Heine et Jacobi. Je suis trapéziste.

– Super. Ensuite « Fillip – Le clown le plus hilarant du monde ». Lui, je sais qui c'est. Clown, ça c'est sûr, mais hilarant... commenta Lise en évitant son regard.

Et maintenant « Les lapins magiques de Miranda ». Qui est Miranda ?

Une femme d'une trentaine d'années, aux pommettes saillantes, se leva. Ses cheveux bruns étaient rassemblés en une natte sur son épaule.

– C'est moi, dit-elle en fixant Lise de ses yeux noirs avant de se tourner vers Fillip.

Son accent était difficile à identifier. Lise supposa qu'il était d'Europe de l'Est. Elle remarqua la façon dont Fillip la regardait.

– J'avoue que je ne comprends pas bien, dit-elle. Ce sont les lapins qui sont magiques ? À moins que ce ne soient des lapins magiciens ? Avec des baguettes minuscules et des chapeaux hauts de forme qui se font disparaître les uns les autres, ou un truc comme ça ?

– Non, rétorqua Miranda d'un ton cassant en toisant Lise du regard. C'est moi qui suis magicienne. Pas mes lapins.

– Très bien. Alors je te conseille de changer le nom de ton numéro, sourit Lise en ignorant le regard assassin de Fillip. Je continue : « Reidar – La légende du trampoline ».

– Oui, je sais ce que tu penses, dit Reidar en voyant la confusion se dessiner sur le visage de Lise. Reidar n'est pas un nom très porteur sur un programme,

– Donc tu es… un des artistes ? demanda-t-elle en levant la tête du programme pour le regarder. Quel âge as-tu ?

– Je suis né à Svolvær en 1928.

– Donc tu as… quatre-vingt-onze ans ?

– Oui. Mais je n'ai pas l'impression d'en avoir plus de soixante-dix.

– Et tu comptes faire ton numéro devant un public ? Mais c'est... de la folie. Je ne comprends pas comment Hilmar a pu accepter de jouer comme ça avec le feu. Aucune assurance ne peut être d'accord avec ça.

– Jouer avec le feu ? Je n'ai jamais rien entendu d'aussi méchant. J'ai gagné la médaille d'or aux JO d'Helsinki en 1952.

– C'était il y a soixante-six ans...

– Demain tu verras ce dont je suis capable, l'interrompit Reidar en agitant son index. Je préfère laisser parler mes sauts.

– Génial, dit Lise en levant le pouce en l'air. J'ai hâte de voir ça. Mais je vais quand même m'organiser pour qu'il y ait une ambulance prête devant le chapiteau. Avec une ou deux prothèses de la hanche dans le coffre.

Lise vit que Fillip s'apprêtait à parler, mais elle poursuivit avant qu'il en ait eu le temps :

– Et maintenant, le dernier point sur le programme : « Lucille – La reine indienne ». Qui est dresseur d'éléphants ?

– Personne, répondit Fillip, un grand sourire aux lèvres.

– Comment ça, *personne* ?

– C'était Hilmar.

– Mais il doit bien y avoir quelqu'un d'autre ici pour le remplacer ?

– Non, Lucille n'écoutait que Hilmar. J'ai essayé de la faire venir sur la piste pour répéter. Impossible. Tous les autres ont aussi essayé. Depuis la mort de Hilmar, elle refuse de sortir de son enclos.

– Il n'y a vraiment personne ici qui puisse gérer cette éléphante sur la piste ? demanda-t-elle en arrêtant son regard sur chacun avant de se tourner vers Diana. Tu ne connais personne qu'on puisse appeler ? Quelqu'un qui sait chuchoter à l'oreille d'une éléphante ?

– Non, dit Fillip dont le sourire s'élargit encore. C'est ton boulot.

– Oubliez. Ça n'arrivera pas.

– Pour nous, ce serait parfait, dit Fillip en faisant un grand geste de la main vers le groupe. Si Lucille ne se produit pas demain, tu n'auras pas mené à bien une représentation complète. Et le cirque sera à moi !

17

– Bon… dit Børge en examinant longuement l'homme en costume de cerveau qui se tenait devant son bureau.

Sa tête entièrement rasée, au visage inexpressif et dépourvu de sourcils, ressemblait à une verrue rose sur le sommet du cerveau. Ses jambes fines comme des bâtons sous les deux parties grises et brillantes en caoutchouc, qui représentaient les deux hémisphères cérébraux, faisaient craindre que l'homme bascule à tout moment.

– C'est Mogens qui vous envoie ? Écoutez, si vous me donnez son adresse mail, je pourrai lui envoyer des informations et un lien vers…

– Mogens ne fait pas confiance aux mails, l'interrompit l'homme en costume de cerveau. Le digital, c'est un lessivage de l'âme.

– D'accord, mais j'ai quelque chose qui pourrait l'intéresser. Quelque chose qu'il pourrait utiliser dans son art. Donnez-moi son numéro de téléphone pour que je lui passe un coup de fil…

– Je suis le cerveau de Mogens. Vous pouvez directement me parler.

– Ah bon... OK, donc vous êtes... dit Børge en faisant un geste agacé de la main vers les employés curieux qui s'étaient rassemblés devant la porte entrouverte de son bureau pour regarder la scène.

– Ou bien vous préférez parler à son cœur ?

– Pardon ?

– Si c'est le cas, je peux demander à son cœur de venir à ma place.

– Ah... et le cœur, c'est... répondit Børge en se demandant s'il avait envie de poursuivre ce petit jeu ridicule. C'est aussi vous ?

– Comment ça ?

– Vous allez... sortir, changer de costume et revenir ?

– Je suis le cerveau de Mogens. Pas son cœur, rit l'homme en costume de cerveau, comme si Børge était un parfait idiot.

Puis il écarta les bras comme pour dire : « Est-ce que j'ai l'air d'un cœur ? »

– Bon, très bien, lâcha Børge dans un soupir en essuyant la sueur sur son front. Dites-lui juste que j'aimerais le rencontrer. Pour lui parler d'un cirque qui est à vendre. C'est une opportunité unique, la seule chance qu'il aura d'acheter un cirque entier. Et je peux lui proposer des options. Vous lui direz ? Et précisez bien aussi que l'éléphant est inclus. Une éléphante indienne. Il paraît que Mogens adore les éléphants.

18

– Allez, l'éléphante, sois gentille.

Le soleil d'été était maintenant bas dans le ciel et illuminait les camions qui bordaient l'enclos de l'éléphante d'une lumière rougeoyante. Les artistes s'étaient retirés dans leurs caravanes et Lise était seule avec Lucille, à quelques mètres d'elle. Elle lui montra avec insistance l'entrée arrière du chapiteau.

– T'as juste à aller sur la piste et faire ton numéro. Et après je te donnerai… un Snickers ? Ou un morceau de sucre ?

Lucille se détourna en guise de réponse.

– Ne sois pas comme ça. Je n'ai aucune idée de ce que peut aimer un éléphant. Je te donnerai tout ce que tu veux. N'importe quoi.

– Tu ne pourras jamais lui donner ce qu'elle veut, dit une voix derrière elle.

– Qu'est-ce qu'elle veut ? demanda Lise en découvrant Diana.

– Hilmar. Il lui manque tellement.

– Super. Alors je vais feuilleter les pages jaunes de l'annuaire pour trouver un thérapeute immédiatement disponible à Valldal, qui traite les éléphants déprimés…

– Les éléphants comprennent bien plus que tu ne crois, l'interrompit Diana. Tu devrais faire attention aux mots que tu emploies avec elle.

Diana s'avança vers Lucille pour lui caresser la trompe.

– Avant, elle était jalouse de moi, elle me repoussait quand elle trouvait que je m'approchais trop de Hilmar. Mais on a fini par s'entendre. Au bout de quelques années. Je crois qu'elle m'a finalement acceptée parce qu'elle a réalisé que j'aimais Hilmar autant qu'elle. Et le vide laissé par quelqu'un qu'on aime est immense. C'est valable pour Lucille comme pour moi.

– Donc il ne me reste plus qu'à faire en sorte qu'elle m'aime autant que Hilmar d'ici demain ?

– En tout cas, tu peux essayer de remplir un peu le vide. En discutant avec elle, par exemple, répondit Diana en ignorant son sarcasme.

– De quoi ?

– De n'importe quoi. Hilmar s'asseyait à côté d'elle et lui parlait des orfraies qu'il avait vues la veille. Ou d'une voiture ancienne qui était passée devant le chapiteau. Ou du dernier scandale au sein de la famille royale britannique. Mais jamais il ne lui parlait du travail. Je crois qu'il voulait qu'elle comprenne que, pour lui, elle était bien plus qu'un simple animal de cirque. Et je pense qu'elle appréciait. Bonne chance, dit Diana en tapotant l'oreille de Lucille.

Puis elle tourna les talons et disparut entre les deux poids lourds.

Toute penaude, Lise resta un moment à regarder l'obscurité qui venait d'avaler Diana. Puis elle se tourna vers Lucille.

– Bon, ça ne coûte rien d'essayer. Allez, discutons, dit-elle en avançant prudemment vers l'éléphante.

Mais Lucille se détourna à nouveau.

– OK, je me mets ici et toi, tu restes là. Alors... de quoi veux-tu qu'on parle ?

Lucille regardait droit devant elle, sa trompe pendant tristement...

– De bitcoins ? Je ne m'y suis pas encore vraiment intéressée, à vrai dire. Ça monte et ça descend, si j'ai bien compris. J'ai lu un article sur un type qui s'est acheté des pizzas qu'il a payées avec des bitcoins, il y a de ça cinq ans, dit Lise en scrutant Lucille qui n'eut aucune réaction. Selon le cours d'aujourd'hui, ces pizzas vaudraient plus de dix millions de couronnes. Un peu cher pour des pizzas, tu ne trouves pas ?

Lucille continuait à regarder droit devant elle sans bouger. Lise secoua la tête en se disant : *Putain, mais qu'est-ce que je fous là ?*

– Si Børge me voyait... reprit Lise.

Elle remarqua que sa phrase faisait légèrement bouger une des oreilles de Lucille.

– Børge ? Tu veux qu'on parle de Børge ? D'accord, on peut faire ça. C'est mon patron. Il m'a appris tout ce que je sais. Et s'il me voyait maintenant, il serait plié en deux de rire, continua-t-elle en voyant que Lucille tournait légèrement la tête vers elle. C'est quelqu'un de très froid, mais quand il sourit, son visage s'illumine. Il s'efforce de ne pas le faire trop souvent parce qu'il ne veut pas que les gens comprennent qu'il a un cœur sous son armure. Il m'a d'ailleurs appris comment la porter, cette armure.

Lucille tourna la tête de quelques centimètres vers Lise.

– « Il te faut une armure si tu veux t'en sortir dans ce métier, Lise, me dit-il souvent. Et il ne suffit pas que tu l'enfiles en arrivant au bureau et l'enlèves en rentrant chez toi. Tu dois la porter tout le temps. Il faut qu'elle devienne une partie de toi. Une seconde peau qui te protège contre tout ce qui pourrait t'affaiblir. » Børge déteste les faibles. En tout cas, parmi nous, ses employés. Je l'ai déjà vu virer des gens parce qu'ils avaient laissé la sympathie influencer leurs décisions. « Garde-toi d'éprouver jamais de la sympathie pour quelqu'un. » C'est un de ses adages. « La sympathie te fait voir les choses du point de vue de l'autre. Pour atteindre TES objectifs, tu dois seulement voir les choses de TON point de vue. » Par contre, il adore les faibles qui se trouvent de l'autre côté de la table de négociations. Il aurait donc adoré les gens d'ici. Il utilise les faiblesses des autres pour obtenir ce qu'il veut. Et il obtient toujours ce qu'il veut. Moi aussi, d'ailleurs. Donc, le plus simple, c'est que tu cèdes dès maintenant et que tu te rendes sur la piste.

Lucille détourna à nouveau la tête.

– Mais on peut aussi parler d'autre chose. De Hilmar, peut-être ?

Le nom eut un effet instantané sur Lucille qui regarda Lise.

– Oui, j'ai compris que vous aviez une relation particulière, vous deux. Que tu l'aimais beaucoup. Moi, je ne l'ai jamais rencontré. Je n'ai appris son existence que quand il était déjà mort. On dirait que tout le monde ici l'aimait beaucoup. Alors que moi, on ne peut pas dire que les artistes me portent dans leur cœur.

Lucille dévisagea attentivement Lise qui resta silencieuse pendant quelques secondes, les yeux baissés. Puis celle-ci releva la tête et reprit :

– Mais c'est très bien comme ça. Je n'en ai absolument rien à foutre. Je ne suis pas venue ici pour que les gens m'apprécient. Pas plus que les éléphants, d'ailleurs.

Lucille se retourna et s'éloigna de Lise.

– Tu n'as pas l'intention de me faciliter la tâche. Mais ne t'inquiète pas, ça me va.

L'oreille de Lucille s'agita à nouveau sans que Lise s'en aperçoive. Comme si elle attendait la suite.

– Parce que moi je ne vais pas t'abandonner.

19

Lise fut réveillée par des tapotements sur son épaule. Elle frotta ses yeux pleins de sommeil, les ouvrit et vit la trompe de Lucille qui se balançait à quelques centimètres de son visage. Cette vision la fit presque tomber de sa chaise. Puis elle regarda autour d'elle d'un air confus.

– Le réveille-matin le plus gros du monde, dit une voix derrière elle.

– Je ne l'avais pourtant pas réglé, répliqua Lise en se retournant.

– Tu es restée avec Lucille toute la nuit ? Ton oncle aurait aimé ça, dit Diana en posant sa main sur l'épaule de la jeune femme. De quoi avez-vous discuté ?

– De rien qui ne l'ai rendue moins déprimée, en tout cas. Je me suis chargée de la discussion et Lucille de la non-réaction, dit Lise en repoussant la main de Diana. Elle est douée pour ça. Mais je n'ai pas dit mon dernier mot. Ce soir elle sera sur la piste, dit-elle en se tournant vers Lucille qui avait l'oreille à moitié levée. T'as entendu ? Ce soir, tu vas être sur scène, fais-toi à l'idée.

L'éléphante renifla comme pour dire « on verra bien », puis s'éloigna vers son abreuvoir. Lise aperçut Miranda un peu plus loin qui entrait sous le chapiteau suivie de cinq lapins bondissant.

– Miranda... c'est...

– Quoi ? demanda Diana.

– Elle et Fillip, est-ce qu'ils sont... Hier j'ai senti qu'il y avait quelque chose entre eux.

– Pourquoi tu me demandes ça ?

– Parce que... ça m'est utile de comprendre la relation entre les gens. Ça me permettra de connaître leurs faiblesses et de prendre les bonnes décisions.

– Je vois. Miranda et Fillip étaient ensemble il y a quelques années. Mais ça s'est terminé brusquement.

– Pourquoi ?

– On en parlera une prochaine fois. Tu dois avoir des choses bien plus importantes à faire. Il y a encore beaucoup de travail de mise en place avant la représentation.

– Oui. Allons-y.

– On peut commencer par la vente de billets. Moins d'un tiers des places a été vendu. Ce n'est vraiment pas assez.

– Valldal est un petit village. Et il suffit d'un spectateur pour que la représentation ait lieu.

– Il n'y aura pas de spectacle si nous n'avons pas davantage de public.

– Comment ça ?

– Les artistes sont rémunérés à la représentation. Il faut vendre au minimum un tiers des billets pour pouvoir les payer. Sinon ils peuvent refuser de jouer. C'est écrit dans leur contrat.

– Génial.

Lise, suivie de Diana, quitta l'enclos de l'éléphante et se faufila entre les poids lourds. Devant les caravanes, les gens profitaient du soleil matinal en buvant du café.

– Je parie que personne n'a très envie qu'on vende davantage de billets, dit-elle en se dirigeant vers le parking. À Hareid, il y avait des affiches partout dans les rues. Mais je n'en ai vu aucune ici, à Valldal. Qui est responsable de la publicité ?

Un silence répondit à sa question. Elle s'arrêta net et se tourna vers Diana.

– Hilmar aimait bien faire le tour des villes et villages pour poser des affiches, expliqua la vieille dame. C'était pour lui une façon d'apprendre à connaître les lieux et les gens. Il se souciait autant de son public que de ses artistes.

– Évidemment qu'il faisait ça, saint Hilmar !

– Il a des amis à chaque endroit où le cirque s'est produit, poursuivit Diana en accompagnant Lise à sa voiture.

– Je ne suis pas ici pour me faire des amis, rétorqua Lise en sortant sa valise du coffre. Je suis ici pour…

– Les amis parlent chaleureusement entre eux.

– Haha ! Ingénieux, dit Lise en refermant son coffre et en repartant avec sa valise à roulettes vers la caravane de Hilmar. Bavarder avec les habitants et faire semblant d'être leur copain pour vendre davantage de billets.

Finalement, peut-être que nous avons plus de points communs que je ne pensais, Hilmar et moi.

– Hilmar n'avait rien à voir avec toi. Mais les premières années, il gérait les choses différemment. Avant que...

– Oui, je sais, dit Lise en entrant dans la caravane suivie de Diana. Avant que la magie du cirque ne le transforme en un être meilleur. Ce que je ne suis pas pour l'instant. Mais c'est son plan me concernant. Que je devienne quelqu'un de meilleur, n'est-ce pas ?

– Tu devrais te concentrer sur le spectacle de ce soir, dit Diana, qui la regardait défaire sa valise, appuyée contre l'évier. Il ne reste plus que...

– Dix heures, leur lança Fillip depuis la porte ouverte.

– Merci beaucoup pour cette information, répliqua Lise sans lever la tête de sa valise.

– Je t'en prie. C'est avec plaisir. J'entends dire que la vente de billets ne se passe pas très bien.

– Peut-être que tu as mieux à faire que de traîner ici. Peut-être que tu devrais répéter un peu tes clowneries à la place. Parce que je peux te promettre une chose, dit-elle en se tournant vers lui et en le regardant droit dans les yeux. Ce soir, tu vas jouer. Toi, et tous les autres.

20

Fillip, un yaourt dans la main, traversa la petite place entre les caravanes et l'enclos de Lucille. D'un signe, il salua Wolfgang et Dieter qui partaient en direction du chapiteau, les bras chargés de quilles, puis il passa devant le trompettiste qui nettoyait son instrument avec un chiffon tout en se préparant à dîner sur un réchaud électrique. Des bruits étouffés de vapeur sortaient de sa marmite, faisant sautiller le couvercle. Son voisin, le joueur de tuba, lui jetait des regards suspicieux du coin de l'œil. Fillip continua en direction d'une caravane marron des années soixante-dix. Il frappa à la porte.

– Entrez, dit la voix de Jacobi.

Les gonds grincèrent lorsque Fillip ouvrit. L'intérieur datait de la même époque que l'extérieur. Les différentes nuances de marron s'accordaient parfaitement avec les coussins noirs et blancs de la banquette sur laquelle Jacobi était assis. Il avait un stylo à la main et une feuille de papier posée devant lui sur la table. Fillip lui tendit le yaourt.

– On m'a dit que tu avais mal à la gorge.

– Merci, c'est gentil. Mais je ne suis pas malade. J'ai juste une plaie. J'ai essayé d'avaler un clavier. Aujourd'hui les gosses n'aiment que les jeux vidéo, je me suis donc dit que ça donnerait une dimension plus actuelle à mon numéro. Je l'ai d'abord démonté mais ça n'a pas très bien fonctionné. Il faut que ça cicatrise un peu avant que je puisse manger à nouveau, expliqua-t-il en regardant le yaourt.

– Je comprends, dit Fillip.

Il rangea le pot dans le réfrigérateur. Puis, désignant la feuille sur la table :

– Qu'est-ce que tu fais ? Tu travailles sur ton nouveau numéro ?

– Non. Je rédige mon CV. Pour la première fois de ma vie. Le problème c'est que je n'ai absolument rien à mettre dessus.

– Pourquoi tu fais ton CV ? Tu as un travail ici, non ?

– Oui, mais pour combien de temps encore ?

– Tu penses à Lise ? Tu n'as pas à t'inquiéter, dit Fillip en posant la main sur son épaule. Elle ne sera jamais en mesure de tenir cinq représentations.

– Tu as peut-être raison. Mais on ne peut pas dire que notre horizon, à nous gens du cirque, soit très dégagé. Depuis quelques années, les ventes de billets sont en chute libre, tu le sais bien. Hilmar a essayé de nous protéger, mais tout ce qui est ancien finit toujours par disparaître, c'est comme ça. Nous sommes une race en voie d'extinction.

Jacobi avait les yeux rivés sur son CV. Fillip resta un instant plongé dans ses pensées, puis il lui donna une tape dans le dos et attrapa la feuille sur la table. Il la froissa et en fit une boule blanche comme neige qu'il jeta à la poubelle.

– Tu n'auras pas besoin d'un CV. Fais-moi confiance.

21

Des maisons blanches en bois, datant des années cinquante, bordaient la rue que suivait Lise en voiture. Des haies et des clôtures séparaient les jardins carrés. Dans l'un d'eux, elle aperçut un homme âgé en train de se battre avec une vieille tondeuse à gazon. Dans son rétroviseur, elle voyait l'affiche qu'elle venait d'accrocher sur un lampadaire à une centaine de mètres de là. Pour l'instant, elle en avait collé vingt-cinq, mais elle n'avait toujours parlé à personne. Elle ralentit, se gara devant le lampadaire au niveau du jardin du vieux monsieur et l'observa un instant. Puis elle sortit son portable et appela Vanja.

– Allô ?

– Salut, c'est Lise. T'as cinq minutes ?

– Bien sûr. Qu'est-ce qu'il y a ?

– Tu te rappelles quand on a vendu des billets de loterie pour l'association sportive de Kirkenes ?

– Oui, je m'en souviens très bien, je devais avoir dix ans et toi douze. J'ai vendu tous les miens et aussi les tiens, pendant que tu m'attendais sur la luge.

– Tu as toujours été très bonne à ce genre de trucs. Parler avec les gens et t'arranger pour qu'ils ouvrent leur porte-monnaie. Je me demandais si tu ne pouvais pas me donner quelques conseils.

– Tu dois vendre des billets de loterie ?

– Non, des billets de cirque. Pour le spectacle de ce soir. Mon oncle était apparemment un type très pratique qui faisait le tour des endroits où ils jouaient et qui bavardait avec les gens tout en collant des affiches. Pour se faire connaître, tu vois. Ce n'est pas tout à fait mon truc. Donc je ne sais pas bien comment procéder. De quoi est-ce que je dois parler avec les gens ?

– Ton oncle était apprécié ?

– Très.

– Alors parle-leur de lui. Arrange-toi pour qu'ils se souviennent du bon vieux temps et…

– C'est une super idée, Vanja ! l'interrompit Lise. Vraiment super ! On se rappelle plus tard, faut que j'y aille.

Elle raccrocha avant même que Vanja ait eu le temps de répondre, attrapa le ruban adhésif et une affiche sur la banquette arrière et descendit. En s'approchant du lampadaire, elle salua le vieil homme dans son jardin d'un signe de tête.

Le visage du vieux monsieur s'éclaira quand il la vit dérouler l'affiche et la coller sur le lampadaire.

– J'ai entendu dire que le Cirque Fandango est ici en ce moment.

– C'est exact, répondit Lise en reculant d'un pas pour regarder son affiche. Le spectacle commence à 19 heures ce soir.

Le sourire du vieil homme s'éteignit.

– Mes condoléances. J'ai appris pour Hilmar.

– Vous le connaissiez ?

– Si je le connaissais ? Ça, on peut le dire, oui. La première fois que j'ai rencontré Hilmar, il était là, exactement là où vous êtes, vêtu de son costume doré. Et comme vous, il collait une affiche. C'était il y a plus de vingt ans. Depuis, il est venu me voir presque tous les ans pour discuter. Il prenait toujours le temps pour ça. Les années où le cirque ne venait pas à Valldal, il m'envoyait une lettre pour me donner de ses nouvelles. Lorsque j'ai perdu ma femme, il m'a appelé pour me présenter ses condoléances. Mon père disait souvent en parlant des gens qui sortaient du lot : « Tout le monde connaît le singe, mais le singe ne connaît personne. » Ce n'était pas le cas de Hilmar. Il connaissait tout le monde. Et il se souciait de tout le monde. Il suffit de demander aux gens dans cette rue. Ils vous diront la même chose.

– C'était mon oncle.

Lise fut légèrement déstabilisée en voyant une expression de reconnaissance se dessiner sur le visage du vieil homme, comme si le lien de parenté assurait qu'elle était, elle aussi, un être exceptionnel.

– Vous en avez de la chance. Et vous travaillez pour le cirque ?

– Oui, j'ai pris la relève de mon oncle. Maintenant c'est moi la directrice du cirque. Ce soir, c'est ma première représentation. Et c'est peut-être aussi la plus importante, ajouta-t-elle en mettant de la sincérité dans sa voix – et un soupçon d'inquiétude.

– Pourquoi ?

– Parce que ce sera un spectacle commémoratif, expliqua-t-elle. Pour Hilmar. En son honneur. Et je suis inquiète parce que...

Elle s'interrompit en baissant la tête.

– Mais vous n'avez pas à vous inquiéter.

– Si, parce que nous n'avons même pas vendu un tiers des billets. Un chapiteau même pas à moitié plein ne serait pas digne de la mémoire de Hilmar.

– Oui c'est vrai, ce ne serait pas digne de lui, acquiesça le vieil homme, l'air pensif. Il faut faire quelque chose.

– C'est gentil à vous de vous soucier de ça, dit Lise en souriant intérieurement, mais en s'efforçant de paraître toujours aussi inquiète. Mais j'ai bien peur qu'il ne soit trop tard. Le spectacle commence dans seulement sept heures.

– Alors on a le temps, affirma le vieil homme en posant sa main sur l'épaule de Lise. Je vais faire passer le message dans le quartier et je vais appeler tous ceux que je connais. Mes neveux à Stordal ont quatorze petits-enfants. Je vais leur donner un coup de fil à eux aussi. Et je vais aller faire un tour à la maison de retraite. Je suis sûr que ça ferait du bien à tous les vieux de sortir un peu. Et il y a aussi Roger.

– Roger ?

– Roger, de la radio locale. Il nous embête avec sa musique moderne, mais je vais quand même lui demander de faire une annonce pour dire que tout le monde doit venir à la représentation de ce soir en l'honneur de Hilmar. Vous n'avez pas à vous inquiéter. Ça va s'arranger.

22

– Un spectacle commémoratif ? répéta Fillip qui se tenait devant la porte de la caravane de Hilmar.

– Eh ouais. C'est pas une super idée, ça ? dit Lise en souriant à Diana qui était assise sur la banquette de l'autre côté de la table, avec une veste de costume dorée sur les genoux et une aiguille dans la main. (Le pantalon était posé à côté d'elle.)

– Mais… tu ne le connaissais même pas. Tu ne peux pas décider toute seule de faire un spectacle commémoratif. Les artistes ne se sont pas préparés. C'est une décision qui devrait être collective…

– Tu ne veux pas honorer Hilmar ?

– Ce n'est pas ce que je dis, j'essaie juste de t'expliquer que…

– Je me fiche complètement de ce que tu essaies de m'expliquer. Je suis la directrice de ce cirque, OK ? dit Lise en mettant le chapeau haut de forme sur sa tête sous une pluie de paillettes dorées. La vente de billets a explosé. La représentation va bientôt afficher complet. Ce qui signifie que, ce soir, vous allez tous présenter vos numéros. Et vu que vous jouerez pour Hilmar, je suppose que vous n'allez pas tout gâcher.

Elle regarda Fillip, un petit sourire narquois au coin des lèvres.

– Parce que c'est ce que vous aviez prévu, non ? De faire vos numéros le plus mal possible pour que la rumeur se propage jusqu'au prochain village ? ajouta-t-elle en voyant ses soupçons se confirmer dans le regard sombre de Fillip. Oui, c'est bien ce que je pensais. Espèces d'escrocs !

– La prochaine fois, il n'y aura pas de spectacle commémoratif. Parce qu'il n'y aura pas de prochaine fois, dit-il.

– Et pourquoi ?

– Il ne reste plus que deux heures avant la représentation. Qu'est-ce que tu comptes faire avec Lucille ? L'hypnotiser ?

– Je vais m'arranger pour que Lucille soit sur la piste, répliqua Lise en essayant de ne rien laisser paraître de son inquiétude. Comme ça, tu pourras passer le temps qu'il nous reste à t'occuper de ton numéro au lieu de me faire perdre mon temps à moi.

– Juste une dernière chose avant que je m'en aille, dit Fillip en montrant le costume du doigt avec un clin d'œil à Lise. Diana, ne le rétrécis pas trop. Il faut qu'il m'aille dans peu de temps.

– Tu vas faire comment avec Lucille ? demanda Diana sans lever la tête de la manche du costume qu'elle était en train de raccourcir, lorsque Fillip fut parti.

– L'hypnose n'est peut-être pas une mauvaise idée. Tu sais hypnotiser ? Tu es voyante, après tout. C'est un peu la même chose, non ?

– Non, malheureusement pas.

– Je pourrais faire une recherche sur Google, dit Lise sur un ton sarcastique. « Comment hypnotiser un éléphant ? » Il doit bien y avoir des vidéos sur YouTube : « L'hypnose d'éléphants pour les nuls ».

Il y eut un moment de silence, puis Diana regarda Lise.

– C'est une bonne idée, ce spectacle commémoratif.

– C'est vrai. J'ai adoré la tête de Fillip quand il a découvert le nombre de billets vendus.

– Je ne pense pas à la vente de billets. Je pense à Hilmar. Les artistes ne sont pas dupes, ils ont bien compris tes démarches, mais ce soir, ils feront tous ce qu'ils pourront pour lui montrer leur respect.

– C'est ce qu'on appelle… faire d'une pierre deux coups, dit Lise en se levant et en se dirigeant vers la porte ouverte.

– Pour Hilmar et pour tous ceux qui seront sous le chapiteau ce soir afin de lui témoigner leur amour, j'espère que toi aussi tu lui montreras du respect.

– Tu as peur que je me comporte mal ?

– Qu'as-tu prévu de dire ?

– À quel propos ?

– Il faudrait que tu dises quelques mots sur Hilmar après avoir souhaité la bienvenue au public. Ça n'a pas besoin d'être un long discours. Je sais qu'il ne signifiait rien pour toi, mais tu pourrais leur dire combien il était important pour les artistes. Et aussi pour le public. Et combien eux ont été importants pour lui.

– Tu ne peux pas le faire, toi ? Tu es la personne qui le connaissait le mieux.

– Non, je… dit Diana les yeux remplis de larmes. Ce serait trop dur pour moi. Et en tant que nouvelle directrice du cirque, et son unique famille, tout le monde s'attend à ce que ce soit toi qui le fasses.

– Alors je vais aussi taper « Discours commémoratif pour directeur de cirque » sur Google.

Lise regarda Diana par-dessus son épaule. Le chagrin dans ses yeux la perturbait. Ces dernières années, elle avait vu beaucoup de gens pleurer. Des hommes et des femmes. Des époux et des épouses. Les consoler n'avait jamais été une option, car c'était elle la cause de leur chagrin. C'étaient ses décisions à elle qui leur avaient enlevé leur gagne-pain. Mais quelque chose en elle, qu'elle n'arrivait pas à identifier, la fit se retourner vers Diana.

– Tu n'as pas à t'inquiéter. Je montrerai du respect à Hilmar.

– Je le sais. Je le vois bien.

– Tu vois quoi ?

– Le cirque a déjà commencé à te changer. Fillip se trompe quand il dit que tu ne t'intéresses à personne d'autre qu'à toi-même.

– Le cirque m'a changée, c'est vrai. Pour chaque minute qui passe, je deviens un peu plus cinglée. Et la seule chose qui m'intéresse c'est de réussir à faire entrer Lucille sur la piste ce soir.

23

Une longue file serpentait entre l'entrée principale du chapiteau et le parking. En attendant que les portes s'ouvrent, les gens mangeaient du pop-corn, de la barbe à papa et des pommes d'amour achetés à une caravane un peu plus loin. Diana était assise derrière une table ronde à quelques mètres de là. Elle portait une robe noire et un foulard noir sur la tête. Sur un panneau était écrit :

DIANA VOUS RÉVÈLE VOTRE AVENIR
POUR SEULEMENT 50 COURONNES

Une boule de cristal, posée sur la table, étincelait au soleil. Mais la chaise devant elle était vide.

Lise vérifia l'heure sur son portable et constata qu'il restait encore vingt minutes avant le début du spectacle. D'un pas rapide, elle se rendit à l'enclos de l'éléphante.

– OK. Passons un pacte toutes les deux, proposa-t-elle.

Lucille détourna la tête. Une de ses oreilles bougea légèrement.

– Si tu montes sur la piste ce soir, je te donnerai toutes les cochonneries que les éléphants aiment bien, dit Lise en s'approchant prudemment. Tout ce que tu veux. Des pommes ?

Aucune réaction.

– Des bonbons ? Tu aimes le sucre, Lucille ?

Toujours pas de réaction.

Lise regarda à nouveau l'heure sur son portable.

– Merde. Réfléchis à ma proposition, OK ? Réfléchis bien. Autant de cochonneries que tu veux, c'est un super bon deal, dit-elle avant de tourner les talons pour retourner au chapiteau.

Elle traversa l'entrée des artistes mais s'arrêta net quand elle entendit la voix de Fillip depuis la piste :

– ... de notre mieux.

Lise jeta un œil dans l'interstice entre les deux pans de rideaux et découvrit Fillip à genoux qui enlaçait Wolfgang qui enlaçait Jacobi qui enlaçait un autre artiste, et ainsi de suite dans un cercle parfait. Ils avaient tous la tête baissée. Lise eut l'impression d'être une intruse. Comme si elle était tombée par hasard sur une civilisation inconnue dans la jungle et qu'elle était témoin d'un rituel auquel elle n'était pas censée assister. Elle écouta plus attentivement Fillip qui disait :

– Parce que, aujourd'hui, c'est pour Hilmar que nous allons présenter nos numéros. Aujourd'hui la piste est celle de Hilmar. Ce qui ne sera pas le cas lors de la prochaine représentation. S'il y en a une, j'entends. Ce jour-là, nous montrerons à Lise Gundersen ce que nous pensons d'elle. Elle qui n'appartient pas à ce monde. Elle qui n'est pas une des nôtres et qui ne le sera jamais.

Lise vit les autres acquiescer en silence. Soudain elle sentit une main se poser sur son épaule. Elle se retourna et vit Diana.

– Mon Dieu, tu m'as fait peur.

– J'ai rangé ma boule de cristal. De nos jours, les gens ne veulent plus connaître leur avenir.

– Ah oui, ils ne veulent plus savoir s'ils rencontreront un grand et beau mec mystérieux ou un truc comme ça ? Maintenant ils trouvent ça sur les sites de rencontre, tu sais. Les boules de cristal actuelles. Et les mecs mystérieux n'intéressent plus. À moins d'aimer des types qui collectionnent des étoiles de ninja.

– En tout cas, ils ne veulent pas dépenser de l'argent pour écouter une diseuse de bonne aventure. Les seuls qui sont venus me voir étaient des gars barbus et tatoués en sandales. Et ceux-là voulaient juste prendre une photo avec moi.

– Des hipsters à la chasse aux selfies.

Diana jeta, elle aussi, un regard entre les deux pans de rideaux, puis dit :

– Au début, ils disaient la même chose de Hilmar. Qu'il n'avait pas sa place ici parce qu'il ne venait pas d'une longue lignée de gens du cirque comme eux. Mais il a gagné leur confiance en se dévouant et en travaillant d'arrache-pied...

– Je n'ai pas le temps d'écouter une nouvelle anecdote sur Hilmar ! Le public entre dans cinq minutes.

Et je dois aller me changer, dit Lise en partant d'un pas rapide vers la caravane de Hilmar.

Un quart d'heure plus tard, Lise s'observait dans le miroir du grand placard vêtue du costume doré et réajusté de Hilmar. *On dirait une vraie loseuse*, pensa-t-elle, *une loseuse qui, en plus, se serait fait droguer, kidnapper et qu'on aurait relâchée dans une comédie musicale psychédélique des années soixante-dix. Mais qu'est-ce que tu fous ici, Lise ?*

Elle fut tirée de ses pensées par un coup à la porte.

– Oui ?

– Il est l'heure, dit Diana de l'autre côté.

Pendant encore quelques secondes, Lise observa son reflet dans le miroir, puis elle ouvrit la porte.

– Tu es prête ? demanda Diana alors qu'elles se dirigeaient ensemble vers le chapiteau.

– À point, comme un œuf. Pondue par une poule en or, déclara-t-elle avec un geste vers son costume.

Parler devant des gens ne l'avait jamais inquiétée car elle s'informait toujours sur ses futurs interlocuteurs. Elle savait sur quel bouton appuyer. En général, il s'agissait d'investisseurs, de dirigeants d'entreprise, d'actionnaires et de membres de conseils d'administration. Mais ici, dans les gradins, se trouvaient toutes sortes de gens venant de toutes sortes de milieux, avec toutes sortes d'histoires et de sentiments. Ne pas avoir le contrôle de la situation lui retournait littéralement l'estomac. Elle avait l'impression d'avoir avalé un broyeur qu'elle n'arrivait pas à mettre sur pause.

– C'est quoi la procédure ? Est-ce qu'il suffit que j'entre sur la piste et que je parle ?

– Quand tu entends les roulements de tambour, tu entres.

En passant devant l'enclos de Lucille, elle toisa l'éléphante et lui lança :

– Des petits oursons à la guimauve, Lucille ? Des cacahuètes ? Réfléchis bien. Tu peux avoir ce que tu veux !

Elle pénétra sous le chapiteau où tous les artistes étaient rassemblés. Ils firent semblant de ne pas la voir. Elle leur rendit la pareille et saisit le micro.

Un silence absolu régnait dans les gradins. Lise lança un regard inquiet à Diana par-dessus son épaule. La vieille femme lui fit un petit signe rassurant de la tête pour lui signifier que tout allait bien se passer. Le batteur sur l'estrade de l'orchestre commença à frapper sur sa caisse claire. On aurait dit une rafale de mitraillette. Les artistes se rangèrent aussitôt sur le côté afin de laisser le passage libre. Puis le rideau s'ouvrit sous les applaudissements du public. Les roulements de la caisse claire cessèrent et furent suivis d'un coup de cymbales. Trois projecteurs s'allumèrent et éblouirent Lise avant qu'elle n'ait réussi à discerner les visages des spectateurs. Elle mit sa main en visière pour se protéger les yeux et constata que le chapiteau était comble. Personne ne bougeait, il n'y avait pas le moindre bruit, ce qui l'angoissa encore plus. Elle avait la sensation de se trouver au musée Grévin en face de cinq cents spectateurs en cire. Elle serra les dents et s'avança sur la piste.

Elle s'arrêta juste en dessous des projecteurs. Le rebord de son chapeau haut de forme protégeait ses yeux de la forte lumière. Elle sentit l'attente impatiente du public. Elle mit le micro devant sa bouche et dit :

– Bonsoir...

Le public lui répondit par un silence. Paniquée, Lise se retourna à la recherche de Diana qui se tenait derrière l'orchestre. La vieille dame articula en silence « Hilmar ».

Après quelques secondes d'hésitation, Lise se tourna à nouveau vers le public.

– La représentation de ce soir est en l'honneur de Hilmar qui...

À peine eut-elle prononcé le nom de son oncle que des applaudissements éclatèrent dans les gradins.

Le broyeur dans son estomac disparut dès qu'elle vit l'excitation sur le visage des spectateurs. Elle se détendit aussitôt et reprit confiance. Une main dirigée vers le public et l'autre serrée autour du micro, elle poursuivit :

– ... qui était mon oncle. Vous le connaissiez tous, et il vous connaissait tous...

De nouveaux applaudissements éclatèrent, mais elle les arrêta d'un signe.

– Il faisait partie de votre vie et vous faisiez partie de la sienne. Ce soir, nous allons lui rendre hommage et je vais commencer par demander aux membres de sa troupe de me rejoindre sur la piste...

Elle croisa le regard surpris de Fillip. Les artistes semblèrent se concerter du coin de l'œil avant de se tourner vers elle.

– Donnez-leur une salve d'applaudissements ! s'écria Lise.

Les acclamations du public ne leur laissaient pas le choix, ils entrèrent tous sur la piste à contrecœur et s'alignèrent derrière Lise.

– Tu as perdu la tête ? chuchota Fillip à son oreille.

– Pourquoi tu dis ça ? Vous ne vouliez pas lui rendre…

– Un artiste ne se présente jamais sur la piste avant son numéro. Jamais ! Ça porte malheur.

– Aïe, il me semble aussi qu'un chat noir a traversé la piste. Et j'ai entendu dire que le Père Noël est venu assister au spectacle. Il n'aura pas de mal à voir si tu as été un gentil ou un mauvais garçon cette année. Alors tu ferais mieux d'être un bon clown et de m'écouter, OK ?

Fillip soutint son regard durant quelques secondes avant de se ranger à côté de ses collègues.

– Et maintenant je vous demanderai une minute de silence pour… dit Lise, puis elle s'arrêta et observa les spectateurs. Non, je…

Le silence s'abattit sur le public. Diana lui lança un regard mécontent.

– Non, je ne vous demanderai pas une minute de silence. Je crois que Hilmar préférait les applaudissements. Et qu'il aimait plus que tout un public en liesse. Donc, je vous demanderai plutôt une minute de jubilation !

Lorsque les gens se mirent à hurler et à applaudir, le visage de Diana s'illumina et ses yeux s'emplirent de larmes.

La minute passée, Lise fit signe aux artistes de quitter la piste et les applaudissements cessèrent. À nouveau seule, elle leva son micro :

– Maintenant, mesdames et messieurs, je vous demande d'accueillir... dit-elle en sortant un programme froissé de sa poche, le sensationnel Jacobi Montebleu, l'acrobate gastronome !

Des applaudissements épars se firent entendre lorsque Jacobi entra sur la piste avec une canne à pêche à la main.

Lise se retira en se demandant ce qu'il allait pouvoir faire avec cet outil.

– Tu es bien la nièce de ton oncle, dit Diana avec un sourire lorsqu'elle la rejoignit.

– Qu'est-ce que tu veux dire par là ?

– Tu as mis le public dans ta poche avec un tel naturel. Ce n'est pas donné à tout le monde. En réalité, très peu de gens savent le faire. En plus, tu as eu l'air d'aimer ça.

– D'aimer ça ? répéta Lise en enlevant son chapeau. Tu crois que j'ai aimé me ridiculiser devant cinq cents personnes dans mon costume de Willy Wonka ?

– En tout cas, tu avais l'air sincère. Et tu avais l'air satisfait.

– Je me suis peut-être laissé un peu emporter par les applaudissements... C'est vrai que n'ai jamais rien vécu de tel auparavant. C'est...

– Puissant.

– Peut-être, oui. Mais...

De nouveaux applaudissements attirèrent son attention. Elle se tourna vers la piste et vit Jacobi saluer solennellement le public. Puis il posa un genou à terre, leva la canne à pêche et ouvrit la bouche. Nouveaux roulements de tambour depuis l'orchestre. D'un geste lent et maîtrisé, il enfonça la canne dans sa gorge jusqu'à ce que seule la moitié reste visible. Les roulements de tambour s'intensifièrent lorsqu'il lâcha la canne et écarta les bras, les paumes vers le public.

– Je ne supporte pas de voir des gens s'enfoncer des trucs dans la bouche. Ça me donne envie de vomir, dit Lise en déglutissant. Il n'y a rien que j'aime dans tout ça. Ça je peux te l'assurer. Absolument rien.

Jacobi fit réapparaître la canne à pêche et sortit de sa poche un téléphone portable accroché à une ficelle. Toujours un genou à terre, il l'enfonça dans sa gorge. Tout son corps fut parcouru de secousses. Puis il se leva et se dirigea vers une dame dans le public assise au premier rang.

– Excusez-moi, pourrais-je vous emprunter votre portable ?

La dame hésita.

Jacobi passa son doigt sur ses lèvres pour montrer qu'elles étaient bien fermées.

– N'ayez pas peur, madame, je ne le mangerai pas. J'ai perdu le mien, vous voyez. Et je voulais juste appeler mon numéro pour savoir où je l'avais mis.

La dame lui tendit son portable et il la remercia en s'inclinant. Puis il retourna au milieu de la piste et composa son numéro.

Il n'y avait plus un bruit sous le chapiteau. Soudain une sonnerie sourde se fit entendre depuis l'estomac de Jacobi : *La cucaracha, la cucaracha, y a no puede caminar. Porque no tiene, porque le falta...*

Lise ne put retenir un sourire en voyant l'enthousiasme sur le visage des spectateurs.

Pendant les applaudissements, Jacobi sortit son portable de sa bouche et rendit l'autre à la dame au premier rang.

Fillip apparut alors derrière Jacobi avec un support sur lequel étaient accrochés des sabres de différentes tailles. Il le déposa au milieu de la piste et regagna l'obscurité derrière l'orchestre. Jacobi s'avança vers les sabres.

– Et maintenant, mesdames et messieurs... dit-il d'une voix tremblante de fierté, je suis heureux de partager avec vous ce numéro traditionnel...

D'une main, il attrapa le sabre le plus court et, de l'autre, il sortit de sa poche un mouchoir en soie qu'il jeta en l'air. Le mouchoir retomba lentement sur la pointe du sabre qui le coupa en deux.

– ... qui est l'un des plus dangereux qu'on puisse trouver sur une piste de cirque.

L'enthousiasme du public se fit attendre. Lise regarda Diana. Nouveaux roulements de tambour. Jacobi posa un genou à terre et enfonça le sabre dans sa gorge, de plus en plus profondément.

– Malheureusement, tu vas voir que les réactions ne sont plus ce qu'elles étaient, chuchota Diana à Lise. Les gens veulent des choses qu'ils n'ont jamais vues.

Ils n'ont plus de lien avec les traditions. Tout le monde s'en fiche. Et j'ai bien peur que beaucoup de choses soient bientôt définitivement perdues.

Elles regardèrent Jacobi en silence. Il attrapa un nouveau sabre plus long, qu'il enfonça dans sa gorge, suivi de roulements de tambour. Puis un autre, plus long encore, suivi de nouveaux roulements de tambour. Mais la réaction du public resta tiède. Après avoir avalé et ressorti le sabre le plus long, il s'inclina devant les gradins et quitta la piste en passant devant Lise, la tête baissée.

Lise inspira profondément, puis sortit de l'obscurité pour présenter le numéro suivant.

– Il est maintenant temps d'accueillir… les incroyables frères jongleurs !

Wolfgang apparut sur un monocycle avec Dieter, debout sur ses épaules, qui jonglait avec deux quilles. Wolfgang attrapa une quille supplémentaire et la lança à Dieter. Puis encore une, et encore une. Dieter continuait à jongler et Wolfgang à pédaler autour de la piste. Les applaudissements étaient plus polis qu'enthousiastes, même lorsque la huitième quille entra en jeu.

Dieter fit un signe à Wolfgang qui sortit deux bandeaux de sa poche et en mit un sur ses yeux qu'il noua à l'arrière du crâne. Dieter lança ensuite les quilles très haut en l'air pour avoir le temps de bander ses propres yeux. Des roulements de tambour accompagnaient Wolfgang qui continua de faire le tour de la piste tout en lançant une nouvelle quille à Dieter qui l'attrapa à l'aveugle. Les applaudissements furent toujours aussi discrets, même lorsque Wolfgang lança la dixième quille à Dieter. Pour terminer le numéro, Dieter lança les quilles très haut, sauta des épaules de Wolfgang qui, lui, sauta de son monocycle. Les deux frères s'immobilisèrent côte à côte sur la piste et attrapèrent cinq quilles chacun. Puis ils enlevèrent leur bandeau et s'inclinèrent devant le public.

À la surprise de Lise, les applaudissements cessèrent rapidement. Quand elle était petite et qu'elle jouait au cirque avec sa sœur, elle s'était essayée une fois au jonglage. Avec deux oranges seulement. Elle se souvenait qu'elle avait trouvé l'exercice terriblement difficile. En plus, les oranges avaient taché les rideaux du salon et son essai s'était soldé par une assignation à résidence.

Wolfgang et Dieter quittèrent la piste, aussi penauds que Jacobi.

Lorsque Lise sortit de l'obscurité pour s'adresser à nouveau au public, Tatjana était déjà là. Elle se tenait sur une plateforme en haut d'un des mâts qui soutenaient le chapiteau. Elle avait le trapèze dans les mains, les yeux tournés vers Lise qui leva son micro :

– Et maintenant, mesdames et messieurs, Tatjana Zoljovska, la reine de la voltige aérienne !

Tatjana s'élança et se mit à tournoyer avec grâce au-dessus du public, effectuant différentes figures, avant de lâcher le trapèze pour en attraper un deuxième qui avait été mis en mouvement en face. Lise eut un choc en voyant Tatjana planer dans les airs.

– Sans filet de sécurité ? s'exclama-t-elle en regardant Diana. Mais c'est de la folie pure !

– Non, ça ne l'est pas. Même si je préférerais qu'elle accepte d'en utiliser un.

Après quelques allers et retours pour prendre de la vitesse, Tatjana lâcha à nouveau le premier trapèze et fit un salto arrière avant d'attraper le second.

Les applaudissements du public étaient toujours aussi mesurés.

– Chaque soir, alors que tous ces gens regardent la télé, confortablement installés sur leur canapé, poursuivit Diana avec un geste vers les gradins, Tatjana s'entraîne jusqu'à en avoir des crampes aux poignets. Et chaque matin, alors qu'ils ont la tête posée sur leur oreiller, elle s'entraîne encore et encore, jusqu'à ce que son numéro ne soit plus qu'automatismes, jusqu'à ce que son corps sache ce qu'il doit faire sans même qu'elle ait à réfléchir. C'est un travail acharné. Un dévouement. Pas de la folie pure, dit Diana avant de s'interrompre pour admirer Tatjana qui faisait un double saut périlleux. Malheureusement, ils ne comprennent pas ça. Ils ne réalisent pas non plus à quel point c'est incroyable ce qu'elle fait. Et dangereux. C'est ça qui l'a poussée à enlever le filet de sécurité.

En silence, les deux femmes regardèrent Tatjana terminer son numéro par deux doubles sauts périlleux. Debout sur la plateforme, elle remercia le public dont les applaudissements étaient plus que mous. Les projecteurs se dirigèrent à nouveau vers le milieu de la piste en laissant Tatjana dans l'obscurité.

– Et maintenant, mesdames et messieurs, veuillez accueillir... Miranda et ses lapins magiques ! dit Lise d'une voix peu enthousiaste, en évitant de croiser le regard de la jeune femme qui entrait sur la piste avec son chapeau et sa baguette magique.

Jacobi et Wolfgang apportèrent une grande boîte en bois. Miranda posa son chapeau dessus, agita sa baguette et en sortit un lapin. Puis un autre.

Lise jeta un œil vers les gradins où les gens étaient maintenant penchés sur leur portable.

– J'ai pas l'impression que ce bon vieux tour de magie amuse encore les gens, chuchota-t-elle à Diana.

– Attends un peu.

Miranda avait maintenant sorti six lapins de son chapeau qu'elle reposa sur sa tête, le temps que Jacobi et Wolfgang installent une course d'obstacles. Miranda agita ensuite sa baguette magique et conduisit les lapins vers la piste de courses. Chacun se mit docilement à sauter par-dessus les obstacles.

Les spectateurs semblaient s'ennuyer encore plus.

– Pas franchement magique, son truc. Je me demande si elle ne ferait pas mieux de préparer un bon ragoût de lapin pour le public.

– Attends un peu.

Après plusieurs tours d'obstacles, Miranda agita à nouveau sa baguette, fit monter un des lapins sur la boîte et le cacha sous son chapeau. Après des roulements de tambour, elle souleva le chapeau, le lapin était encore là mais il était devenu rose.

– C'est... commença Lise en regardant Diana. Comment elle a fait pour... ?

– De la magie.

Lise leva les yeux au ciel. Elle regarda ensuite les gradins. La plupart des gens étaient trop occupés par leur portable pour faire attention à ce qui se passait sur la piste. Même lorsque le lapin suivant monta sur la boîte, qu'il disparut sous le chapeau et réapparut en vert, les applaudissements furent faibles. Miranda répéta son tour de magie avec chaque lapin et termina le numéro en faisant danser la bande de lapins multicolores sur leurs pattes arrière au son d'une version chevrotante de *Take a Bow* de Rihanna. Pour finir, les lapins s'inclinèrent devant le public, puis sautèrent, l'un après l'autre, dans le chapeau posé sur la boîte et disparurent.

Les applaudissements s'estompèrent rapidement. Lise s'apprêtait à retourner sur la piste mais Diana la rattrapa par l'épaule.

– Tu n'as pas besoin de présenter Fillip.

– Pourquoi ? Il refuse de faire son numéro ? Il n'a pas le droit, ce serait une rupture de contrat...

– C'est Miranda qui le présentera, l'interrompit Diana. C'est devenu un rituel.

Miranda plaça à nouveau son chapeau sur la boîte et en sortit un lapin orange fluo. Elle le regarda, mécontente, secoua la tête et le remit dans le chapeau. Puis elle sortit un lapin jaune fluo, secoua encore la tête et le remit dans le chapeau. À la troisième tentative, elle enfonça sa main dans le chapeau tout en regardant le public, avec l'air d'avoir attrapé quelque chose de bizarre qu'elle essayait de sortir. Le visage de plus en plus crispé, elle enfonça aussi l'autre main et y mit toutes ses forces. Soudain la tête maquillée en blanc de Fillip apparut. Miranda redoubla d'efforts et se mit à le tirer par son nez rouge. Elle finit par tomber à la renverse, suivie de Fillip qui sortit en habit de clown avec le chapeau en satin sur la tête. Il chancela sur ses jambes comme s'il allait s'évanouir, puis se tourna vers les gradins et sursauta de surprise en découvrant le public. Il posa sa main sur son cœur tout en respirant bruyamment.

Quelques rares spectateurs âgés se mirent à rire et à applaudir. Fillip fit une révérence, puis aida Miranda à se relever et lui rendit son chapeau.

Lise remarqua la manière dont il la regardait quand elle quitta la piste, suivie de sa bande de lapins bondissants. Il y avait plus qu'une complicité professionnelle entre eux. Lise fut agacée d'y avoir fait attention. Elle remarqua aussi la lumière dans les yeux de Fillip et la joie sur son visage, mêlée à de la concentration, quand il se retrouva devant deux enfants âgés d'environ neuf ans au premier rang.

Avec un sourire affecté et vide, il se cura le nez et fit une grimace horrifiée en faisant semblant d'y avoir attrapé quelque chose. Il en sortit une trompette miniature. Les deux enfants lui lancèrent un regard indifférent avant de se pencher à nouveau sur leur portable. L'espace d'une seconde, Fillip s'arrêta, comme si sa frustration avait pris le dessus, puis il s'efforça de revenir à son numéro. Avec un doigt, il se boucha une narine, plaça la trompette dans l'autre et se mit à jouer une mélodie stridente tout en dansant comme si une guêpe lui avait piqué les fesses.

Les deux enfants étaient toujours aussi indifférents.

– Autrefois le numéro du clown était le clou du spectacle, chuchota Diana. Mais ces gosses sont tellement sur-stimulés qu'ils ne voient même plus la réalité qu'ils ont devant eux. C'est triste.

Sans faire de commentaire, Lise continua de regarder Fillip qui essayait en vain de capter l'attention des enfants en poursuivant son numéro avec une énergie accrue. On aurait dit qu'il était seul et qu'il ne jouait que pour lui-même. Lise vit des larmes couler sur les joues de Diana. En remarquant le chagrin dans les yeux de Fillip, elle comprit que c'était pour Hilmar qu'il faisait son numéro. Sa gorge se serra et elle déglutit. Finalement Fillip s'inclina et reçut quelques applaudissements épars.

Lorsqu'il passa devant elle sur la piste, il avait la tête baissée. Sans comprendre pourquoi, Lise éprouva le besoin de lui dire quelque chose, mais elle réprima son envie, se dirigea vers le centre de la piste et s'arrêta sous les projecteurs :

– Et maintenant il est l'heure d'accueillir... la légende du trampoline : Reidar !

Le vieil homme était en train de s'échauffer derrière l'estrade de l'orchestre. Son justaucorps en Lycra était si moulant que ses varices formaient une véritable carte topographique sur son corps.

Reidar arriva sur la piste en courant, mais ses mouvements étaient raides et saccadés. Il grimpa péniblement sur le trampoline et s'inclina devant la foule. Puis il prit son élan et rebondit à plusieurs reprises afin de prendre de la hauteur.

À chaque fois que ses vieilles jambes touchaient le trampoline, Lise détournait la tête, craignant qu'elles plient sous le poids de son corps. Mais les jambes de Reidar tenaient bon et il s'élança dans les airs, de plus en plus haut. En le voyant prendre son élan pour un saut périlleux, elle fut persuadée que son numéro se terminerait rapidement et brutalement. Pourtant, contre toute attente, Reidar atterrit sur ses pieds, lança ses épaules en arrière, puis fit un salto arrière. Le public regardait cet homme de quatre-vingt-onze ans avec scepticisme.

– Bon, il faut que j'aille convaincre Lucille de venir, dit Lise à Diana. Tu pourras me présenter ?

Diana acquiesça.

En sortant, Lise passa devant Fillip qui lui cria : « Bonne chance ! » Elle fit semblant de ne pas l'entendre, continua vers la sortie et arriva sur la petite place entre les caravanes. De l'autre côté du fjord, le soleil était en train de disparaître derrière les montagnes. Lucille, dans son enclos, se tenait face au chapiteau comme si elle écoutait ce qui se passait à l'intérieur. Lise s'arrêta à quelques mètres d'elle.

– C'est bientôt à toi, lui dit-elle.

La trompe de Lucille bougea légèrement, mais elle continua de fixer le chapiteau sans faire attention à Lise.

– Va sur la piste et fais ce que tu as à faire. Ça ne te prendra que dix minutes et après tu pourras revenir ici. Qu'est-ce que t'en dis ?

Elle entendit la voix de Diana résonner dans les haut-parleurs : « … et on remercie chaleureusement le grand Reidar ! », puis quelques faibles applaudissements.

Lucille bougea une oreille.

– Tu aimes ça, hein ? Les applaudissements. Il n'y a pas de honte à l'admettre. Ni à apprécier que les gens t'aiment. Viens avec moi sous le chapiteau. Maintenant c'est toi que les gens vont applaudir.

Comme si elle s'adressait à un chien, elle fit claquer ses doigts et se tapa sur la cuisse tout en reculant vers le chapiteau.

– Allez, viens. Viens !

Mais Lucille lui lança un regard noir sans bouger.

– Merde, Lucille, dit Lise en sentant la panique monter. Ça commence à urger. Nous, les femmes, il faut qu'on soit solidaires, non ? *Girl power* et tout ça, quoi.

Lucille détourna la tête.

– Très bien, dit Lise en poussant un soupir. On oublie toute cette putain d'histoire. Reste ici à faire la gueule, et moi je rentre à Oslo. On oublie tout. Ce cirque et Hilmar.

Lorsque Lucille entendit le nom de Hilmar, elle se tourna vers Lise.

– Hilmar ? répéta Lise.

Lucille bougea les deux oreilles et remua légèrement la trompe.

– C'est pour Hilmar que tu vas te produire ce soir. Pas pour moi.

Lucille fit quelques pas vers Lise qui continuait à reculer vers l'entrée des artistes.

– Ce soir c'est une représentation exceptionnelle en la mémoire de Hilmar. J'avais oublié de te le dire ? Tous les spectateurs sont là pour lui rendre hommage.

Tous les artistes aussi. Et Hilmar aurait certainement aimé que toi aussi tu sois là, alors tu devrais peut-être...

D'un pas décidé, Lucille se mit à avancer. Lise s'écarta pour la laisser passer et la suivit ensuite vers l'entrée. Stupéfaits, ouvrant grand les yeux, les artistes regardèrent Lucille pénétrer sous le chapiteau.

– Stop, Lucille, attends-moi, cria Lise alors que l'éléphante s'apprêtait à entrer sur la piste.

Lise alla se mettre à côté de Lucille qui s'était arrêtée à quelques centimètres du rideau. Elles échangèrent un regard.

– Tu es une bonne fille, dit Lise en lui faisant un grand sourire.

Le visage de Diana apparut entre les deux pans de rideaux. Lorsqu'elle vit Lucille, son regard s'illumina.

– Je savais que tu y arriverais, chuchota-t-elle à Lise.

– Je n'en suis pas encore là. Je ne sais absolument pas quoi lui demander quand on sera sur la piste.

– Ne t'en fais pas, Lucille sait très bien ce qu'on attend d'elle. Elle a fait son numéro tellement de fois. Tout ce que tu as à faire, c'est rester à côté d'elle afin qu'elle ne soit pas seule.

Quelques instants plus tard, la voix de Diana résonna à nouveau dans les haut-parleurs : « Et maintenant, mesdames et messieurs, j'ai l'honneur et l'immense plaisir d'accueillir Lucille, notre reine indienne ! »

Lucille lança un regard à Lise, qui répondit par un haussement d'épaules, puis elle écarta le rideau avec sa trompe et entra sur la piste.

Le public se tut aussitôt. Le trampoline avait disparu et avait été remplacé par un tabouret. Lucille commença à faire le tour de la piste. Lise la suivait à distance.

Lucille s'arrêta soudain en tendant sa trompe vers un homme d'une quarantaine d'années, paralysé par la peur. Il avait une barbe à papa dans la main. Persuadée qu'elle avait l'intention de le soulever avec sa trompe, Lise accourut. L'éléphante la repoussa d'un coup de fesse, prit la barbe à papa de la main de l'homme et la tendit à un garçon d'une dizaine d'années assis un peu plus loin. Des rires et des applaudissements éclatèrent dans les gradins.

L'enthousiasme du public s'intensifia quand Lucille se mit à genoux pour remercier. Elle se releva et termina son tour de piste avant d'aller se placer derrière le tabouret. Elle commença par poser ses pattes avant dessus. Elle se balança ensuite quelques instants pour trouver son équilibre avant de lever ses pattes arrière et tourner sur le petit tabouret sous les cris et applaudissements du public.

Lise vit du coin de l'œil que Fillip avait rejoint Diana. Il regardait Lucille avec défiance.

24

Des monceaux de papiers colorés et de bâtons de barbe à papa jonchaient les gradins parmi les restes de pop-corn, que les oiseaux viendraient picorer dès le départ du cirque le lendemain.

Après la sortie de Lucille, Diana avait rappelé tous les artistes afin qu'ils viennent faire le salut final et recevoir les applaudissements du public. Puis tout le monde avait quitté le chapiteau. Lise était restée seule, assise sur le tabouret de Lucille au milieu de la piste. Au loin, elle entendait les éclats de voix et les rires des artistes et des techniciens qui faisaient la fête autour d'un feu près du fjord. Personne ne lui avait proposé de se joindre à eux. Qu'importe, elle aurait refusé.

La première mission que Børge lui avait confiée avait été de gérer le rachat d'une usine de poisson en difficulté financière dans le nord de la Norvège. L'usine appartenait à la même famille depuis des générations. Cette famille, qui faisait du commerce de produits de la pêche depuis la fin du 17e siècle, avait refusé de vendre l'usine malgré plusieurs offres d'un groupe de chalutiers de Sunnmøre. Elle ne voulait pas contribuer à détruire la flotte de pêche côtière, ni à aggraver la situation des pêcheurs qui avaient déjà du mal à survivre. Après avoir élaboré une offre d'achat et un plan crédible pour la poursuite de l'activité de l'usine, Børge avait envoyé Lise sur place pour rencontrer les propriétaires.

Ils avaient été très accueillants et l'avaient impliquée dans leur vie pendant les deux semaines qu'elle avait passées avec eux. Ayant gagné leur confiance, elle était rentrée à Oslo avec le contrat de vente signé, heureuse que ces gens chaleureux aient accepté son aide.

Ravi de son travail, Børge lui avait montré une clause un peu complexe dans le contrat qui, en gros, stipulait qu'il lui était possible de revendre l'usine s'il considérait que la poursuite de l'exploitation n'était pas économiquement viable. Il avait annoncé à Lise qu'un grand groupe de Sunnmøre était prêt à la racheter afin d'assurer des quotas lucratifs à ses chalutiers dans le Nord.

Comprenant qu'elle avait été manipulée par Børge, Lise avait très mal réagi. Il lui avait alors expliqué qu'il avait dissimulé cette clause à dessein pour ne pas l'influencer. La prochaine étape de sa mission serait de retourner annoncer aux propriétaires que leur usine serait revendue. Hors d'elle, Lise avait donné sa démission en disant à Børge d'aller se faire foutre. « C'est ton droit », avait-il répondu tout en notant quelque chose sur un Post-it qu'il lui avait tendu. « Tu peux démissionner si tu veux sauver le monde. Ou alors, tu retournes là-bas et tu transmets un message simple à ces gens que tu ne reverras plus jamais. Ensuite, tu rentres chez toi et tu regardes ton compte en banque. » Sur le Post-it était inscrit un montant supérieur au salaire annuel du père de Lise. « Lorsque l'ancien fait obstacle au nouveau, le résultat est toujours le même, avait poursuivi Børge. De tout temps, il en a été ainsi. C'est aussi valable pour les civilisations que pour la société et la technologie. Et pour les usines de poisson dans le nord de la Norvège. On n'y peut rien. C'est plus grand que nous. Quand on va jusqu'au bout de ses bonnes intentions et de celles des autres, on se rend compte que tout est fondé sur la mise en valeur de soi. Alors, pourquoi ne pourrions-nous pas nous affirmer ? Cela n'a rien à voir avec la trahison ou l'injustice. C'est comme ça que le monde fonctionne. Sois tu manges, soit tu te fais manger. »

Lise ignorait si c'étaient les explications de Børge ou l'argent qui l'avaient poussée à retourner voir les propriétaires de l'usine. En tout cas, elle y était allée et elle n'avait jamais rien vécu d'aussi pénible. Ils n'avaient pas réagi comme elle s'y attendait. Ni avec rage ni en l'accusant de trahison, mais avec une profonde tristesse et apathie, comme si le monde était aussi cruel que l'avait décrit Børge.

Depuis cette expérience, ce monde était aussi devenu le sien. Et cela lui avait beaucoup simplifié les choses. Elle avait décidé de ne plus jamais s'impliquer personnellement dans la vie des gens qui subissaient les conséquences de son boulot. Et de ne pas les laisser s'impliquer dans la sienne.

Après la représentation, Lise était tout de suite allée dans la caravane de Hilmar remettre le costume doré dans le placard. Le numéro avec Lucille sur la piste avait eu un effet inattendu sur elle. Elle avait été littéralement submergée par une joie immense qu'elle tenait à cacher aux autres. Elle était ensuite retournée sous le chapiteau vide pour se convaincre que sa joie s'expliquait parce que cette représentation l'avait rapprochée de son objectif.

25

– Børge ?

Lorsqu'il entendit la voix derrière lui, sa fourchette n'était plus qu'à un centimètre de la queue de bœuf braisée aux girolles et au thym dans l'assiette devant lui. En voyant l'expression des deux hommes d'affaires assis en face de lui, il redouta ce qui l'attendait.

Il se retourna et découvrit un énorme cœur rouge vif d'où sortaient une tête et des bras minuscules. Le gars semblait désespérément chercher à garder l'équilibre sur ses jambes trop fines.

– Je vous prie de m'excuser un instant, dit Børge aux deux hommes d'affaires avec un sourire.

Il tira le gars déguisé en cœur par le bras et le conduisit vers la sortie. L'accoutrement imposant heurta en passant plusieurs clients attablés. Børge s'arrêta devant le vestiaire et l'examina pendant quelques secondes. La gravité du visage du gars contrastait avec son habit ridicule.

– Je suppose que Mogens est intéressé par le cirque s'il m'envoie... son cœur ? dit Børge en poussant un soupir.

– Non.

– Non ? Il vous a envoyé ici pour me dire qu'il n'était pas intéressé ? Alors que je suis en train de déjeuner avec des clients très importants ? Merde, c'est pas possible de...

Le gars secoua la tête, bousculant par la même occasion un serveur qui passait avec des assiettes dans les mains.

– Mogens n'est pas intéressé. S'il était juste intéressé, il vous aurait envoyé son cerveau. C'est lui qui s'occupe de ces choses-là. Alors que, quand les sentiments sont impliqués, il envoie son cœur.

– Ah... Et de quels... sentiments s'agit-il ?

– De ses sentiments pour le cirque.

– Il est donc intéressé... ou plutôt... il a donc des sentiments pour le cirque ?

– Un cœur peut contenir beaucoup de choses. De l'amour, de la haine, de la fierté, de la colère, de l'obsession, de la curiosité. Ce qu'il ressent en ce moment, c'est plutôt de la curiosité. Mais qui pourrait éventuellement se transformer en amour.

– Parfait ! Quelle chance que je sois aussi un très bon marieur !

– Il vaut mieux que vous preniez ça au sérieux, prévint le gars. Personne n'a le droit de jouer avec le cœur de Mogens.

– Oui, oui, bien sûr, dit Børge en levant ses paumes vers lui. Bien sûr que je prends ça au sérieux. Loin de moi l'idée de... jouer avec le cœur de Mogens.

Il y eut un moment de silence. L'homme-cœur scruta Børge.

– Son cerveau va vous appeler pour vous poser quelques questions. Si les réponses sont validées, une rencontre sera organisée avec Mogens. Mais il y a d'abord une chose dont son cœur aimerait s'assurer : pouvez-vous me garantir que l'éléphant est inclus ?

26

Un vent chaud repoussa les nuages vers le nord et dévoila la pleine lune. En sortant du chapiteau, Lise s'aperçut que l'obscurité avait pris une jolie teinte argentée.

Sur le chemin vers la caravane de Hilmar, elle vit Lucille lever la trompe vers le ciel. Elle entra dans son enclos.

– Tu n'es pas un éléphant-garou, n'est-ce pas ? demanda Lise en montrant la lune. Poilu comme un mammouth aux problèmes hormonaux et avec des défenses qui peuvent atteindre deux fois sa taille ? Qui ravage les villages et qui fait mener une vie d'enfer aux habitants ?

Un reniflement fut tout ce qu'elle obtint comme réponse.

– Je préfère, parce que ça n'aurait pas été franchement pratique, poursuivit Lise en s'approchant de Lucille. Ce soir, sur la piste, je veux dire. Si tu m'avais dit, il y a quelques semaines, que je deviendrais directrice de cirque, j'aurais appelé les hommes en blanc pour qu'ils viennent te chercher. Ou plutôt les vétérinaires en blanc, même s'ils n'ont pas de camisole de force à ta taille.

Lucille lui lança un regard furtif.

– Mais maintenant je vais pouvoir ajouter un nouveau titre sur mon CV. Grâce à toi.

Lucille leva sa trompe et agita légèrement ses oreilles.

– OK, OK, ne prends pas la grosse tête. Mais ce soir, tu m'as sauvée, Lucille. Je vais donc être directrice de cirque une nouvelle fois. Je sais que ça aurait fait plaisir à Hilmar.

Diana sortit de l'obscurité entre les deux poids lourds et entra dans l'enclos. Elle tenait une enveloppe blanche qu'elle tendit à Lise.

– C'est pour toi. De la part de Hilmar. Il t'a écrit cinq lettres. Une pour chaque représentation. Je te laisse la lire tranquillement, dit-elle avant de quitter l'enclos et de disparaître à nouveau dans l'obscurité.

En ouvrant l'enveloppe, Lise remarqua que Lucille se rapprochait d'elle.

– Tu veux entendre ce que Hilmar a à me dire ?

Lucille renifla.

Lise sortit la feuille manuscrite et lut à haute voix :

Chère Lise,

Si tu lis cette lettre c'est que tu as réussi à mener à bien ta première représentation. Je suppose que c'était très différent de tout ce que tu as vécu au cours de ta vie.

Me trouver sur la piste et diriger un cirque m'ont procuré des émotions très particulières. Des émotions difficiles à décrire. Tellement fortes que ma vie a été totalement transformée. J'ignore ce que tu as ressenti ce soir quand tu étais sous le chapiteau. Mais ça a dû être impressionnant. Je me souviens à quel point ça l'a été pour moi la première fois que je suis entré sur la piste. Qui aurait d'ailleurs tout aussi bien pu être la dernière. Tout m'angoissait : le brouhaha plein d'attente du public avant le début de la représentation. Le chapiteau bondé. Une fois entré sur la piste, en voyant tous les yeux rivés sur moi, ça a été encore pire. J'ai finalement réussi à prononcer quelques mots maladroits. Je devais ensuite présenter le premier artiste. Hombolt Galtus DeVreyne, un jongleur belge très susceptible, connu dans le milieu du cirque pour son tempérament violent. À plusieurs reprises, il m'avait repris sur ma façon de le présenter. Il s'était longuement entraîné pour son nouveau numéro et c'était extrêmement important pour lui. Sur un ton solennel, j'ai donc annoncé au public qu'il allait tenter une nouvelle chose : jongler avec quinze quilles en même temps. Il est arrivé et le public l'a applaudi chaleureusement. Mais le problème, c'est qu'il m'avait dit douze quilles, et pas quinze. Pendant son numéro, il a fait tomber une des quilles qui lui a cassé le nez. Le visage en sang et une quille à la main, il m'a chassé de la piste et m'a poursuivi jusque dans la forêt derrière le chapiteau. Là, j'ai réussi à le semer en me cachant derrière un arbre le temps que les autres parviennent à le calmer.

Peut-être as-tu été angoissée ce soir, toi aussi. La représentation ne s'est peut-être pas déroulée sans accroc. Mais sache que cela n'a aucune importance. Tu es allée jusqu'au bout et il faut que tu en sois fière. Surtout que les artistes n'ont pas dû te faciliter la tâche. La solidarité entre les gens du cirque est très forte et il est presque impossible pour quelqu'un d'extérieur d'entrer dans leur cercle très fermé. Eux et nous avons des visions très différentes sur ce qui est important ou non dans l'existence. C'est comme ça. Tu n'as aucune idée de ce qu'est la vie d'un cirque. Comment pourrais-tu le savoir ? Et eux n'ont aucune idée de ce qu'est ta vie. La clé, c'est d'apprendre à les connaître. Tout simplement. De leur témoigner un véritable intérêt. Implique-toi dans leur vie. Et laisse-les apprendre à te connaître. Si tu y arrives, le chemin à parcourir sera bien plus simple.
Amicalement,

Hilmar.

Lise replia la lettre en regardant Lucille d'un air pensif.

– Leur témoigner un véritable intérêt…

Un peu plus loin, elle vit passer Tatjana, Jacobi sur ses talons.

– S'impliquer dans leur vie… dit-elle en lançant un nouveau regard à Lucille. Pas bête, pas bête du tout.

27

– Åndalsnes.

Lise se trouvait derrière le convoi de caravanes et de camions qui s'étirait sur la A63. Le canon d'Adam fixé sur la plateforme du poids lourd devant sa voiture tanguait violemment. Ils quittèrent bientôt l'autoroute pour continuer vers l'ouest sur la E136, le long de la rivière Rauma.

Voir le cirque démonté, puis chargé sur les camions avait été impressionnant. Tout le monde avait mis la main à la pâte. Les techniciens, mais aussi les artistes et les musiciens avaient défait la structure du chapiteau, rassemblé le matériel, enlevé et plié l'énorme toile avant de la fixer avec des cordes et des crochets sur deux remorques. Les câbles avaient été ramassés et rangés dans d'énormes caisses métalliques qui avaient ensuite été installées sur la plateforme d'un des camions. Les gradins avaient également été démontés et hissés à l'aide d'une grue sur les poids lourds. Trois heures plus tard, il ne restait plus que du pop-corn sur la pelouse.

– Oui c'est ça, la prochaine représentation a lieu après-demain à Åndalsnes, dit Lise, le portable coincé entre son épaule et son oreille.

Elle le posa ensuite sur le siège passager, activa le Bluetooth et augmenta le volume des haut-parleurs.

– Une représentation commémorative ? résonna la voix de Børge. C'est génial, Lise. Je suis fier de toi.

– Merci, mais ça ne va malheureusement pas être aussi simple à Åndalsnes. Là, il ne pourra plus être question de représentation commémorative. Les artistes vont saboter leur numéro pour s'opposer à moi, afin que la rumeur se répande dans la prochaine ville. Si la vente de billets est mauvaise, ils pourront refuser de se produire. Et moi, je n'aurai plus qu'à rentrer à Oslo.

– Tu vas y arriver. Comme à chaque fois. Tu y es d'ailleurs obligée parce que je suis en contact avec un potentiel acheteur.

– Comment ça ?

– Quelqu'un qui pourrait acheter le tout.

– Qui ?

– Mogens Arafat Nilsen. Un artiste blindé de Bergen, qui voudrait utiliser le cirque pour faire une installation d'art. Le type est complètement timbré, mais plein aux as. J'ai parlé au téléphone avec son cerveau… oui, enfin, avec un de ses employés et on est convenus d'un rendez-vous.

– Comment… plein aux as ?

– Très très riche. S'il achète, à mon avis on pourra signer sur-le-champ un contrat d'associés, toi et moi.

– Ah ouais ! dit-elle en regardant le portable posé sur le siège du passager.

– Tu l'as bien mérité, Lise. Je vais faire mon possible pour qu'il rédige une promesse d'achat, pour commencer. Et… j'y intègre une clause de vente aux enchères afin de pouvoir négocier à la hausse le prix de vente. Il faut aussi que j'inclue une commission pour ma boîte… ou plutôt notre boîte, pour que tout ça reste bien légal. Juste une somme symbolique.

– Formidable. Merci beaucoup.

– Arrête, c'est rien. Je reviens vers toi après le rendez-vous avec Mogens. Et de ton côté, arrange-toi pour rester directrice suffisamment longtemps pour que cette vente puisse avoir lieu. Je sais que tu vas y arriver parce que tu es la meilleure. Personne n'est au-dessus de toi, ni à côté de toi. Ne l'oublie pas.

– *No problemo*, dit-elle avant de raccrocher.

28

Installés sur une tribune du stade Øran, une dizaine d'enfants regardaient avec curiosité le chapiteau se monter et la toile se tendre. Quelques bâtiments industriels épars séparaient la grande pelouse du fjord entouré de montagnes.

Par la fenêtre de la caravane de Hilmar, Lise contemplait le torse musclé de Fillip qui enroulait une corde.

– Une vue impressionnante, non ?

Lise se retourna et découvrit Diana dans l'embrasure de la porte.

– Euh oui, enfin… je ne vois pas du tout de quoi tu parles.

– Du chapiteau. C'est une chose que je ne me lasse pas de regarder. Chaque fois qu'il se dresse, c'est pour moi une nouvelle confirmation de sa valeur et du sens qu'il donne à notre vie.

– Pas pour moi, rétorqua Lise en posant ses avant-bras sur la petite table bancale. Combien de billets avons-nous vendus jusqu'à présent ?

– Environ la moitié.

– Bien. Au moins, on n'a pas trop à s'inquiéter pour ça. Tu as eu le temps de parler avec les artistes ? Ce soir je m'attends à une mutinerie.

– Tu peux t'attendre à une certaine réticence de leur part, c'est vrai. C'est pour ça que j'ai une suggestion à te faire sur la façon de procéder.

– Ah bon ?

– Les artistes de cirque sont des gens très fiers. Fais-leur des compliments et dis-leur combien tu crois en eux. Et aussi que tu t'attends à ce qu'ils ne déçoivent pas le public.

– Merci pour le conseil, mais j'ai un autre plan, dit Lise en regardant à nouveau à l'extérieur.

En voyant Jacobi sortir du chapiteau, elle se redressa et ouvrit la fenêtre.

– Jacobi ! cria-t-elle. Viens ici !

Jacobi s'arrêta, regarda dans sa direction mais sans bouger.

– Viens ! répéta-t-elle.

Il avança vers sa caravane et demanda d'un ton agacé :

– Qu'est-ce que tu me veux ?

– Entre, j'aimerais te parler. Diana, tu peux nous laisser ?

Diana acquiesça, sortit et referma la porte derrière elle.

Lise fit signe à Jacobi de s'asseoir sur la banquette, puis elle s'installa en face de lui.

– Tu m'apprécies probablement aussi peu que les autres. Mais j'ai une proposition à te faire.

– Une proposition ?

– Oui. Je crois que je peux t'aider.

– Comment ça ?

– À conquérir Tatjana.

– Je n'ai pas le temps pour ce genre de discussion, déclara Jacobi en se levant.

– Attends un peu, dit Lise en se levant elle aussi. Écoute juste ce que j'ai à te dire, OK ? Donne-moi deux minutes.

Après quelques secondes d'hésitation Jacobi se rassit sur la banquette.

– Bon, juste deux minutes.

– J'ai vu la manière dont tu la regardes. Je sais reconnaître… l'amour dans les yeux d'un homme, dit-elle en sentant un frisson de malaise la parcourir à cause du ridicule de sa phrase. Quand on éprouve un tel amour pour quelqu'un, la crainte de ne pas réussir à gagner son cœur peut rendre nerveux et faire douter de soi. Si bien qu'on n'arrive pas à formuler ce qu'on voudrait lui dire. Pourtant on sait qu'on est la personne qu'il lui faut, mais comment le lui faire comprendre ?

Elle l'observa pendant quelques secondes pour voir s'il mordait à l'hameçon. La façon dont il bougeait les sourcils montrait qu'il n'en était pas loin.

– Je suis une femme. Et je sais ce que les femmes veulent entendre. Je sais ce qu'elles attendent d'un homme pour lui ouvrir leur cœur, dit-elle en éprouvant à nouveau un sentiment de gêne. Si tu veux, je peux te l'apprendre. Je peux te montrer comment faire pour que Tatjana soit à toi.

L'ardeur dans les yeux de Jacobi montra qu'il avait mordu.

– Mais à une seule condition, ajouta-t-elle.

– À une condition ? Quelle condition ?

– Que tu m'aides aussi.

– Comment ?

– Que tu m'aides à rester la directrice du cirque pendant les quatre prochaines représentations. Tout ce que tu as à faire, c'est de parler avec tes collègues et leur dire de faire de leur mieux.

– Tu veux que je trahisse mes frères et mes sœurs ? dit Jacobi en se levant pour partir.

Elle lui barra la route.

– Non, pas les trahir, mais les aider à ouvrir les yeux. Tu as dû remarquer le manque d'enthousiasme des enfants dans le public. Crois-tu qu'ils iront au cirque quand ils seront adultes ? Et crois-tu qu'ils emmèneront leurs propres enfants ? La fin de la grande époque du cirque approche. C'est inévitable. Tous les artistes sont concernés. Et je sais que tu en es conscient. Mais il n'est pas nécessaire que tes frères et tes sœurs coulent avec le navire sans emporter une partie du trésor.

– Du trésor ? Quel trésor ?

– Non... oublie, dit Lise en voyant la confusion dans les yeux de Jacobi. Oublie cette métaphore du navire et du trésor. Ce que j'essaie de te dire, c'est qu'ils récupéreront une bonne somme d'argent si tu fais ce que je te dis. Alors que si Fillip prend la direction du cirque, tout le monde sera licencié d'ici quelques mois.

– Et je peux faire comment ?

– Leur dire que, s'ils font de leur mieux pendant les quatre prochaines représentations, je leur donnerai 70 % de la vente des billets. Ils auront alors de quoi faire face aux quelques mois de transition avant de trouver un nouveau travail. Et toi aussi, avec Tatjana. À condition que tu me laisses t'aider.

– Je vais y réfléchir, dit Jacobi après un moment de silence.

– Décide-toi avant demain matin. Si tu refuses, je confierai cette mission à quelqu'un d'autre. À Wolfgang Heine, par exemple. J'ai cru comprendre qu'il s'intéressait à Tatjana, lui aussi.

Jacobi la fixa pendant quelques secondes avant de s'en aller.

29

– Tu as une meilleure idée ? demanda Lise, encore une fois le portable coincé entre son épaule et son oreille.

Elle s'efforçait de faire tenir une affiche sur un lampadaire métallique devant la gare dans le centre de Åndalsnes.

Mis à part les gens qui attendaient le train pour Dombås, la rue bordée de maisons modernes en brique et de vieux bâtiments blancs en bois était déserte. Lise fit une grimace en entendant des crépitements désagréables dans son portable.

– Désolée, déjeuner Snickers en cours, dit la voix de Vanja qui avait remplacé les crépitements. Pour ça, on est pareilles toutes les deux. Je ne comprends pas pourquoi ils fabriquent des emballages de chocolat aussi bruyants. Comme s'ils voulaient que ma honte soit connue à dix mètres à la ronde. Je te disais juste que ça me semble un peu sournois de recruter en interne pour essayer d'influencer les autres.

– Ce n'est pas sournois, c'est stratégique. Tu ne connais pas la mentalité des gens de ce milieu. Les liens entre eux sont très forts. Pas seulement parce qu'ils voyagent et vivent ensemble, ils ont aussi une fierté extrêmement agaçante.

– Comme chez les marins ?

– Quoi ? dit Lise en collant le dernier bout de scotch avant de s'asseoir sur le banc devant le lampadaire.

– Yngve a travaillé quelque temps comme agent maritime ici, à Kirkenes. Il montait à bord de navires étrangers amarrés dans le port pour s'occuper de choses et d'autres. Il m'a dit que les marins sont exactement pareils. Ils vivent dans un monde à eux où personne d'extérieur ne peut entrer et qu'on ne peut pas comprendre si on n'en est pas issu. D'après lui, c'est fascinant.

– Moi je trouve ça irritant. Et Fillip est le plus irritant de tous. C'est lui qui pousse les autres à saboter mon travail.

– Parce qu'il ne veut pas que tu vendes le cirque et que tu les mettes tous au chômage ? Quel connard.

– Non, parce qu'il veut devenir directeur à ma place et se pavaner dans un costume doré en attendant que le cirque fasse faillite. Moi, au moins, je leur offre un parachute doré... enfin peut-être pas doré, mais un parachute quand même. Un petit matelas qui leur servira de tampon pendant la période après-cirque.

– Qui consiste en quoi ?

Lise resta silencieuse un instant. Elle regarda une corneille sautiller autour de ses pieds à la recherche de miettes de pain.

– Il faut que j'y aille. J'ai encore une cinquantaine d'affiches à coller.

– Penses-y, OK ?

– Et pas seulement à moi, comme d'habitude, tu veux dire ?

– Tu portes ton costume doré, là ? demanda Vanja d'une voix moqueuse.

– Quoi ?

– Pendant que tu colles tes affiches, tu portes ton costume doré ? Et ton chapeau haut de forme ? Tu devrais. Ça ferait de la pub.

Lise suivit la corneille des yeux sans répondre.

– Au fait, j'ai économisé un peu d'argent pour un petit week-end en amoureux. J'ai entendu dire que Sunnmøre était un très joli village qui propose un tas de divertissements traditionnels. Tu aurais deux billets VIP pour Yngve et moi ?

– Non, Vanja. J'ai déjà assez de cinglés autour de moi comme ça. S'il te plaît…

– Tu croyais vraiment que je louperais une chance de te voir en directrice de cirque ?

La corneille, qui avait abandonné sa chasse aux miettes, regarda Lise, la tête penchée comme si elle se sentait, elle aussi, injustement traitée. Lise raccrocha, fourra son portable dans sa poche et fit un petit signe à la corneille.

– On est pareilles toutes les deux.

30

Après avoir collé toutes les affiches, Lise était passée à la station-service près du pont pour s'acheter un hot-dog, un autre de ses plaisirs coupables qui s'accordait mal avec son mode de vie habituel.

Au début de sa carrière chez Børge, elle se préparait des petits plats. C'était important pour elle, sans doute des restes de son enfance dans le Finnmark. Savoir cuisiner était quelque chose dont on était fier. Tout comme entretenir sa maison. Mais ces principes s'étaient effacés au rythme de l'augmentation de sa charge professionnelle. Le soir, lorsqu'elle rentrait chez elle, il était bien trop tard pour entreprendre quoi que ce soit. Même les week-ends étaient voués au travail et elle était trop fatiguée pour se mettre aux fourneaux ou pour s'occuper de sa maison. Elle avait donc fini par embaucher une femme de ménage et par aller dîner au restaurant avec Børge qui, lui, avait une autre idée sur la question. Pour lui, la nourriture était de l'art. « Dans la cuisine de ce restaurant se trouve un artiste aux compétences exceptionnelles qui crée une œuvre d'art pour toi. Rien que pour toi, Lise, disait-il. Et lorsque tu dégusteras cette œuvre, tu deviendras une partie d'elle. Et l'œuvre deviendra une partie de toi. » Les restaurants qu'ils fréquentaient étaient très bien cotés parmi les gourmets.

Un hot-dog dans une station-service n'était pas de l'art. Børge aurait avalé ses huîtres au shiso de travers s'il avait su qu'elle était capable de s'enfiler plusieurs saucisses à la suite. Mais ça ne l'avait pas empêchée de le faire. C'était l'une des choses auxquelles elle ne voulait pas renoncer. C'était tout simplement trop bon.

Quand Lise était revenue au cirque, le menton luisant de graisse, Diana l'attendait devant la caravane de Hilmar avec une liste de tâches à faire avant la représentation du lendemain. Il y avait, entre autres, une rampe à réparer sur l'un des gradins. Personne n'avait le temps de s'en occuper, expliqua Diana. Et ceux qui auraient pu avoir le temps n'étaient physiquement pas en état de le faire. Le trompettiste souffrait d'une douleur inexplicable à la hanche. L'un des vendeurs de billets s'était cogné le nez en fonçant dans une porte fermée. D'autres excuses, plus absurdes les unes que les autres, lui avaient fait comprendre qu'ils s'amusaient à la défier. C'est pourquoi elle se trouvait maintenant dans les gradins, une clé à molette dans une main et une pince dans l'autre, à essayer de réparer la rampe en pestant.

Sur la piste, les frères Heine s'entraînaient sans relâche. Ils faisaient des saltos arrière avec les quilles volant au-dessus de leur tête tout en variant la vitesse et la distance. Lorsque Wolfgang s'aperçut que Lise les observait, il fit délibérément tomber les quilles par terre et la regarda avec une expression affectée.

– Qu'est-ce que t'en penses ? La représentation de ce soir ne s'annonce pas mal. Espérons seulement que les quilles ne tomberont pas sur la tête des spectateurs.

Lise se concentra sur son travail et ne répondit pas à sa provocation. Après un dernier tour de clé à molette, elle vérifia que la rampe était bien stable. Puis elle aperçut Jacobi dans le passage derrière les gradins.

– Jacobi, attends ! cria-t-elle en lâchant ses outils et en se précipitant vers lui. Tout le monde s'amuse à compromettre le spectacle, ça va être la catastrophe ce soir. C'est urgent maintenant, il faut que tu te décides, sinon je vais devoir m'adresser à Wolfgang. C'est ta dernière chance !

Le regard de Jacobi vacilla lorsqu'il vit Tatjana entrer sur la piste.

– Je suis décidé, dit-il en levant la tête vers Lise. Je vais t'aider.

Soulagée, Lise lui fit un grand sourire et le regarda s'éloigner.

– T'aider avec quoi ? demanda Fillip qu'elle n'avait pas vu venir.

– Mon Dieu, qu'est-ce que vous avez tous, vous les gens du cirque, à me foutre la trouille comme ça ? Ce n'est pas bien de se dissimuler dans les coins sombres.

– On dirait que je ne suis pas le seul à me dissimuler dans les coins sombres, rétorqua Fillip lorsque Jacobi eut disparu derrière le rideau. De quoi parliez-vous ? Il doit t'aider avec quoi ?

– Ça ne te regarde pas.

– Très bien. Alors je lui poserai la question directement, dit-il en s'éloignant.

– Peut-être qu'il a décidé de rester digne, lui lança Lise.

– Qu'est-ce que ça veut dire ? demanda Fillip en s'arrêtant net.

– Contrairement à vous autres qui allez salir le cirque et votre réputation en me contrant et en sabotant la représentation.

– Tu es en train de dire qu'on... commença-t-il en reculant de quelques pas vers elle.

– Je dis qu'en faisant n'importe quoi sur la piste, vous allez faire honte à votre profession, mais aussi au cirque. Pas seulement à ce cirque, mais à tous les cirques. Plus personne ne voudra payer trois cents couronnes pour aller voir un spectacle. Et cela mettra un point final à votre art.

– Ça serait préférable qu'on te laisse le soin de mettre ce point final ?

– Au moins vous garderez votre dignité.

Il s'approcha d'elle, si près qu'elle sentit son souffle sur son visage.

– C'est toi qui vas nous apprendre ce qu'est la dignité ? Toi qui détruis la vie des autres pour améliorer la tienne ? Quand tu seras de retour à Oslo et que je dirigerai ce cirque, je veillerai à ce que ce chapiteau soit bondé de spectateurs, qu'on soit obligé d'en acheter un plus grand, qu'on ajoute de nouveaux numéros au programme et qu'on embauche d'autres artistes.

– Excitant. Un nouveau départ pour le Cirque Fandango avec le clown Fillip et son chapeau haut de forme à la direction. Tu peux m'expliquer ton plan ? Parce que tu en as bien un, non ? Il va falloir arriver à faire comprendre aux mômes qu'un homme avec un nez rouge et de grandes chaussures est bien plus drôle que leurs héros sur YouTube !

Fillip s'éloigna sans rien dire.

– C'est bien ce que je pensais ! lui cria-t-elle avant de partir dans la direction opposée.

Le chapiteau l'abritait du vent qui soufflait du fjord. Elle ferma les yeux pour savourer pleinement la chaleur du soleil qui lui caressait le visage.

Dix mètres plus loin, Diana était en train d'installer sa table de diseuse de bonne aventure.

– Lise ! cria-t-elle. Il faut que tu nettoies l'enclos de Lucille. Le guitariste de l'orchestre devait le faire, mais il a très mal au plexus solaire.

– Mais oui, bien sûr, soupira Lise en rouvrant les yeux.

31

Børge attendait au pied du Monolithe dans le parc Vigeland. Une mallette à la main, un homme coiffé d'une casquette et vêtu d'un cardigan beige et d'un pantalon en velours côtelé s'avança vers lui.

– Mogens ? Mogens Arafat Nilsen ?

L'homme le regarda avec méfiance, secoua la tête et poursuivit son chemin. Du côté opposé, un autre homme apparut. Les muscles sous son maillot de sport collant contrastaient avec son visage qui indiquait qu'il avait une bonne quarantaine d'années. Il portait un short de cycliste ultra-moulant et tenait dans une main un casque de vélo qui avait aplati sa crête iroquoise. Il s'avança vers Børge.

– C'est ça pour toi le style « artiste » ? demanda-t-il avec un accent fort de Bergen en faisant un geste vers l'homme qui s'éloignait. C'est à ça qu'on doit ressembler selon toi ? ajouta-t-il en voyant la mine déconcertée de Børge. C'est ainsi que le monde voudrait nous voir ? Alors j'ai un petit secret pour toi. Le monde ne nous voit pas. C'est nous qui voyons le monde.

Il fit un petit bond et enfonça ses talons dans le gravier qui gicla sur les chaussures de Børge. Puis il baissa la tête et regarda le sol.

– Il est là le monde. Sous nos pieds. Et ce monde est juste un point dans un univers infini et sombre composé d'autres points. Mais chaque histoire avant ce point, chaque lettre qui s'enchaîne à une autre, chaque phrase qui s'écrit et qui devient un paragraphe, puis un chapitre, nous qualifie. C'est ce qui dépeint le destin, la sagesse, l'angoisse de la mort, la vérité. Et tout ça, c'est nous qui l'écrivons. Pas toi, dit-il. (Il pointa son doigt vers Børge tout en secouant la tête.) Nous. Les artistes. Les âmes sœurs. Les devins. Avec nos stylos, nos claviers, nos pinceaux. Nous voyons le monde, et… J'ai d'ailleurs créé un monde. Une planète. *Mogens sapiens Alpha*. Un globe de trente mètres de diamètre en papier hygiénique compressé, enduit de paraffine. C'était une commande de la commune de Søgne. De l'art dans l'espace public. Je l'ai suspendu entre la mairie et le centre de soins et je l'ai peuplé de fourmis et d'araignées. Et, comme prévu, les conflits ont rapidement pris de l'ampleur sur *Mogens sapiens Alpha*. En tant que dieu créateur, j'avais le pouvoir de mettre fin à ma création. Je portais un costume de bébé et j'étais équipé d'un arc et de flèches. Beaucoup de gens y ont vu le symbole de Cupidon et de l'amour impossible, ce qui m'a énormément agacé. Alors que j'étais un dieu immaculé qui ne portait en lui ni cupidité, ni jalousie, ni agressivité, ni haine. Un bébé dieu qui a tiré une flèche enflammée sur sa propre création pour qu'elle ne puisse pas le souiller. Une boulangerie-pâtisserie a aussi pris feu, ainsi qu'une Opel Corsa, mais les gens ont compris mon message.

– Oui, je me souviens... j'en ai entendu parler, dit Børge en tendant sa main à l'homme. Vous êtes Mogens Arafat Nilsen, je suppose.

– Ne dites pas Arafat, rétorqua Mogens sans tenir compte de la main tendue de Børge. Arafat est muet.

– OK, je l'ignorais. Mais je suis très content de faire votre...

– Arafat est un cordonnier muet que j'ai rencontré dans un village au Yémen. J'ai adopté son prénom comme deuxième prénom pour lui rendre sa dignité. Lui n'a jamais entendu son prénom. Et pourtant il était Arafat. Tu comprends ? Je suis Arafat, dit Mogens en posant sa main sur sa poitrine. (Puis, posant sa main sur la poitrine de Børge :) Tu es Arafat. Nous sommes tous Arafat. Mais nous n'avons pas besoin de le dire. Parce que personne n'a besoin de l'entendre. Tu comprends ? (Il baissa la main et sourit à Børge.) Oui, tu comprends.

Børge lui rendit son sourire, soulagé qu'il soit arrivé à la conclusion de son raisonnement, et tapota sa mallette.

– Les papiers sont prêts.

– Je suis prêt moi aussi, répondit Mogens en levant les yeux vers le Monolithe. Ça, c'est un monument et non une œuvre d'art. Statique. Pas vivante. Moi, je vais créer une œuvre vivante. Le chapiteau sera la peau, décolorée et fissurée. Les mâts et les câbles seront les os qui craqueront au vent. La piste sera le cœur, tant de fois piétiné, recouvert de sciure de bois et d'excréments d'éléphant. La seule façon de montrer qu'une chose est réellement vivante, c'est de la laisser mourir. Dans un océan de flammes. Je placerai des tablettes tactiles dans les gradins afin que les gens puissent se connecter de chez eux, ou de n'importe où, et qu'ils puissent assister à la disparition du passé, qu'ils brûlent avec le cirque que j'aurai aspergé d'essence.

– Ça a l'air d'être un projet... fascinant, dit Børge en laissant errer son regard. Puisque vous parlez d'art vivant, l'année dernière je suis allé à un vernissage dans l'est de Londres où la célèbre artiste-performeuse Marina Abramović était allongée sur une table, entourée d'outils, et elle laissait le public faire...

– Vous trouvez que ce truc me grossit ? demanda Mogens en tirant sur son short de cycliste. Je me sens gros.

– Gros ? répéta Børge, les yeux dans le vague. Pas du tout. (Il remarqua que le regard de Mogens s'assombrissait.) Ou plutôt... à moins que vous ne vouliez... avoir l'air gros ?

Sans répondre, Mogens agita son casque en direction de l'entrée principale du parc.

– Allez, on se trouve un café pour s'occuper des papiers.

– Très bien. Votre vélo est à l'entrée ?

– Mon vélo ? Je n'ai pas de vélo, dit Mogens en enfilant son casque avant de se diriger vers l'entrée. Nous devons aussi nous rendre à Sunnmøre pour voir le cirque. Afin que je puisse commencer à élaborer mon grand projet. Et préparer l'éléphant à sa destinée. Les tacos d'éléphant seront le salut artistique bouleversant de Mogens Arafat Nilsen à la tyrannie de la petite festivité familiale du vendredi soir.

32

Lise avait été réveillée à l'aube par un oiseau qui faisait sa gymnastique matinale sur l'antenne de la caravane. Elle s'était rendue de bonne heure au supermarché Rema 1000 pour acheter du pain croquant, du fromage au bacon en tube et du jus de pomme. Mais elle avait dû attendre un bon quart d'heure dans sa voiture avant que le magasin n'ouvre ses portes. À son retour, elle avait trouvé Jacobi devant sa caravane.

Il était maintenant installé en face d'elle et la regardait, l'air interrogateur.

– Ce que je sais sur Tatjana ?

– Oui, confirma Lise en essuyant un peu de fromage au coin de sa bouche. Qu'est-ce qu'elle fait pendant son temps libre, par exemple ? Quel genre de musique elle écoute ? Qu'est-ce qu'elle aime manger ?

– Euh... fit-il en réfléchissant quelques secondes. Les trucs marinés, elle adore ça. Oui, les concombres, les oignons. Oui, tout ce qui est mariné. Et aussi les œufs. Je pourrais lui acheter un bocal de concombres marinés et…

– Bonne idée, l'interrompit Lise. Mais pas sûr que les concombres t'ouvrent son cœur. Tu devrais plutôt te concentrer sur ce qui la rend heureuse. Ça peut être des petites choses du quotidien, n'importe quoi. Ou une occupation qu'elle aime particulièrement et dans laquelle elle s'implique beaucoup. Implique-toi dedans, toi aussi. Va encore plus loin qu'elle et envoûte-la avec tes connaissances.

Jacobi réfléchit à nouveau.

– Le yoga.

– Quoi ?

– C'est une passionnée de yoga. Tous les matins elle fait… commença-t-il mais il se raidit en voyant que l'horloge sur la paroi indiquait 7 h 30. Tous les matins à 8 heures, elle fait du yoga. Comment je vais faire pour apprendre tout sur le yoga en une demi-heure ?

– Google, répondit Lise en attrapant son iPad posé sur l'étagère au-dessus de la banquette. Tiens ! Et n'oublie pas de lui parler aussi de ce qui me passionne, moi.

33

Il était 8 heures et une minute lorsque Jacobi se précipita hors de chez lui avec un tapis de sol usé. Adam, dans la caravane d'à côté, sortit la tête par la fenêtre pour respirer l'air frais matinal. On aurait dit une tortue avec une toute petite tête. La caravane de Tatjana se trouvait juste derrière. Jacobi constata qu'elle n'était pas encore sortie. Soulagé, il se dépêcha de dérouler son tapis sur la pelouse à côté des caravanes. Il se mit debout sur le tapis et réfléchit quelques secondes avant de réunir ses pieds, lever les bras au-dessus de la tête et joindre ses mains tout en inspirant. À l'expiration, il se pencha lentement en avant, le dos bien droit, et jeta un œil vers la caravane de Tatjana. Puis il inspira à nouveau et se figea comme s'il avait des doutes sur sa prochaine posture. C'est à ce moment-là que Tatjana sortit de chez elle avec son tapis de yoga sous le bras. Il se tourna sur le côté et lui fit un signe.

– Salut, Tatjana !

– Salut… Tu fais du yoga ?

– Ouais, répondit-il d'une voix qui se voulait assurée. La salutation au soleil. C'est mon échauffement préféré.

– Laquelle est ta préférée ? La A ou la B ? demanda-t-elle avec un sourire.

– Euh, c'est… dit-il en chancelant légèrement. La A la plupart du temps.

– Alors tu devrais plutôt allonger le dos vers l'avant et lever les yeux, non ?

Elle déroula son tapis à côté de lui.

– Oui, bien sûr mais… répondit-il en chancelant de plus belle. J'aime bien mélanger un peu. A et B.

Il laissa errer son regard afin de trouver une certaine contenance. Puis il tordit le haut de son corps vers la droite, dans le sens opposé à ses jambes, comme un serpent autour d'un bâton.

– D'accord, je comprends, dit Tatjana en prenant la position du lotus. Je ne savais pas que tu t'intéressais au yoga, Jacobi.

– Ah si ! En particulier au yoga classique. Ce dont parle Patañjali dans ses *Yoga sûtra*.

Il regarda Tatjana du coin de l'œil pour vérifier sa réaction et faillit perdre l'équilibre.

– Patañjali ? dit-elle en brisant sa position du lotus et en se tournant vers lui. C'est impressionnant. Tu es le seul artiste de cirque que j'aie rencontré qui connaît Patañjali.

– C'était… un type fascinant, répondit Jacobi en se penchant en avant.

Elle acquiesça d'un signe de tête. Tous les deux restèrent silencieux un moment. L'absence d'assurance de Jacobi fit à nouveau vaciller son regard, mais il inspira profondément et se lança :

– On pourrait peut-être prendre un thé un soir pour discuter un peu plus de…

– Patañjala ? l'interrompit Wolfgang qui surgit d'entre les caravanes de Tatjana et d'Adam. C'est comme ça que tu l'appelles, Jacobi ?

– Patañjali, rectifia Jacobi. On fait du yoga, là, et ça demande de la concentration. Vu que tu n'es pas intéressé par ça, va plutôt embêter quelqu'un d'autre.

– Mais j'aimerais en savoir plus sur ton gourou préféré. À quelle époque il a vécu, par exemple ? Tu dois le savoir, non ?

– Ben oui… évidemment. En fait… il a vécu à une époque où… une époque intemporelle, on peut dire… bégaya-t-il tout en remarquant que Tatjana avait penché la tête sur le côté. Fixer Patañjali dans une époque est futile… parce qu'il vit toujours à travers le yoga.

– Ah oui, bien sûr. Parle-moi un peu plus de lui. Il vivait où, par exemple ? Et ne me dis pas qu'il est partout, chez tous ceux qui font du yoga.

Jacobi inspira à nouveau, changea de posture et aperçut Lise. Elle les écoutait, installée sur une chaise pliante devant sa caravane, une tasse dans la main. Quand elle vit le regard de Jacobi, elle se désigna d'abord du doigt avec insistance puis montra le chapiteau.

Jacobi comprit aussitôt ce qu'elle voulait dire. Il cessa son salut au soleil et se tourna vers Wolfgang.

– Bientôt tu auras tout ton temps pour en apprendre davantage sur Patañjali. Et nous deux, on pourra faire du yoga du matin au soir, dit-il en se tournant vers Tatjana.

– Qu'est-ce que tu veux dire par là ? demanda-t-elle, à nouveau en position du lotus.

– Qu'il est peut-être temps pour nous de commencer à regarder la réalité en face. La vente de billets baisse d'année en année. Et comme vous le savez, ça ne va pas s'arranger. Les gens ne veulent plus de nous. On est devenus superflus. Obsolètes, précisa-t-il en s'efforçant d'avaler la boule qui s'était formée dans sa gorge. Même si Fillip prend la direction, le cirque ne survivra pas bien longtemps. Nous avons donc intérêt à commencer à réfléchir à la manière de nous en sortir une fois que tout ça sera terminé. Il nous faut un plan.

– Laisse-moi deviner, dit Wolfgang en reniflant. Tu vas organiser des cours de yoga ? Et donner des conférences sur Patañjala ?

– Patañjali, rectifia Tatjana en abandonnant une nouvelle fois sa position du lotus. Tu as un plan ?

– Pas un plan mais... une solution temporaire en attendant de trouver du travail. Lise veut nous offrir...

– Lise ? dit Wolfgang d'une voix incrédule. Tu collabores avec elle ?

– Non, je... Elle a une proposition à nous faire et m'a demandé de vous la transmettre. Et je pense qu'on devrait la prendre en considération.

– Qu'est-ce qu'elle propose ? demanda Tatjana en jetant un œil vers Lise.

– Si nous faisons de notre mieux pendant les quatre prochaines représentations, elle nous donnera 70 % des recettes de la billetterie.

Jacobi essaya d'interpréter leur réaction. Wolfgang avait les yeux dans le vague, comme s'il essayait d'évaluer la proposition. Tatjana, elle, était tournée vers lui avec l'air de réfléchir. Il n'arrivait pas à savoir si elle le voyait comme un traître ou comme un sauveur.

– Ça nous permettrait de... réaliser deux choses à la fois : faire notre travail jusqu'au bout dans la dignité au lieu de faire honte au cirque. On doit bien ça à Hilmar, non ? Et nous retourner le temps de trouver un nouvel emploi. Qu'en pensez-vous ?

34

– Nom de Dieu de putain de bordel de merde !

Que l'on s'exprime avec grossièreté dans le Finnmark était un stéréotype fondé sur des faits. Utiliser des jurons était un moyen efficace de donner son opinion. Sur un mec indélicat dans un pub, par exemple. Ou un gâteau qu'on aimait particulièrement. Ça ne laissait aucun doute sur votre sentiment. Lorsqu'elle avait commencé à travailler pour Børge, Lise avait renoncé à ses gros mots quotidiens, comme elle les appelait. La clientèle fronçait généralement les sourcils quand elle disait : « Putain qu'il est bon, ce bordeaux millésimé ! » Mais la machine à barbe à papa avait fait revenir ses jurons en force. L'appareil était tombé en panne après la dernière représentation et Lise avait réussi à le refaire marcher à l'aide d'un tournevis et de quelques coups de marteau. Maintenant elle se débattait avec les filaments de sucre. Elle en avait partout, dans les cheveux, sur les épaules et sur ses mains qui devenaient de plus en plus collantes.

– Et si tu mettais le couvercle...

– Le couvercle ? grogna-t-elle en se retournant vers Jacobi qui se trouvait devant le kiosque.

– ... avant de démarrer la machine. Ça t'éviterait d'en avoir partout sur... dit-il en faisant un mouvement avec son index autour de son visage.

– Excellent conseil. Merci, Jacobi. Tu en as d'autres à me donner ou tu es juste venu me voir pour te divertir ?

– Ils t'attendent.

– Qui ça ?

– Tous. Sur la piste.

– Pourquoi ?

– Ils veulent parler avec toi de ta proposition.

– Tu en as donc discuté avec tout le monde ?

– Non, je... ça s'est propagé tout seul. En fait, c'est Wolfgang qui en a parlé aux autres.

– Bon boulot, Jacobi ! Tu as réussi à le convaincre ?

– Je... je ne sais pas très bien s'il est convaincu. Quand je lui ai soumis ta proposition, il est juste parti. Sans rien dire. Maintenant, on ferait mieux d'y aller, dit-il en se tournant vers le chapiteau. Ils nous attendent.

Lise attrapa un bout de papier essuie-tout et le passa rapidement sur son visage avant de suivre Jacobi.

Quand elle entra sous le chapiteau, ils étaient tous là, au bord de la piste. Elle alla se placer en face et les regarda, les uns après les autres. Personne ne disait rien.

– J'en conclus que vous avez eu connaissance de ma proposition. Et je suppose que vous en voyez les avantages. C'est pour ça que vous voulez me parler, non ?

Le silence se fit pesant.

– Non, répondit Fillip en avançant de quelques pas. Tu penses réellement que ton offre « lucrative » pourrait nous inciter à trahir le cirque ?

– Trahir ? J'essaie de vous aider. Je veux vous donner la possibilité de vous en sortir quand tout ça... dit-elle en faisant un geste vers le chapiteau, ... sera terminé.

– *Ça*, comme tu dis, c'est notre vie.

– Plus pour longtemps. Peu importe que vous sabotiez les dernières représentations ou non, dit-elle en se tournant vers la troupe. Fillip vous a-t-il parlé de son plan pour le cirque Fandango quand il en aura pris la direction ? Non ? C'est tout simplement parce qu'il n'en a pas. Diana m'a appris qu'autrefois vous affichiez complet à Åndalsnes. Aujourd'hui, seule la moitié des billets est vendue. Il ne reste que quatre heures avant la représentation. Et ça va continuer ainsi. La vente de billets va continuer de baisser. Les gens ne vont plus au cirque, c'est tout.

Elle montra Fillip du doigt.

– Et lui n'a aucun plan pour essayer de changer les choses. Vous avez un choix très simple à faire. Soit vous laissez Fillip reprendre le cirque et vous vous retrouverez sans rien dans six mois, soit vous faites de votre mieux pendant les quatre prochaines représentations et vous aurez de quoi vivre en cherchant un nouvel emploi. Pour moi, le choix serait très simple.

– Pour toi, oui. Tout est simple quand on est dépourvu de loyauté.

– De loyauté ? Pourquoi devrais-je être loyale ? Par amitié pour vous ?

– Pour ton oncle.

– Dont je n'avais jamais entendu parler avant son enterrement.

– Il croyait en ce cirque, dit Fillip en se tournant vers ses camarades. Et je sais que vous avez cru en lui. Aujourd'hui je vous demande de croire en moi. Ce cirque a un avenir. Vous avez un avenir ici. J'en suis certain. Et je m'en porte garant.

Lise remarqua que certains acquiesçaient en hochant la tête tandis que d'autres se lançaient des regards indécis.

– Beau discours. Des paroles intelligentes, dit-elle à Fillip avant de se tourner vers les autres. Souvenez-vous de ces mots quand vous essaierez de vendre vos caravanes sur Internet pour pouvoir vous acheter à manger. Ou jetez ces belles paroles aux orties et écoutez votre raison. Arrangeons-nous pour remplir le chapiteau de spectateurs lors des quatre dernières représentations et je m'engage à remplir vos comptes en banque.

Ils se regardaient sans rien dire. Fillip emprunta la sortie des artistes. Progressivement, les autres le suivirent en discutant à voix basse. Lise se retrouva bientôt seule sur la piste, le regard rivé sur le rideau qui finit par s'immobiliser.

Puis il s'écarta à nouveau et le canon apparut. Elle entendit Adam grogner tout en le poussant vers le milieu de la piste.

– Ils vont décider quoi, à ton avis ? demanda Lise.

– Allez, fous-moi le camp ! lui jeta-t-il en contournant le canon pour grimper dedans, puis il ajouta d'une voix sourde : L'argent, je crois.

– Les gens choisissent toujours l'argent.

Lise se dirigea vers la sortie avec un sourire.

Elle aperçut Jacobi qui s'apprêtait à entrer dans sa caravane.

– Attends, cria-t-elle en courant vers lui.

– Si je te parle, les autres vont me prendre pour un traître, dit-il en jetant un œil autour de lui.

– Tu t'en fous, on les a déjà dans la poche.

– Dans la poche ?

– Tu n'as pas remarqué le doute dans leurs yeux ? La moitié d'entre eux ne croit pas au plan de Fillip, je l'ai vu. Il faut qu'on se serve de ce doute.

– Je ne sais pas si je peux continuer à...

– Pense à Tatjana. Pense à ton avenir avec elle plutôt que de sombrer avec Fillip. Au fait, comment s'est passé ton approche yoga ?

– Plutôt bien. Jusqu'à l'arrivée de Wolfgang.

– Je vais m'arranger pour que ça se passe encore mieux. La prochaine fois, je vais m'assurer que tu sois prêt. Totalement prêt. Tout ce qu'il faut c'est une bonne organisation, très minutieuse. Mais pour ça, il va falloir que tu m'aides. La représentation de ce soir va sûrement être une catastrophe. Mais avant la suivante, il faut que tu parles à tous ceux qui hésitent pour les faire douter encore plus, dit-elle en posant une main sur son épaule. Il faut qu'ils prennent leur décision.

N'oublie pas que c'est pour les aider. C'est pour leur bien, d'accord ?

Jacobi resta un moment immobile, les yeux rivés au sol, avant de lever la tête vers Lise.

– D'accord.

35

– Les gens choisissent toujours l'argent, Lucille, dit Lise, assise sur le tabouret dans l'enclos avec son portable à la main. Toujours, il suffit d'attendre.

Lucille se tenait à quelques mètres d'elle. Le soleil venait de se coucher derrière la montagne et les papillons de nuit grouillaient, noirs et lourds, devant les fenêtres éclairées des caravanes.

La représentation du soir s'était très mal passée. À commencer par le micro qui avait dû être saboté et n'avait pas fonctionné. Elle avait été obligée de crier de toutes ses forces pour accueillir le public. Ce qui n'était franchement pas ce qu'il y avait de mieux pour créer une ambiance chaleureuse. Les spectateurs n'avaient pas entendu ce qu'elle disait, ils avaient même cru qu'elle les engueulait. L'entrée sur la piste des frères Heine avait amplifié le mécontentement initial et le scepticisme latent. Le public les avait regardés avec incrédulité pendant qu'ils jonglaient avec une seule quille jusqu'à ce que celle-ci heurte une vieille dame dans les gradins. Les deux frères avaient alors dû quitter la piste sous les huées des spectateurs. Tatjana s'était balancée sur son trapèze comme une petite fille sur une balançoire dans une aire de jeu. Miranda avait fait pleurer un petit garçon de neuf ans à chaudes larmes en faisant disparaître son portable sans réussir à le faire réapparaître. Et Fillip avait cassé les lunettes d'un jeune homme en lui donnant un coup de pied avec ses grandes chaussures de clown. Quand Reidar s'était allongé sur le trampoline pour faire la sieste, une grande part du public était déjà partie depuis longtemps. Seul Jacobi avait fait son numéro comme d'habitude. Et Lucille.

– Toi au moins, tu m'as défendue, poursuivit Lise en voyant que Lucille la regardait.

Mais l'éléphante détourna la tête pour souligner son désaccord.

– OK, tu as défendu Hilmar. Malheureusement ça n'a pas suffi, dit-elle en allumant son portable. Les gens ont passé la soirée à poster des messages incendiaires sur Facebook. Daniel Stette, d'Åndalsnes, par exemple, a écrit : *Je n'ai jamais assisté à un spectacle aussi mauvais que celui du Cirque Fandango. Trois cents couronnes pour trois heures de numéros nuls. Une arnaque !* Et Greta Jansen, d'Isfjorden : *Éloignez-vous du Cirque Fandango. Un spectacle désespérant. Ils devraient avoir honte. Le plus mauvais cirque du monde !* Et tout ça a déjà été partagé plus de mille deux cents fois. Ça va donc être difficile de vendre des billets pour la prochaine représentation du plus mauvais cirque du monde.

– Et si tu appliquais mon plan, cette fois ? dit Diana qui était sortie de l'obscurité entre les deux camions. Essaie de les motiver !

– Je n'ai pas encore abandonné mon propre plan. Ils vont changer d'avis. Et faire un choix judicieux, répondit Lise en suivant des yeux une chauve-souris qui chassait des insectes au-dessus du chapiteau. Mais ça commence à être urgent. Il faut espérer que la rumeur ne se soit pas encore suffisamment propagée pour mettre en danger la vente de billets pour la prochaine représentation. Si les artistes continuent à se comporter aussi mal, il n'y a plus qu'à tirer un trait sur la quatrième représentation. Personne ne se déplacera pour voir le plus mauvais cirque du monde. À moins qu'on ne l'écrive sur les affiches...

Lise eut un petit sourire en coin.

– Qu'on écrive quoi ?

– « Le plus mauvais cirque du monde ». Les gens se diront qu'il ne faut pas louper un spectacle aussi mauvais.

– Je ne pense pas que Hilmar aurait aimé une telle affiche, dit Diana en riant de bon cœur. Tiens, voici encore une lettre de lui.

Elle sortit une enveloppe de sa poche, puis caressa la trompe de Lucille et quitta l'enclos.

Lise resta un moment assise avec l'enveloppe dans la main avant de l'ouvrir et d'agiter la feuille devant Lucille.

– T'es prête ?

L'éléphante acquiesça en levant sa trompe en l'air et Lise déplia la lettre.

Chère Lise,

Deux représentations ! Espérons que le public est reparti le sourire aux lèvres et des étoiles plein les yeux. Les applaudissements ont toujours été une merveilleuse preuve que notre spectacle touche les spectateurs. Qu'il signifie quelque chose pour eux. C'est un tel bonheur de se trouver sur la piste et de recevoir cette confirmation. Cependant, il m'est arrivé de me cacher sur le parking, à l'abri de la lumière des lampadaires, pour regarder les gens retourner à leur voiture et voir si leur sourire demeurait, si nous avions réussi à éveiller en eux une joie qui restait vivante au-delà des portes du chapiteau. Il y a tant de gens qui ont une vie difficile. Qui sont accablés par des difficultés, des soucis, du chagrin, des regrets, de la tristesse. S'ils souriaient encore sur le parking, je savais que leur fardeau était un peu moins lourd à porter. Ne serait-ce que pour un instant. Car de tels moments de joie peuvent créer un terrain fertile pour l'espoir.

J'ai trouvé encore plus satisfaisant de les voir sourire sur le parking que de les entendre applaudir après la représentation. Ce que j'essaie de te dire c'est que les choix que nous faisons doivent toujours être mis en balance avec ce qu'ils signifient pour les autres. C'est

ça le plus important. C'est ce qui a le plus de sens lorsqu'on s'approche de la fin d'une tournée.
Amicalement,

Hilmar.

– Une nouvelle leçon de sagesse de vie de Monsieur le grand philosophe Hilmar Fandango, dit Lise à Lucille.

Ses yeux tombèrent à nouveau sur la chauve-souris qui passait et repassait au-dessus du chapiteau. Pensive, elle suivit du regard le vol rapide et infatigable du petit mammifère qui n'arrivait pas à attraper sa proie. Puis elle se leva du tabouret.

– Il est temps d'aller se coucher. Bonne nuit, Lucille.

36

Lise avait l'impression d'être un fakir sur un tapis de clous. Les ressorts du matelas de Hilmar lui faisaient un mal de chien et elle s'était tournée et retournée dans le lit pendant plus d'une heure avant de réussir à trouver le sommeil. Maintenant elle dormait profondément, plongée dans un rêve étrange, alors que le soleil matinal donnait une teinte violette aux rideaux en velours noir. Dans son rêve elle était enfermée dans le canon d'Adam et se débattait pour en sortir, mais sans y parvenir. Seule sa tête dépassait. Adam s'apprêtait à allumer la mèche. Il avait un sourire en coin quand il dirigea le canon vers les gradins bondés où le public brandissait les poings en huant. En observant les spectateurs un peu mieux, Lise s'aperçut que tous avaient le visage de Fillip. Elle entendit le bruit du frottement d'une allumette et tous les Fillip se mirent à crier en chœur : « Lise ! Lise ! Lise ! » Elle fit une dernière tentative pour se libérer, mais ses efforts rendirent l'ouverture du canon plus étroite encore. Terrifiée, elle capitula et serra les paupières. Soudain elle entendit un bruit sourd et ouvrit grand les yeux.

En voyant le plafond familier au-dessus du lit de Hilmar, elle poussa un soupir de soulagement. Mais un nouveau bruit la fit sursauter. Elle eut peur d'être de retour dans le rêve. Pour s'assurer qu'elle était bien réveillée, elle se redressa et se frotta les yeux

À nouveau un bruit sourd, suivi de la voix de Fillip :

– Lise ? Tu es réveillée ?

Cette fois, elle comprit d'où venait le bruit. Elle enfila rapidement son pantalon qu'elle avait laissé par terre et se dirigea vers la porte. La petite horloge au-dessus du plan de travail de la cuisine indiquait 6 h 15.

– Qu'est-ce que tu veux ? T'as vu l'heure... Les agriculteurs ne sont pas encore levés. Même les vaches dorment encore.

– J'aimerais te parler.

– De quoi ?

– Du cirque. J'ai une proposition à te faire.

– Donne-moi juste deux secondes.

Lise tourna le robinet et mit sa tête en dessous. Puis elle passa sa main sur l'évier à la recherche du torchon, mais heurta une tasse de lait à moitié pleine restée de la veille. En sentant le lait couler sur ses pieds, elle s'exclama dans son dialecte natal :

– Putain de bordel de merde !

– Tout va bien ?

Elle s'essuya le visage, puis son T-shirt et le sol.

– Tout va parfaitement bien. C'est une journée qui commence à merveille. Et j'ai l'impression qu'elle va aller de mieux en mieux, dit-elle après avoir balancé le torchon sale dans la douche et ouvert la porte à Fillip qui attendait derrière, vêtu de son habit de clown. Écoute-moi, je ne suis pas d'humeur pour… les clowneries, OK ?

– Les clowneries ? Je m'entraîne une heure sur la piste tous les matins. Avant que tout le monde soit levé, expliqua-t-il en faisant trembler son nez rouge qui brillait au soleil.

– Pourquoi ? Puisque hier soir tu as fait n'importe quoi sur la piste. Comme tous les autres.

– C'est de ça que je veux te parler.

Elle l'observa durant un instant, puis fit quelques pas en arrière et alla s'affaler sur la banquette.

– Mais entre, je t'en prie.

Le costume de Fillip se coinça dans l'entrebâillement de la porte étroite et il dut se tourner sur le côté pour pouvoir passer. Il s'avança vers Lise.

– Tu veux essayer de t'asseoir ? Pour continuer le petit numéro que tu viens de me faire. Qui est assez divertissant, je dois dire. Tu pourrais l'utiliser sur la piste. Un clown dans une caravane trop petite. Ça pourrait avoir du succès.

– Je veux te parler des prochaines représentations. Ce qui s'est passé hier… La piste est notre raison de vivre. Elle est la raison pour laquelle nous nous levons tous les matins. Ce qui se passe lorsque les projecteurs s'allument et que le silence s'installe dans le public, c'est… dit-il avant de s'interrompre et de regarder Lise dans les yeux. J'ignore ce qui te motive réellement.

Ce qui te rend forte dans l'adversité et qui t'empêche d'abandonner. L'argent, je suppose. Pour nous c'est la piste. Et au fond de nous, nous savons que les temps ont changé et que le cirque... n'est plus en adéquation avec notre époque. Mais nous refusons de le voir. Nous ne voyons que la piste, l'attente impatiente dans les yeux des spectateurs et la joie qui se dessine sur leur visage. Faire nos numéros devant eux, c'est ce qui nous anime. D'ailleurs, nous ne savons rien faire d'autre. Tu as peut-être réussi à convaincre Jacobi que... dit-il en s'interrompant pour regarder par la fenêtre. Mais tu sais très bien que, dans ton monde à toi, il ne s'en sortira jamais. Qui donnerait du travail à un homme de cinquante ans, ex-avaleur de sabres ? Il va se sentir complètement inutile. Sans valeur. Et sa dignité en prendra un sacré coup. Il va se transformer en une coquille vide qui n'aura plus que des souvenirs en lui. Ce qui, avec le temps, le rendra de plus en plus aigri. Et de plus en plus nostalgique en repensant à la piste.

– D'après l'image que tu dépeins, on pourrait presque croire que...

– Prends ce que je te dis au sérieux ! l'interrompit Fillip en tapant du poing sur la table. C'est une question de vie ou de mort pour ces gens. Pour nous.

Normalement, la vue d'un clown en colère aurait ouvert la boîte à sarcasmes de Lise, mais quelque chose dans les yeux de Fillip la retint. Elle y lut de la colère, bien sûr. De la joie et de la tristesse aussi. Mais pas de désespoir.

– Donc… tu as dit que tu avais une proposition à me faire ?

– Oui. Je ne peux pas abandonner ce cirque. Je veux croire que je peux trouver un moyen de remplir ce chapiteau à nouveau. Pour Hilmar, mais aussi pour Jacobi, Tatjana, Wolfgang, Miranda, Reidar, Adam et les autres. Ce que je propose c'est que nous fassions tous de notre mieux pour que les trois prochaines représentations se passent bien. Afin que les ventes de billets augmentent. Et que toi, tu reçoives 70 % de la billetterie.

– Je comprends. Et de ton côté, tu récupéreras le cirque… Tu me laisses réfléchir ?

– D'accord, répondit Fillip en quittant la caravane, de biais cette fois.

37

– Alors, qu'est-ce que tu comptes lui répondre ? demanda Jacobi assis sur la banquette.

Il était venu frapper à la porte de Lise à peine dix minutes après le départ de Fillip.

Sur la table entre eux il y avait l'emballage vide d'un Snickers.

– Je ne comptais pas y réfléchir, Jacobi, répondit-elle en enlevant quelques miettes de chocolat de son pull. Si j'ai dit ça, c'était juste pour lui donner un peu d'espoir. L'espoir rend les gens inefficaces. En attendant ma réponse, il n'ira pas monter les autres contre moi. Ils penseront qu'il a des doutes concernant son propre plan. Et nous, on va en profiter. Ça nous donnera l'occasion de nous rapprocher des autres. Ou plutôt, ça te donnera l'occasion de te rapprocher de certaines personnes. Je vais faire en sorte que tu te rapproches de Tatjana. Regarde-moi dans les yeux.

– Pourquoi ? demanda Jacobi, la tête baissée.

– Le contact visuel… commença-t-elle, mais en voyant qu'il louchait légèrement d'un œil, elle perdit le fil. Le contact visuel est important pour gagner le cœur d'une femme. Je te parle du vrai regard. Pas de celui qui gêne ou qui est trop insistant. Si tu arrives à la regarder dans les yeux comme si tu voyais l'intérieur de son âme, un lien se créera entre vous, un lien dont elle ne pourra plus se détacher. Allez, regarde-moi dans les yeux.

Il essaya de se concentrer sur l'œil gauche de Lise, mais son regard vacilla et elle crut qu'il allait s'évanouir.

– Non, pas comme ça... Il faut que tu regardes mes deux yeux.

Il cligna des paupières pour essayer d'ajuster sa vue.

– Comme ça, oui, mais pas... dit-elle, avant de s'interrompre lorsque son regard se mit à nouveau à vaciller. Concentre-toi sur cet endroit, précisa-t-elle en posant son doigt entre ses deux sourcils. Imagine que l'âme de Tatjana se trouve exactement ici.

– Comme ça ?

– Oui...

Jacobi s'efforça de fixer l'endroit indiqué.

– Très bien. Tu y es... presque, dit-elle en agitant la main pour qu'il s'arrête.

– C'est sans espoir, soupira-t-il en baissant à nouveau la tête. Elle ne sera jamais à moi.

Au bout de quelques jours de coaching, elle commençait sérieusement à perdre patience et devenait de plus en plus agacée. Elle ignorait si c'était à cause du désespoir qu'elle percevait dans la voix de Jacobi, ou à cause de ce qu'il disait. Elle sentait poindre de la compassion en elle. « Ton pire ennemi ! » lui chuchota la voix de Børge à l'oreille.

Elle récupéra son stylo sur l'étagère, se pencha vers Jacobi et dessina un point entre ses sourcils.

– Là. Voilà son âme. Entraîne-toi devant le miroir.

Jacobi se leva pour s'en aller. Avant de sortir, il se retourna.

– Merci.

– Pas de problème. Jacobi... Tu vas faire quoi après ?

– Je vais commencer le démontage avec les autres et après on part pour Giske...

– Non, je te parle d'après... Après le cirque. Tu connais quelqu'un qui pourrait te donner du travail ?

– Non, dit-il en haussant les épaules, mais je trouverai bien.

Il ferma la porte derrière lui. Lise resta un moment les yeux dans le vague. Puis elle alla dans la salle d'eau et rencontra son reflet dans le miroir.

– Ressaisis-toi, merde !

38

Assise dans la tribune du stade, son portable à l'oreille, Lise regardait Åndalsnes se réveiller lentement. Elle entendait des voitures passer au loin. Sans doute des parents qui déposaient leurs enfants à l'école, ou des gens qui se rendaient au travail. Sur la E136, les camions partaient en direction de Dombås et des montagnes. Le cirque aussi allait se lancer sur les routes, mais dans le sens opposé. D'Ålesund, il continuerait vers la mer.

Le chapiteau était à moitié démonté. Fillip donnait des instructions au chauffeur du poids lourd sur lequel on le chargerait bientôt. Autour de lui, tout le monde travaillait. La scène était si bien orchestrée qu'on aurait dit un spectacle d'automates grandeur nature. Et Lise se sentait comme une créatrice geek qui les regarderait après les avoir mis en mouvement. Mais trêve de plaisanterie, cela n'avait pas été simple. Personne n'avait levé le petit doigt jusqu'à ce qu'elle les menace dans son dialecte du Finnmark.

– Børge, enfin tu réponds !

– Lise, c'est toi ?

Quelque chose dans sa voix la fit réagir. L'étincelle habituelle avait disparu. Elle était toujours très sensible à la voix des gens, qui généralement en disait long sur leur état d'esprit. Cela lui était très utile à la table de négociations. Elle avait appris ça de sa grand-mère. Ou plutôt de la grand-mère de Vanja à Kirkenes. La vieille femme lui avait expliqué qu'elle posait toujours un tas de questions à son mari quand elle voulait savoir comment il allait réellement. Puis elle écoutait sa voix. Pas ses réponses. À son époque, on ne partageait pas ses émotions, sauf quand les bouteilles d'alcool étaient vides et les hommes pleins. Et ce qui était dit dans ces moments-là n'était plus jamais évoqué. Mais en fonction du ton, du débit et de l'intensité de la voix de son mari, la grand-mère de Vanja savait ce qui se passait en lui. « Il ne faut pas poser des questions qui l'engagent vraiment, avait-elle souligné. Car alors les vrais sentiments passeront en deuxième plan. Il faut lui demander des choses banales dont il ne se soucie pas, comme, par exemple, quelle nappe mettre pour le dîner ou quels rideaux accrocher dans la chambre. »

– Il fait quel temps à Oslo ?

– Tu m'appelles pour me parler du temps ? répondit-il après une petite pause.

L'impatience dans sa voix l'alerta.

– Tout va bien ?

– Oui, oui ! Juste un peu de stress en ce moment, mais pas de quoi s'alarmer. Comment se porte ma directrice de cirque préférée ?

L'étincelle était de retour, ce qui la fit sourire.

– Ça va. En ce moment ils sont en train de démonter le chapiteau et, dans quelques heures, on reprend la route. Je voulais juste te parler… En fait, je...

– Quoi ?

– Il s'est passé quelque chose ce matin alors que je parlais avec un de mes artistes, je… je me suis laissée aller. Juste quelques secondes. J'ai… douté de ce que je faisais. Ce qui ne m'était pas arrivé depuis des années.

– OK. Maintenant écoute-moi bien. Premièrement, aucune de ces personnes n'est « ton » artiste. Ce ne sont que de vulgaires pions sur un échiquier, Lise. Et tu dois les traiter comme tels. N'ouvre aucune porte, tu le sais !

Il fit une petite pause, puis reprit d'une voix plus douce :

– Deuxièmement, tu es Terminator. Le doute n'existe pas, OK ? Tu le piétines. Tu le supprimes. Tu l'exploses. J'ai toujours cru en toi. Tu es la meilleure. Il ne reste plus que trois représentations et je sais que tu vas y arriver. Il le faut… pour ton avenir.

Elle nota un trouble dans sa voix qui montait dans les aigus à la fin de ses phrases.

– OK ?

– OK.

En regardant l'écran de son portable où la photo de Børge s'affichait, une ride d'inquiétude se creusa sur son front.

39

Chaque fois que le convoi passait dans un village, les enfants dans les cours d'école se hissaient en haut des clôtures pour regarder les poids lourds aux dessins colorés. Certains camions étaient en mauvais état, même les caravanes n'étaient plus de la première jeunesse, mais le passage du cirque faisait toujours son effet chez les plus jeunes. Tous les véhicules étaient richement décorés d'images de clowns, d'acrobates et d'éléphants, ou encore de jongleurs et de trapézistes. Quand le convoi entrait dans un nouveau village, Fillip mettait toujours son nez de clown et sa perruque. Il aimait voir l'émerveillement se dessiner sur le visage des enfants lorsqu'il leur faisait un signe de la main.

Le voyage depuis Åndalsnes avait demandé une heure et demie. Ils faisaient maintenant une pause à Moa, à l'extérieur d'Ålesund, où le centre commercial formait une petite ville avec ses bâtiments gris et carrés.

Un café à la main, Fillip profitait du soleil matinal. Il alla retrouver Wolfgang et Dieter qui étaient allongés, torse nu, dans l'herbe entre la station-service et le garde-fou de la route. Ils avaient des gobelets vides à côté d'eux. Leur ventre avait pris une teinte rosée.

– Vous devriez mettre de la crème solaire.

– Non, les frères Heine n'attrapent jamais de coup de soleil, dit Wolfgang en ouvrant les yeux.

– Ils bronzent. Je n'ai pas complètement fini de rôtir. Mon ventre aura éventuellement une fine croûte bien croustillante, ajouta Dieter en le caressant, mais c'est tout...

– Si jamais la croûte se fissure, ça pourrait te faire souffrir quand tu seras sur la piste, fit remarquer Fillip en s'agenouillant à côté de Wolfgang.

– Notre mère s'enduisait d'huile d'olive quand elle prenait un bain de soleil. Lorsque son cirque était en tournée dans le sud de l'Europe, elle s'installait généralement devant sa caravane pour bronzer. Je me souviens d'une fois où tout le cirque est venu la voir, croyant qu'on faisait griller un cochon, dit Wolfgang avec un large sourire.

– Comment va-t-elle ?

Wolfgang eut soudain l'air triste.

– Je lui ai parlé hier. Elle a réagi à mon nom, mais... elle est de plus en plus confuse. Elle me parle beaucoup du passé. Quand elle était en tournée avec son cirque. Elle se souvient dans les moindres détails des représentations qu'elle a faites il y a cinquante ans, et des artistes avec lesquels elle tournait, mais... dit-il avant de s'interrompre et de regarder Dieter, elle ne se souvient plus de ses propres fils.

– C'est une maladie terrible, dit Fillip en posant la main sur son épaule. J'ai du mal à imaginer ce que vous vivez. Mais au moins, elle est bien soignée.

– Malheureusement ça ne va pas durer, répondit Wolfgang, qui échangea un regard avec son frère. Tu connais la situation, Fillip. Jusqu'à maintenant on a réussi à payer les factures et sa maison de retraite, mais on ne va pas pouvoir continuer pendant encore très longtemps. Un mois peut-être, mais pas au-delà. Après, on n'a aucune solution.

– J'ai quelques économies. Pas grand-chose mais ça pourrait peut-être…

– C'est très gentil de ta part, l'interrompit Wolfgang, mais on ne peut pas accepter. Pas telles que les choses se présentent. Avec le cirque et Lise Gundersen. Ça peut très bien se terminer dans quelques semaines et on aura tous besoin de l'argent qu'on a réussi à économiser. Toi aussi, dit-il avant de marquer une petite pause. Parce qu'on a l'intention de suivre les conseils de Jacobi. De mettre le paquet pour les dernières représentations. Si on récupère 70 % de la billetterie, notre mère pourra rester dans sa maison de retraite pendant encore quelques mois.

– Et on n'aura plus à se ridiculiser sur la piste et à faire honte au cirque, ajouta Dieter. Si les trois prochaines représentations sont les dernières, autant faire les choses bien et garder de bons souvenirs. Décevoir le public est terrible. Ça va à l'encontre de chaque cellule, de chaque fibre de mon corps.

Fillip lança un regard vers la voiture de Lise garée devant la pizzeria Fellini un peu plus loin.

– Mais on va peut-être réussir à sauver le cirque. Si Lise accepte ma proposition, on pourra entrer sur la piste, demain à Giske, et être fiers de notre performance. Et tout ne s'arrêtera pas dans quelques mois. Le cirque prendra un nouveau départ, avec moi comme directeur.

– Toi aussi tu nous donneras 70 % des recettes pendant les trois prochaines représentations ? demanda Wolfgang en se relevant.

– Non. C'est Lise qui aura les 70 %. Mais nous, on gardera le cirque. Vous savez combien j'aime ce cirque. Et je sais combien vous l'aimez. C'est *notre* maison qui abrite *notre* famille. Je suis sûr qu'on trouvera un moyen de remplir à nouveau le chapiteau. J'en suis sûr et certain. Tout ce que je vous demande, c'est de ne pas vous décourager. Faites-moi confiance. Lise va me donner sa réponse avant la prochaine représentation.

Fillip essaya de lire leur réaction dans les yeux des deux hommes, mais sans succès. Ils se regardaient comme seuls les jumeaux savent le faire, comme s'ils communiquaient par télépathie.

40

– Tu es sûre que tu n'en veux pas ? demanda Lise à Lucille en lui tendant une part de sa pizza de chez Fellini.

L'éléphante balança sa trompe avec nonchalance et fit voler le foin dans la remorque où elle était installée.

– Allez, tout le monde aime la pizza. Ça te donne mal à l'estomac ? Ou plutôt aux estomacs ? Au fait, ils ont combien d'estomacs, les éléphants ?

Lucille glissa avec mépris sa trompe dans le seau d'eau pour souligner à quel point elle trouvait sa question stupide.

– Tant pis pour toi.

Lise mordit dans sa pizza.

– Je sais de quoi Fillip est en train de parler avec Wolfgang et Dieter, reprit-elle en inspectant la remorque qui était juste assez large pour que Lucille y tienne. Tu es quand même bien à l'étroit ici. Ça me rappelle nos voyages jusqu'à Boden en Suède, quand j'étais petite. Dix heures de route dans une vieille Opel sans clim. J'étais coincée entre la portière arrière et la grand-mère de Vanja qui ne sautait jamais un repas, si tu vois ce que je veux dire. On avait une caravane accrochée au cul, un peu comme si on avait été un cirque en fait. C'était amusant.

Elle jeta la dernière part de pizza dans la poubelle avant de tapoter le ventre de Lucille.

– Tu ne vas sans doute pas pouvoir continuer à voyager dans ces conditions encore très longtemps. Si tout se passe comme prévu, tu pourras bientôt te promener dans un zoo où tu auras toute la place que tu voudras, expliqua Lise. (Mais elle nota que, après avoir agité l'oreille, Lucille détournait la tête.) Je sais que la piste va te manquer à toi aussi. Mais, dans les zoos, il y a également un public.

Lucille retira sa trompe quand Lise voulut la caresser.

– Ne sois pas aussi têtue, ça va sans doute très bien se passer. Et là-bas, ils savent quoi donner aux éléphants pour qu'ils n'aient pas mal au ventre. À ton avis, il penserait quoi de tout ça, Børge, s'il était là ? Que je me soucie trop de l'avenir d'un éléphant ? Il dirait probablement que tu n'es qu'un pion, toi aussi. Mais je peux te dire que tu es un sacré gros pion, Lucille. Et puisque tu n'es pas un être humain, j'ai le droit de m'inquiéter pour toi. Je vais m'assurer que tu ailles dans un bon zoo. Je te le promets.

41

Giske, située entre Vaderøy et Vigra, était une île plate et verdoyante bordée de plages de sable fin. De Moa, Lise avait suivi le convoi jusqu'au centre d'Ålesund, elle avait ensuite emprunté le tunnel sous-marin jusqu'à Valderøy, puis le pont jusqu'à Giske.

Après avoir garé sa voiture entre un camion et la caravane de Hilmar, elle fit un tour dans les environs. Le terrain de sport sur lequel ils étaient en train d'installer le chapiteau était entouré de pâturages dont les hautes herbes ondulaient au vent. Derrière le petit club-house, dans la partie la plus abritée de l'île, trônaient des villas séparées par des jardins et des champs. De l'autre côté, les vagues venaient se briser sur la plage. Cela lui rappelait la côte ouest du Danemark où elle était allée en séminaire quelques années plus tôt.

Son regard fut attiré par Jacobi qui était en train de décharger les gradins d'une des remorques. Elle s'approcha de lui.

– Je peux te parler une minute ?

– C'est pas franchement le bon moment, rétorqua-t-il en lançant un regard vers les autres. On a du boulot. Tout le monde doit mettre la main à la patte.

– Juste une minute, insista-t-elle en l'emmenant à l'écart du groupe. Tu as réussi à parler aux autres ?

– Oui, à Wolfgang et Dieter, en tout cas. Je crois qu'ils commencent à douter de Fillip.

– Très bien. Continue à leur parler. Et aux autres aussi. Il faut qu'ils comprennent que nous essayons de les aider, ajouta-t-elle quand elle vit l'hésitation dans les yeux de Jacobi. Plus tard, ils nous remercieront, Jacobi. Quand ils se rendront compte que notre plan a fonctionné.

En voyant Diana se diriger vers eux, Lise fit signe à Jacobi de retourner travailler.

– Je peux savoir moi aussi de quel plan il s'agit ? demanda la vieille femme en fixant Lise droit dans les yeux.

– Mon Dieu, tu as des oreilles supersoniques ou quoi ? Bon, allons faire une promenade sur la plage pour en discuter.

Lise et Diana traversèrent en silence le champ herbeux qui séparait le terrain de sport de la plage. C'était marée basse et leurs pas laissaient des empreintes bien distinctes dans le sable encore humide, là où la mer venait de se retirer.

– Alors qu'est-ce que vous mijotez, Jacobi et toi ?

– Rien que tu ne saches déjà. Je veux que les artistes arrêtent de saboter leur numéro. Et je veux vendre suffisamment de billets pour que le spectacle puisse avoir lieu. En échange, je leur donnerai 70 % des recettes, et donc le moyen de s'en sortir pendant un temps quand...

– Quand ils n'auront plus de boulot...

– Jacobi a compris les avantages de ma proposition. Et aussi que le cirque n'a plus d'avenir.

Diana regarda Lise avec une telle intensité que celle-ci finit par baisser la tête.

– Tu connais la situation, Diana. Tout ce que je dis c'est que...

Elle s'interrompit en sentant la main de Diana sur son épaule.

– Tu n'as pas besoin de t'excuser, Lise.

La chaleur de la main de Diana se propagea dans sa poitrine, puis dans son corps tout entier. Elle vacilla, incapable de dire un mot. Ça lui rappela son enfance, lorsque Vanja voulait dormir la fenêtre ouverte et qu'elle s'enroulait dans sa couette pour ne pas sentir le froid. Quand Diana retira sa main, Lise eut l'impression de revivre le moment où sa mère venait la réveiller le matin en lui enlevant la couette, alors qu'elle, elle ne demandait qu'une chose : se lover à nouveau dedans. Elle regarda Diana et s'efforça de se ressaisir.

– Tu as... un truc, non ? À la Snåsamannen, non ? Avec ta main et la chaleur... ?

– Qui est Snåsamannen ?

– C'est un médium et guérisseur d'un petit village norvégien qu'on appelait « l'homme aux mains chaudes », parce qu'il arrivait à guérir les gens grâce à la chaleur de ses mains.

– Je ne crois pas à ce genre de choses, dit Diana en s'asseyant sur le sable et en fixant la mer. La chaleur est en toi, pas dans mes mains. Il suffit juste de la trouver. Parfois il en faut moins qu'on ne croit pour y parvenir. Mais il y a ceux chez qui on ne la trouve jamais.

– Dans ce cas, je viens de trouver ma chaleur intérieure, mais je l'ai tout de suite reperdue, dit Lise en s'asseyant à côté d'elle. Moi non plus, je ne crois pas à ça. Et je n'essaie pas de me justifier. Je voulais juste te dire clairement quel est mon plan pour ce cirque, même si tu le sais depuis le début.

– Il est encore temps de changer d'avis.

– Ça n'arrivera pas.

– On verra bien. La chaleur se trouve quelque part en toi.

– Je vais vendre le cirque, que tu le veuilles ou non. J'ai déjà un acheteur potentiel. Fais-toi à cette idée.

Une mouette posée au bord de l'eau s'envola et plana un instant au-dessus de Lise comme pour protester silencieusement contre ce qu'elle venait d'entendre. Puis elle se laissa porter par le vent d'est vers un chalutier, entouré d'autres mouettes, qui naviguait en direction du fjord. Diana suivit l'oiseau des yeux jusqu'à ce qu'elle ne parvienne plus à le distinguer parmi tous les autres.

– Ce que je pense ou ne pense pas n'a aucune importance, déclara Diana. La seule chose qui compte pour moi, c'est d'exaucer la volonté de Hilmar. Il voulait que je t'aide. Il reste trois représentations. Beaucoup de choses peuvent encore se passer.

– Super. Alors je te souhaite bonne chance. Maintenant il faut que j'aille coller des affiches, dit Lise en se levant.

Elle retourna au cirque en suivant les traces de ses pieds.

42

– Bonjour, je voulais savoir si je pouvais coller une affiche sur ce lampadaire ?

Le siège arrière de sa voiture chargé d'affiches, Lise avait roulé le long des routes de campagne étroites, bordées de maisons d'un côté et de la mer de l'autre. Elle se trouvait maintenant devant l'église de Giske aux murs blanchis à la chaux, une affiche dans la main. Derrière une des fenêtres, elle avait aperçu le pasteur et avait décidé de profiter de l'occasion pour sympathiser avec l'homme et ainsi générer de la vente de billets. Un sourire mielleux aux lèvres, elle déploya l'affiche et la lui montra.

La barbe grisonnante et les épaules voûtées du pasteur indiquaient qu'il approchait de la retraite. Il fit un grand sourire en voyant l'affiche.

– Le Cirque Fandango. Aussi fidèle que les oiseaux migrateurs. J'ai appris pour Hilmar. Mes condoléances.

– Merci, c'est... dit Lise en prenant un air grave.

– Vous savez qu'il m'apportait toujours un *brødkake*, l'interrompit le pasteur en se frottant le ventre.

– Un *brødkake* ? Non, je ne savais pas...

– Une pâtisserie d'Ålesund. Chaque jour, une fois la cuisson du pain terminée, on ramasse toutes les miettes et on y ajoute du sirop de sucre et des épices. Quand le gâteau a atteint cette taille-là, dit-il en formant un cercle avec ses mains, on le fait à nouveau cuire, puis on le recouvre d'une épaisse couche de glaçage. Et pour terminer, on le saupoudre de vermicelles multicolores.

Le pasteur semblait perdu dans un souvenir heureux. Lise sentit qu'il fallait qu'elle rompe le silence.

– Je n'ai jamais goûté à ça.

– Ce gâteau a un grand avantage. Non seulement il est délicieux, mais il évite le gaspillage. On récupère ce dont personne ne veut et on en fait quelque chose que tout le monde apprécie.

– Et ça ressemble à un gâteau ? Je devrais peut-être y goûter.

– L'année dernière, Hilmar m'a apporté une viennoiserie à la place. Il m'a dit qu'il n'avait malheureusement pas réussi à trouver de *brødkake*. D'ailleurs, ça fait bien longtemps que je n'en ai pas vu dans les boulangeries. Je suis sûr qu'ils ont arrêté d'en fabriquer. Nouveaux boulangers, nouveaux gâteaux. Les choses se perdent.

– Mais le Cirque Fandango continue à vivre. Difficilement, je vous l'avoue. On a du mal à vendre des billets. Vous allez venir voir le spectacle, n'est-ce pas ? dit Lise en brandissant à nouveau son affiche avec une mine inquiète.

– Je ne pense pas, non. J'ai lu sur Facebook que le cirque avait sombré et que ça ne valait plus le coup.

– Mais… s'exclama Lise en lâchant un côté de l'affiche qui s'enroula comme pour illustrer la réponse du pasteur. On a besoin de vous et de tous les gens qui appréciaient Hilmar et qui le soutenaient. Sinon, je crains que le cirque prenne le même chemin que les *brødkaker*.

– Nouveaux boulangers, nouveaux gâteaux, répéta le pasteur, un sourire étrange aux lèvres, tout en haussant les épaules. Mais les vieilles recettes restent généralement rangées bien précieusement dans un tiroir, ajouta-t-il en montrant l'église du doigt. J'ai un sermon à écrire. Vous pouvez accrocher l'affiche sur ce lampadaire. Bonne chance.

Il lui ferma la porte au nez avant qu'elle n'ait eu le temps de répondre.

Elle alla coller l'affiche sur le lampadaire. Dans le port, des mouettes affamées tournaient autour d'un pêcheur qui versait ses prises du jour dans des caisses blanches. Elle resta un moment à les regarder avant de sortir son portable et de se diriger vers sa voiture.

Elle activa le Bluetooth et posa son téléphone sur le tableau de bord.

– Børge ? T'as le temps de parler ?

– Bien sûr, retentit la voix de Børge dans les haut-parleurs. Qu'est-ce qui se passe sur la piste ?

– C'est un vrai cauchemar.

– À ce point ?

– Je me noie littéralement dans les eaux sombres de cette métaphore.

– Et où est ton gilet de sauvetage ?

– Très drôle. J'en ai marre de toute cette merde. Le bureau me manque. Je ne supporte plus de devoir fréquenter des gens avec qui je n'ai aucune affinité.

– Il ne te reste plus que trois représentations.

– Tu ne sais pas ce que je vis. J'ai l'impression d'être un monstre dans une émission de télé-réalité où tous les autres monstres veulent me virer.

– On dirait qu'ils t'ont infectée avec leur virus métaphorique. Souviens-toi juste que tu es la plus monstrueuse de tous.

– Quoi ?

– Enfin, tu vois ce que je veux dire. Peut-être qu'ils ont envie de te mettre dehors pour l'instant, mais à la fin c'est toi qui resteras. Plus que trois représentations ! Après, tu pourras oublier tout ça et emménager dans ton nouveau bureau d'angle.

– Dans mon bureau d'angle ? Mais le seul qui soit dans un angle, c'est le tien !

– Je pensais ce que je disais quand je t'ai parlé de mon envie d'arrêter. Lorsque tu reprendras mon poste, tu récupèreras bien sûr aussi mon bureau.

– C'est... commença Lise en souriant à l'idée de s'installer dans le bureau de Børge.

– Ton avenir. Mais d'abord tu as un boulot à terminer. Tu en es où de la vente de billets pour le spectacle de demain soir ?

– Ce n'est pas brillant après la représentation catastrophique à Åndalsnes. Si ça ne s'arrange pas avant demain 18 heures, c'est terminé. Et rien ne laisse présager que j'arriverai à vendre suffisamment de billets.

– Merde, Lise. Mogens ne va pas être content du tout, s'écria Børge avant de se calmer. Il faut vendre combien de billets d'ici là ?

– Environ cent cinquante.

– Et combien coûte un billet ?

– Deux cents couronnes pour le moins cher.

En fond sonore, Lise entendit le bruit d'une porte qui s'ouvrait suivi du grincement de la chaise de bureau de Børge.

– Il faut que j'y aille.

Børge raccrocha. Lise resta assise, les yeux dans le vague. Puis elle croisa son propre reflet dans le rétroviseur.

– Merde. Qu'est-ce qui t'arrive ? Ressaisis-toi, Lise ! Tu es la plus monstrueuse de tous.

43

Dans le bureau de Børge, Mogens Arafat Nilsen prit sur une étagère une statue en bronze représentant une femme nue.

– Per Ung, l'informa Børge en attendant sa réaction.

– Qu'est-ce que vous avez dit ?

– J'ai eu la chance de l'acheter à une vente aux enchères il y a quelques années. C'est un Per Ung.

– Non, dit Mogens en balançant la statue dans la poubelle à côté de Børge. Ça ne vaut rien.

– Mais cet artiste est reconnu dans toute la Scandinavie et...

– Lorsqu'on met en avant la renommée de l'artiste pour présenter une œuvre d'art, celle-ci perd sa valeur. Son but.

– Mais...

– La statue ne vaut rien, OK ? Histoire terminée. Un échec, asséna Mogens tout en se penchant vers Børge, les deux mains posées à plat sur son bureau.

– OK, répondit-il en jetant un œil rapide dans la poubelle pour s'assurer que la statue n'était pas abîmée.

– Et mon cirque ? demanda Mogens. (Il s'installa dans le fauteuil en cuir en face de lui.) Comment va mon cirque ?

– Très bien. Lise s'en occupe.

– *Wunderbar !*

– En ce moment, il se trouve sur une île appelée Giske au large d'Ålesund. Après la représentation de demain, il n'en restera plus que deux.

– Une île ? dit Mogens, soudain l'air sceptique. Le cirque est une île ?

– Quoi ? Non, il est *sur* une île…

– Une île sur une île ? dit lentement Mogens. (Il pointa un index tremblant vers Børge pour l'exhorter à se taire.) Et la mer avance en grignotant la plage millimètre par millimètre, au fil des années. Lentement mais sûrement. Tic tac, tic tac. Sommes-nous la mer ? Sommes-nous les vagues qui vont et viennent ? Il y a quelque chose là-dedans, n'est-ce pas ? dit-il en attendant la confirmation de Børge.

Børge scruta Mogens pour tenter de déceler la réponse que celui-ci voulait entendre. Sur un ton hésitant, il tenta sa chance :

– Oui ?

– Non, fit Mogens en secouant la tête. Rien. L'océan n'est que l'océan. Juste des molécules dans un certain ordre. Tout comme nous.

– Donc… nous sommes l'océan ?

– Non.

– Non ? demanda Børge dans un soupir.

– Nous ne sommes rien, dit Mogens en esquissant un sourire. Mais le cirque est quelque chose. Ils vont où après Giske ?

– À Vartdal. Un petit village pas loin d'Ørsta. Ils y seront dans trois jours.

– Nous aussi.

– Pardon ?

– Nous aussi, on sera à Vartdal dans trois jours, affirma Mogens en se levant du fauteuil et en se dirigeant vers la porte. Et c'est vous qui prenez les billets d'avion.

– Oui, bien sûr.

– Merveilleux. Venez me chercher là où le nouveau rencontre l'ancien et où l'ancien rencontre le nouveau.

– Très bien.

Dès que Mogens fut sorti, Børge repêcha la statue dans la poubelle et l'inspecta attentivement. Un bout de pastrami s'était collé autour de la taille de la femme nue, formant comme une jupe en viande.

44

La soirée d'été était devenue douce quand le vent s'était enfin calmé. Quelques-uns des artistes étaient descendus à la plage et s'étaient jetés dans les vagues en poussant des cris, mais ils en étaient vite ressortis. Après avoir trempé ses pieds dans l'eau, Fillip avait compris pourquoi.

Il était maintenant assis sur la banquette dans la caravane de Diana et contemplait les vieilles photos qui recouvraient pratiquement toutes les parois. Il les connaissait bien pour les avoir regardées un bon nombre de fois, mais il découvrait toujours un nouveau détail qu'il n'avait jamais remarqué auparavant. Un regard particulier, une main encourageante posée sur une épaule. Elles représentaient toutes des artistes. Certaines avaient été prises des dizaines d'années plus tôt, d'autres étaient plus récentes. Il y avait des gens assis autour d'un feu derrière le chapiteau, ou autour d'une table, ou sur des tabourets devant leur caravane, mais la piste ne figurait sur aucune d'entre elles.

– C'est comme ça chez les vieilles dames, commenta Diana depuis la cuisine. Elles accrochent des photos sur leurs murs. Généralement ce sont des photos de famille. Après tout, ces gens sont ma famille. Comme toi, Fillip. Malheureusement, beaucoup ne sont plus de ce monde. Mais ils sont là, pour toujours, dit-elle en mettant sa main sur son cœur. De quoi voulais-tu me parler ?

Diana posa deux tasses et une théière sur la table basse et s'installa en face de lui.

– De Lise. Pourquoi l'aides-tu ? demanda-t-il. Tous ces gens... poursuivit-il en faisant un geste de la main vers les photos, ce qui les relie, ce qui fait d'eux une famille, c'est le cirque. Et ça vaut aussi pour les artistes actuels, Diana. Lise cherche à briser cette famille.

– Je sais ce qui est en jeu.

– Et pourtant tu l'aides ? Je ne comprends pas... commença-t-il, mais il ravala sa frustration. Si tu m'aidais plutôt, on pourrait rester une famille, personne n'essaierait de nous séparer et le Cirque Fandango pourrait continuer. C'est ce que Hilmar aurait voulu, j'en suis sûr. Mais maintenant l'œuvre de sa vie sera mise en vente au plus offrant.

– Je sais que c'est très difficile à comprendre pour toi. Pour vous tous, répondit Diana en se penchant au-dessus de la table et en posant ses mains sur celles de Fillip. Mais Hilmar voulait une vie de cirque pour elle. Et je dois respecter sa volonté.

Elle se leva et décrocha de la paroi un cadre avec une photo de Hilmar. Elle regarda celle-ci en souriant.

– Dommage qu'elle ne le veuille pas elle-même, dit Fillip en donnant libre cours à sa frustration. Elle est peut-être de la famille de Hilmar, mais elle n'a rien à voir avec lui.

– Ce que les gens montrent d'eux-mêmes ne reflète pas toujours leur vraie personnalité, dit Diana en raccrochant le cadre. Il y a tant de carrefours dans la vie. Chaque choix que nous faisons peut nous éloigner de nous-mêmes. Au point d'oublier qui nous sommes réellement. Hilmar voulait lui indiquer le bon chemin pour retourner vers elle-même.

– On ne peut pas dire qu'elle l'ait trouvé.

– C'est pour ça que je l'aide.

Diana se rassit et serra sa tasse dans ses mains.

Fillip se leva et alla ouvrir la porte, mais avant de sortir, il se retourna et lui lança :

– N'oublie pas que tu auras à regarder ta famille dans les yeux quand tout ça sera terminé.

Une fois la porte fermée, Diana regarda la photo de Hilmar en lui disant :

– J'espère que tu ne te trompes pas sur sa vraie personnalité.

45

S'immisçant dans le chapiteau par des petits trous d'usure dans la toile, le soleil matinal envoyait de fins faisceaux de lumière sur les gradins vides. Les projecteurs étaient installés et l'orchestre trônait sur la petite estrade. À côté d'une des corniches au bord de la piste, Jacobi vérifiait le filet de sécurité que Tatjana utilisait pendant son entraînement. Du coin de l'œil, il la regardait faire ses étirements, un pied posé sur le tabouret de Lucille et le corps en arc de cercle. Il prit une profonde inspiration, comme s'il s'apprêtait à plonger dans des eaux profondes, et se dirigea vers elle. À mi-chemin, il s'arrêta, secoua la tête et fit demi-tour. Puis il prit une nouvelle inspiration et alla vers elle, cette fois-ci avec détermination. Il resta un petit moment immobile en attendant qu'elle ait terminé son échauffement.

– Jacobi ! Mais qu'est-ce que tu fais là ? Tu viens d'où ? s'étonna-t-elle en le voyant.

– De là-bas, dit-il en pointant la corniche du doigt. Je... (Il sentit que ses yeux vacillaient, se reprit et fixa l'espace entre les sourcils de Tatjana.) Je voulais juste m'assurer que le filet de sécurité était bien installé.

– Merci, c'est... (Elle s'interrompit quand elle croisa son regard.) Tout... va bien ?

– Oui, très bien.

Les yeux de Jacobi se remirent à vaciller et sa tête à dodeliner. Tatjana lui prit le visage entre ses mains pour le calmer et fixa l'espace entre ses deux yeux.

– Qu'est-ce que tu as là ? demanda-t-elle en posant son doigt sur son front.

La chaleur de ses mains avait mis Jacobi dans un état de béatitude.

– Quoi ? bégaya-t-il.

– C'est du stylo ? Tu t'es dessiné un point sur le visage ?

– Non, c'est... dit-il en se frottant le front, c'est en fait... euh... c'est parce que je... je m'entraîne pour un nouveau numéro. Le numéro le plus important de ma vie.

Cette fois, il la regarda droit dans les yeux.

– OK. J'espère que tu vas y arriver. Tu voulais me demander quelque chose ?

– Oui, juste si... tu avais besoin d'aide.

– C'est toi qui aurais besoin d'aide, Jacobi, lui lança Wolfgang qui était en train de tendre un câble en haut du mât central au niveau du trapèze.

– Occupe-toi de tes affaires, cria Jacobi.

– Dis donc, tu commences à être clairsemé à cet endroit, mon ami, dit Wolfgang en faisant un mouvement circulaire sur le haut de sa tête. Pas vrai, Tatjana ?

Mais ne t'inquiète pas, Jacobi, j'ai vu une pub pour une bonne clinique d'implant capillaire.

– Malheureusement, moi, je ne pourrais pas t'aider. Il n'y a pas encore de remède contre la bêtise, répliqua Jacobi en se passant la main dans les cheveux pour les ébouriffer.

– Ne recommencez pas, vous deux, leur lança Tatjana tout en étirant sa jambe gauche.

Jacobi considéra Tatjana et Wolfgang un instant, en se demandant si le moment était propice.

– Vous avez l'intention de faire de votre mieux ce soir ? dit-il. Sur la piste ? Sinon ça risque d'influencer la vente de billets pour la prochaine représentation. Et nos chances de récupérer un peu d'argent plus tard seront foutues.

– Je ne sais plus quoi faire. Dieter veut qu'on suive le plan de Fillip, dit Wolfgang qui, installé sur le trapèze, balançait ses jambes dans le vide.

– Et toi, Tatjana ?

– Fillip veut nous voir avant la représentation. Il a des nouvelles qui pourraient peut-être tout changer. Il est possible que nous n'ayons plus besoin de saboter nos numéros.

– Ah bon ? Je ne suis pas au courant.

– Peut-être que tu n'es pas convié, rétorqua Wolfgang en haussant les épaules.

– Et c'est quoi comme nouvelles ?

– Je ne sais pas, il ne nous a rien dit de plus, répondit Tatjana en changeant de jambe.

– Je… balbutia Jacobi avant de tirer sur la corde à côté de lui pour vérifier qu'elle était bien serrée. Je dois y aller.

Il tourna les talons et partit.

46

– Qu'est-ce que t'as mangé hier soir, Lucille ?

Une forte odeur d'excréments accueillit Lise lorsqu'elle entra avec une brouette dans l'enclos de l'éléphante. Un peu partout il y avait de gros tas de déjections.

– Que penses-tu d'une carte-cadeau pour ton anniversaire ? Une séance chez une diététicienne, ça te dirait ?

Elle sortit une pelle de la brouette et ramassa un des tas.

– OK, génial, la dame de la ville qui doit nettoyer de la merde d'éléphant. Tout le monde dans ce cirque s'arrange pour échapper aux corvées. À chaque fois, une nouvelle excuse. Un jour, c'est une tendinite, un autre la goutte, une infection ou une otite…

Elle s'arrêta, s'appuya sur la pelle et ferma les yeux pour savourer le soleil qui lui chauffait le visage. De la fenêtre d'une caravane lui parvenait une douce mélodie, probablement la radio. Une corneille, perchée au sommet du chapiteau, croassait au rythme de la musique, comme si elle faisait du karaoké. Au loin, elle entendait les trapèzes grincer. Elle rouvrit les yeux et regarda Lucille.

– Ce qui est très bizarre, c'est que... À Oslo, les jours ne se ressemblent pas, je ne croise jamais les mêmes personnes au bureau, et les dossiers que je traite sont toujours différents. Les clients que je vois aussi d'ailleurs. Ça n'est jamais ennuyeux... Alors qu'ici, je vois les mêmes visages quand je sors de ma caravane, j'entends les mêmes bruits... dit-elle en poussant la brouette pour aller ramasser un autre tas d'excréments, et je fais exactement la même chose jour après jour. Pourtant... ça ne me dérange pas de nettoyer sans cesse de la merde d'éléphant, par exemple.

– Une idée à exploiter, non ? lui lança Fillip qui passait devant l'enclos. La merdothérapie. Des hommes et des femmes d'affaires stressés qui paieraient un fric fou pour venir se ressourcer et se retrouver eux-mêmes. (Il dessina une pancarte imaginaire dans l'air :) *Soins à la merde d'éléphant pour vous purifier l'âme.*

– Mon âme n'a pas besoin d'être purifiée, répliqua sèchement Lise.

– Si tu le dis. Je vais donc te laisser ne pas te purifier en paix. Je suis juste venu pour savoir si tu as pris ta décision.

– Bon... dans cette main-là, dit Lise en tendant son poing droit vers Fillip, j'aurai environ cent cinquante mille couronnes si je récupère 70 % de la billetterie, et dans l'autre, j'aurai environ trois millions de couronnes, ainsi que des parts dans l'entreprise de Børge. Hum, choix difficile… À ton avis, qu'est-ce que j'ai décidé ? demanda-t-elle en fixant Fillip droit dans les yeux.

– Tu vas le regretter.

– Non, je ne pense pas.

Elle le regarda disparaître derrière les camions, puis elle s'adressa à Lucille qui s'écarta aussitôt :

– Oui, oui, la méchante dame de la ville, et ainsi de suite. Dis ce que tout le monde pense : elle est dépourvue d'âme, rien à purifier.

Lucille renifla et tourna la tête vers le seau d'eau. Elle leva les yeux lorsque Jacobi entra dans l'enclos.

– Je viens de croiser Fillip qui avait l'air très en colère. Qu'est-ce que tu lui as dit ?

– Merde ! s'écria-t-elle en faisant tomber le contenu de sa pelle sur ses chaussures. Je lui ai dit que je suivais mon plan.

– Il a convoqué tout le monde.

– Ça semblait évident.

– Tout le monde sauf moi.

Elle s'apprêtait à répondre, mais le désespoir qu'elle perçut dans la voix de Jacobi la fit hésiter.

– Je sais ce que tu ressens, Jacobi. C'est difficile de faire des choix qui nous rendent impopulaires. On se sent très seul. Mais quand tout ça sera terminé, ils te considéreront comme leur sauveur.

Le ton de sa voix était descendu à la fin de sa phrase, comme si elle ne croyait pas vraiment à ce qu'elle disait. Elle fut choquée en s'en rendant compte. Dans le processus d'acquisition d'un bien, sa force avait toujours été de réussir à se rendre crédible auprès des gens.

Ils finissaient par croire en elle. Par lui faire confiance. Même si ce qu'elle leur proposait était dans l'intérêt de l'entreprise et pas dans le leur. Maintenant elle se sentait fléchir. Quelques secondes s'écoulèrent en silence. Elle racla la pelle contre le bord de la brouette pour se donner une contenance et camoufler son embarras.

– Écoute-moi. Plusieurs d'entre eux doutent déjà de Fillip, non ? Et ils envisagent de suivre tes conseils.

– Oui… En tout cas, Wolfgang et Dieter hésitent. Et Tatjana aussi, je crois.

– C'est parce qu'ils se rendent compte que tu veux les aider, non ?

– Oui, peut-être…

– Pas peut-être, c'est sûr. Tu dois les aider, Jacobi. Miranda et Reidar aussi. Tu dois leur faire comprendre que le seul choix judicieux c'est de s'assurer d'avoir de l'argent en poche quand le cirque s'arrêtera… Au fait, ces derniers jours j'ai observé Tatjana. La manière dont elle te regarde… Il y a quelque chose de différent dans ses yeux. Elle ne te considère plus seulement comme un ami. Il y a quelque chose en plus. Je t'assure.

Une étincelle s'alluma aussitôt dans le regard de Jacobi.

– Et je crois que tu es prêt maintenant, ajouta Lise pour alimenter la flamme.

– Prêt pour quoi ?

– Prêt pour l'inviter à sortir un soir. Enfin, presque prêt. En tout cas, je vais m'arranger pour que tu le sois. On va faire un petit tour d'entraînement ce soir après la représentation. Et après, elle te dira oui. Je te le garantis.

Elle vit une vague d'espoir illuminer le visage de Jacobi quand il sortit de l'enclos.

Lise s'approcha de Lucille, posa la pelle contre le seau d'eau et tendit la main afin de caresser sa trompe, mais l'éléphante recula de quelques mètres, lui faisant bien comprendre qu'elle ne voulait pas avoir affaire à elle. Lise resta quelques secondes la main tendue, puis elle la baissa lentement et saisit la pelle.

– Qu'est-ce que je peux dire à ça ? lança-t-elle sur un ton qu'elle voulait indifférent. Dépourvue d'âme.

47

En se rendant à la billetterie devant l'entrée principale, Lise sentit l'odeur du pop-corn lui chatouiller les narines. Les corneilles l'avaient sentie, elles aussi, et elles étaient en pleine discussion avec les mouettes, espérant que quelques miettes finiraient par tomber par terre. Lorsque Lise ouvrit la porte de la petite cabine, les charnières réclamèrent bruyamment de l'huile.

– Comment ça se passe ? demanda-t-elle.

Diana, au guichet, se retourna.

– Pas bien, malheureusement. Pour l'instant on n'a vendu que soixante-dix-huit billets.

– Il faut en vendre au moins quatre-vingt-dix-neuf de plus et il ne reste plus qu'une heure et demie avant la représentation, constata Lise en regardant l'horloge sur la cloison. Autant que j'aille faire ma valise tout de suite.

– Tant qu'il n'est pas encore l'heure, rien n'est perdu.

– Il faudrait un miracle.

– Les miracles se produisent de temps en temps, sourit Diana en haussant les épaules.

– Je ne crois pas aux miracles, souffla Lise.

Elle se laissa tomber sur un tabouret qui craqua sous son poids.

Les deux femmes restèrent assises un long moment sans rien dire, puis Lise brisa le silence :

– Qu'est-ce qui se passe entre ces deux-là ?

– De qui parles-tu ?

Lise montra du doigt Fillip et Miranda qui sortaient de la voiture de Fillip. Ils avaient tous les deux un grand sourire aux lèvres.

– Ah... eux ! Il y a trois ans, ils étaient fiancés.

– Ah bon ?

– Oui. Puis Miranda a rencontré un autre homme et elle a quitté le cirque. Mais elle s'est rendu compte qu'elle avait fait un mauvais choix et elle est revenue au bout de six mois. Depuis, elle essaie de reconquérir Fillip.

– On dirait qu'elle a réussi.

– Quand elle l'a quitté, Fillip a beaucoup changé. Il a fermé son cœur. Lorsqu'il rencontrera la bonne personne, il l'ouvrira à nouveau. Peut-être est-ce Miranda, dit-elle en regardant Lise, mais peut-être pas.

– Tu devrais écrire des nouvelles romantiques pour le magazine *Norsk Ukeblad*.

Lise suivit Fillip et Miranda des yeux jusqu'à ce qu'ils soient hors de sa vue.

– Et toi ? demanda Diana.

– Moi ? Non, écrire pour le *Norsk Ukeblad,* c'est pas un boulot pour moi.

– Arrête. Tu sais très bien ce que je veux dire. As-tu croisé le chemin de la bonne personne ?

– J'ai même pas encore trouvé le chemin, répondit Lise, surprise par le sérieux de sa voix.

Elle n'avait jamais parlé à personne de sa vie amoureuse. À part avec Vanja, une ou deux fois, mais juste pour qu'elle cesse de l'embêter avec ses questions.

– Mais, après tout, je pourrais peut-être écrire pour le *Norsk Ukeblad*, reprit-elle. En fait, je préfère me concentrer sur ce qui me semble important. Et ce qui m'apporte quelque chose.

– Tu veux parler de l'argent ? Ça peut combler un certain vide, c'est vrai. Mais tu as un vide en toi que l'argent ne pourra jamais combler, dit Diana en désignant le cœur de Lise. Ce même vide que nous avons tous, tant que nous n'avons pas trouvé la personne faite pour nous. Et ce vide ne fera que grandir. Tu devrais donc...

– Garde tes conseils pour tes clients ! dit Lise en se levant brusquement. Ou pour le *Norsk Ukeblad* ! Je vais passer un coup de fil à la radio locale pour essayer une dernière fois de faire de la pub pour le cirque.

Elle s'en alla sans se retourner.

48

– De quoi avez-vous parlé ? demanda Jacobi en s'asseyant sur la banquette en skaï dans la caravane de Wolfgang et Dieter.

Les parois et cloisons étaient d'un blanc immaculé. Les rideaux bleus bien repassés laissaient passer quelques rayons de soleil en cette fin d'après-midi. Gordon Ramsay gesticulait en silence sur un écran plat près de la porte, sans doute était-il en train d'engueuler un jeune chef en herbe. D'anciennes affiches de cirque, joliment encadrées, étaient accrochées aux cloisons entre le salon et les deux chambres. Un filet de vapeur s'échappait en gargouillant d'une machine à expressos posée sur le comptoir de la cuisine où Dieter attendait, trois tasses à la main. Jacobi fixa Wolfgang qui était assis en face de lui.

– À la réunion ?

Wolfgang écarta légèrement le rideau pour voir si Fillip était toujours assis devant sa caravane à quelques mètres de là.

– Il a dit que cette sale période allait bientôt se terminer. Que Lise Gundersen allait rentrer chez elle ce soir. Tout ce que nous avons à faire, c'est de rester dans nos caravanes puisque les ventes sont catastrophiques.

– Donc vous n'allez pas vous produire ce soir ?

– Non, confirma Dieter en glissant une tasse dans la cafetière. Ce soir, j'ai rendez-vous avec ma chaise longue et une bonne bière.

– Et toi, Wolfgang ?

– Moi non plus, je n'irai pas sur la piste ce soir.

– Donc Fillip a un plan ?

– Qu'est-ce que tu veux dire ?

– Il a donc un plan cette fois-ci ? Il vous a expliqué comment il allait s'y prendre pour diriger le cirque ? Et relancer les ventes pour vous permettre de rembourser votre emprunt pour l'achat de cette belle caravane ?

Tout en échangeant un regard avec son frère, Dieter plaça une autre tasse dans la cafetière qui se remit à gargouiller et à faire de la vapeur.

– Je suis sûr que Fillip veut ce qu'il y a de mieux pour nous tous. Il aime ce cirque autant que nous l'aimons. Mais ça ne signifie pas nécessairement que ce qu'il veut soit ce qu'il y a de mieux pour nous.

– Arrête, Jacobi, dit Wolfgang en attrapant la tasse que Dieter lui tendait.

– Non, je n'arrêterai pas. Rien ne m'aurait rendu plus heureux que de continuer à travailler comme avant. De continuer à faire ce que nous aimons. Mais pour ça, il faudrait que Fillip ait un vrai plan pour le cirque et, malheureusement, ce n'est pas le cas. Si on le suit, on sera tous sur la paille dans un mois ou deux. Par conséquent, ce soir, je vais faire mon numéro le mieux possible. Et je ferai pareil pour les deux dernières représentations. Pas seulement pour avoir ma part des recettes de la billetterie, mais surtout pour terminer ma carrière d'artiste de cirque en beauté. Avec fierté. La tête haute.

– Et avec un peu plus de sous sur ton compte en banque ? Elle t'a proposé un petit bonus, n'est-ce pas ? demanda Dieter en posant une tasse sur la table basse devant Jacobi. Vu que tu viens nous voir pour prêcher la bonne parole…

– Non, absolument pas. J'essaie seulement de…

– Il doit bien y avoir quelque chose. Je le vois dans tes yeux. Elle t'a proposé quelque chose ? insista Dieter en posant ses mains sur la table et en se penchant vers Jacobi comme un enquêteur en plein interrogatoire. Alors, c'est quoi ? Forcément quelque chose de très important puisque tu es prêt à trahir le cirque. Qu'est-ce qu'elle t'a proposé ?

– Rien, je te dis, rétorqua Jacobi en le repoussant et en se levant. C'est peut-être difficile à croire, mais je pense que Lise veut réellement nous aider. Vous ne la connaissez pas comme je la connais.

49

Une heure et vingt minutes plus tard, Lise était assise sur la banquette dans la caravane de Hilmar, le regard tourné vers son portable posé sur la table. Elle finit par l'attraper. Il fallait qu'elle appelle Børge pour lui annoncer sa défaite. Elle chercha son nom dans ses contacts, puis resta un moment le doigt suspendu au-dessus sans avoir la force d'appuyer. Finalement elle reposa le téléphone sur la table, se leva et sortit de la caravane. Sur le chemin du chapiteau, elle fit semblant de ne pas voir les artistes et les techniciens qui discutaient entre eux en rigolant. Devant l'entrée principale il s'était formé une petite file d'attente qui dépassait à peine la cabine. Lise se glissa entre les gens et frappa à la vitre.

– Alors, combien ? demanda-t-elle à Diana avec une dernière lueur d'espoir.

– Quatre-vingt-cinq.

– Putain de merde ! Bon, il ne reste plus qu'à prévenir les gens que le spectacle est annulé.

Le téléphone dans la cabine se mit à sonner et Diana décrocha. Lise s'écarta pour aller devant l'entrée, prête à faire sa déclaration.

– Cher public, je suis malheureusement dans l'obligation de…

– Attends ! lui cria Diana tout en lui faisant signe de venir.

– Une petite minute, cher public, dit Lise en allant retrouver Diana qui agitait son téléphone.

– Qu'est-ce qui se passe ?

– Un homme vient d'appeler pour acheter quatre-vingts billets.

– Quoi ?

– Un homme avec l'accent d'Oslo. Il m'a demandé combien de billets il fallait vendre pour que le spectacle ait lieu. Je lui ai donné le chiffre et il a tout acheté. Il n'a pas dit son nom. Tu crois aux miracles maintenant ? C'en est un, non ?

– Oui. Un miracle qui s'appelle Børge.

50

– Non, il n'y aura pas de spectacle. Tu n'as pas vendu suffisamment de billets, répliqua Fillip qui était assis devant sa caravane, un livre dans une main et une tasse de café dans l'autre.

– Si, j'en ai vendu suffisamment. Vous allez donc devoir y aller, décréta Lise en lui enlevant le livre des mains. Immédiatement. On a commencé à faire entrer le public.

Elle avait le souffle coupé après avoir couru jusqu'à sa caravane.

– Mais tu ne peux pas avoir vendu...

– Va à la billetterie vérifier par toi-même.

– Oui mais... peu importe. De toute façon, on ne pourra pas se produire ce soir. On n'est pas prêts.

– Ce n'est pas mon problème. Vous aviez largement le temps de vous préparer.

– On doit s'échauffer et...

– Vous échauffer ? Vraiment ? À mon avis, le spectacle que vous allez nous proposer ne demande pas beaucoup d'échauffement. Par contre, vous allez devoir faire vos numéros. C'est écrit dans le contrat. Prépare tes clowneries et sois prêt rapidement.

Lise lui balança son livre sur les genoux, puis couru jusqu'à la caravane de Reidar et frappa violemment à sa porte. Il ouvrit sa fenêtre et jeta un œil dehors.

– Tu entres en piste dans un quart d'heure, annonça Lise avec un geste vers le chapiteau.

– Impossible. Même pas en rêve. J'ai un gratin de cabillaud dans le four et je...

– Si tu n'es pas prêt pour ton numéro dans un quart d'heure, ce sera ton dernier gratin en tant qu'artiste du Cirque Fandango.

Avant même qu'il ait eu le temps de répondre, Lise se trouvait au milieu de la place entre les caravanes.

– Enfilez vos costumes ! cria-t-elle. Ce soir, vous allez tous sur la piste !

Des visages médusés apparurent aux fenêtres des caravanes.

– N'est-ce pas, Fillip ? demanda-t-elle.

La mine défaite, celui-ci confirma d'un hochement de tête.

– Je ne comprends pas, il y a vingt minutes je suis allé voir Diana pour vérifier le nombre de billets vendus et on était très loin du compte. Comment as-tu fait ?

– Avec l'aide de quelqu'un que je connais.

– Qui ça ?

– Quelqu'un qui a toujours été là pour moi, rétorqua Lise en regardant Fillip et en dessinant avec l'index une larme sarcastique et invisible sous son œil. Maintenant, enfile ton costume de clown et maquille-toi.

Fillip ouvrit la bouche pour dire quelque chose, mais elle l'en empêcha.

– Le Cirque Fandango versus Lise : 0-3, lui lança-t-elle en s'en allant vers la caravane de Hilmar.

Avant d'atteindre la caravane, elle attrapa son portable pour appeler Børge. Il répondit au moment où elle refermait la porte derrière elle.

– C'est la directrice en personne qui m'appelle ?

– Oui, répondit-elle un grand sourire aux lèvres, pour une représentation de plus. Grâce à toi !

– À moi ?

– Arrête, Børge. Je sais que c'est toi qui as acheté les billets. Tu m'as sauvée. Vraiment. Et à la dernière minute. Je ne sais pas comment te remercier.

– Je m'occupe de mon investissement, Lise. J'ai beaucoup investi en toi au fil des années. Et là, je ne parle pas d'argent. Je peux te dire que c'est l'un des investissements les plus sûrs que j'aie jamais faits. Quelle victoire pour moi de voir la femme merveilleusement dévouée et accomplie que tu es devenue ! dit-il avant de marquer une petite pause et de laisser échapper un rire. Je ne vois personne d'autre que toi pour reprendre l'entreprise : une femme avec un chapeau haut de forme ! Et je vais bientôt avoir la chance de te voir en vrai sur la piste.

Lise baissa son portable pour regarder la photo de Børge à l'écran. Puis elle dit :

– Je ne te décevrai pas !

51

– Mesdames et messieurs, une salve d'applaudissements pour Lucille, la reine indienne !

La voix enthousiaste de Lise, amplifiée par les haut-parleurs, résonna sous le chapiteau. Elle ricocha sur les gradins et lui rapporta les réactions déçues des spectateurs qui se sentaient dupés. Au fur et à mesure des numéros, leurs visages s'étaient progressivement fermés pour devenir franchement sceptiques.

Les frères Heine étaient arrivés sur la piste sans quilles. Ils avaient mimé leur numéro en déclarant qu'ils étaient en train de battre le nouveau record du monde de jonglage avec des quilles invisibles. Tatjana avait demandé qu'on lui baisse le trapèze à cinquante centimètres du sol et étaient restée assise, toute tremblotante, en prétendant qu'elle avait le vertige. Miranda avait annoncé qu'elle allait faire disparaître le public par magie, mais n'avait réussi qu'à le faire partir pour de vrai. Les quelques personnes qui se trouvaient encore dans les gradins étaient sorties après l'avoir regardée agiter sa baguette pendant un bon quart d'heure tout en fredonnant une chanson d'ABBA. Fillip s'était fait chasser de la piste par un homme à qui il avait donné une gifle avec sa chaussure de clown. Seul Jacobi avait exécuté son numéro dans les règles de l'art.

– Bien travaillé, vieille dame, dit Lise à Lucille en la raccompagnant dans les coulisses.

Elle passa devant les autres artistes qui lui envoyèrent des regards furieux.

Sa peau rugueuse était chaude sous ses doigts. Lucille leva sa trompe et renifla en guise de réponse puis elle reprit toute seule son chemin vers l'enclos.

Lise retourna sur la piste avec son micro :

– Et maintenant, mesdames et messieurs, le dernier numéro de la soirée : Reidar, la légende du trampoline !

Quelques secondes plus tard, Reidar apparut en justaucorps. Il avança d'un pas raide, une bouteille Thermos dans une main, un journal dans l'autre, et grimpa sur le trampoline.

Avant le début de la représentation, il était allé trouver Lise pour lui dire qu'il se sentait faible et qu'il voulait annuler son numéro. Elle avait refusé, supposant que tout avait été soigneusement orchestré par Fillip pour chambouler les routines et dérouter Lucille.

Lorsque les roulements de tambour se firent entendre, Lise alla se placer dans l'obscurité devant le rideau. Alors qu'ils montaient crescendo, Reidar se laissa tomber sur le trampoline, dévissa le couvercle du Thermos et se versa du café. Quand il approcha la tasse de sa bouche pour boire une gorgée, les roulements de la caisse claire cessèrent et furent suivis d'un coup de cymbales. Lise vit que le public commençait à se lever pour partir, mais soudain quelque chose se produisit.

Reidar fut subitement pris de tremblements. La bouteille lui glissa des mains et explosa par terre, le contenu de la tasse se renversa sur le journal en laissant une grosse tache marron foncé. Puis le corps du vieil homme fut traversé par une nouvelle secousse. Il tomba à genoux, mais se releva sur des jambes chancelantes et regarda autour de lui, l'air confus. Une autre secousse le fit tomber à la renverse. Les yeux pleins de douleur, il posa ses deux mains sur sa poitrine. Soudain il eut l'air de se calmer. Il n'y avait plus un bruit dans le chapiteau. Reidar prit son élan et se mit à sauter avec une détermination stoïque. Une fois. Deux fois. Trois fois. De plus en plus haut. Puis il plia les genoux, tendit les bras en l'air et fit un double salto arrière. Mais au milieu du dernier saut, une nouvelle secousse traversa son corps et il devint raide comme une planche. Il tomba à plat ventre sur le trampoline, et son corps continua de rebondir quelques instants avant de s'immobiliser définitivement.

52

Une ambulance était venue chercher Reidar. Tous les artistes s'étaient rassemblés sur la piste vide après son départ. Installée dans l'obscurité tout en haut des gradins, Lise les avait regardés un moment. Ils avaient formé un cercle autour de Fillip dans la pénombre. Il leur avait parlé mais elle n'avait pas entendu ce qu'il disait.

Lise était assise sur le rebord de l'abreuvoir.

– Je n'ai pas été invitée, Lucille, dit-elle, la tête baissée et les yeux rivés sur le gravier. Reidar est mort sur le trampoline, devant moi, et personne ne m'a demandé si je voulais me joindre à eux... pour en parler. Et je pense que c'est parce que... (Sa voix se brisa.) Parce que c'est à cause de moi qu'il est mort...

Elle était incapable de retenir ses larmes. Des bruits de pas lourds sur le gravier la firent lever les yeux. C'était Lucille qui s'était rapprochée. L'éléphante tourna la tête vers elle et posa délicatement sa trompe sur son épaule.

– Lucille a raison, dit Diana qui venait d'entrer dans l'enclos. Ce n'était pas ta faute.

– Il m'avait dit qu'il se sentait mal, expliqua Lise, mais je n'ai pas voulu l'entendre. Je l'ai forcé à faire son numéro. Pour que le spectacle puisse avoir lieu.

– De toute façon Reidar nous aurait bientôt quittés. Le médecin nous avait prévenus, dit Diana en s'asseyant à côté de Lise. Tu lui as donné la chance de se produire sur la piste une dernière fois. Il est mort en faisant ce qu'il aimait le plus au monde. Sans toi, il n'aurait pas pu être le Grand Reidar encore une fois. Il le savait. Et les autres aussi. Personne ne te tient pour responsable de sa mort.

– Ça me fait du bien de l'entendre, dit Lise en essuyant ses larmes avec la manche pailletée de sa veste. Merci de te… soucier de moi, ajouta-t-elle après un long silence.

– C'est comme ça entre nous, les gens du cirque. On se soucie les uns des autres, expliqua Diana en souriant. Tiens, une nouvelle lettre de Hilmar.

Elle tira une enveloppe de sa poche, puis quitta l'enclos. Lise sortit la feuille et la montra à Lucille.

– T'es prête ? demanda-t-elle en lissant la lettre sur ses genoux.

Chère Lise,

Trois représentations ont eu lieu. Certaines personnes disent que toutes les bonnes choses vont par trois. À partir de maintenant, tout ira en s'améliorant. Je te le promets. Malheureusement je n'ai pas pu assister à ta troisième représentation, mais je peux te parler de ma propre expérience.

À ce moment-là, les artistes n'avaient pas encore confiance en moi. J'étais seulement un directeur de cirque qui ne venait pas de leur monde. Lors de la première représentation, j'ai fait de mon mieux pour qu'ils m'écoutent et qu'ils fassent ce que je leur demandais. J'ai essayé d'être autoritaire mais ça n'a pas fonctionné. Ils étaient têtus et ont protesté en sabotant le spectacle. Je suppose que tu as vécu la même chose. Pour la deuxième représentation, j'ai essayé d'être ami avec eux. Je leur ai fait des sveler *et je les ai réunis pour leur dire de ne pas me considérer comme un patron. Je leur ai dit que le cirque était à nous, pas seulement à moi, que nous étions tous les chefs et devions travailler main dans la main. Et ça, ils l'ont très bien compris. Ils l'ont même pris au pied de la lettre. Le clown a décidé de prendre trois semaines de vacances, et la funambule s'est octroyé une augmentation de salaire conséquente. Pendant le spectacle, l'orchestre ne jouait que ce qu'il aimait. Et je peux te dire que le jazz n'est pas la meilleure musique pour créer une bonne ambiance sur la piste. Ils ont profité de la liberté que je leur donnais pour prendre des libertés personnelles, ce qui a bien compliqué les choses.*

Avant la troisième représentation, je ne savais pas quoi faire. Ils ne me voyaient plus comme leur directeur, même si c'était moi le propriétaire du cirque et que c'était moi qui portais le costume et le chapeau. Lorsque nous avons monté le chapiteau à la lisière d'une petite

ville dans le sud de la Suède, j'envisageais même de renoncer, de tout vendre et de faire autre chose. Et puis, le lendemain matin, la police est arrivée. Il y avait eu un cambriolage dans une ferme des environs et des objets de valeur avaient été volés. D'après la police, c'était forcément nous les coupables. Nous, les artistes d'un cirque itinérant. Cette accusation m'a rendu fou de rage. Devant tout le monde, j'ai dit très clairement ce que je pensais de ce genre de préjugés. Mais la police n'en a absolument pas tenu compte. Elle avait déjà décidé que le coupable était l'un d'entre nous et qu'il fallait arrêter quelqu'un. Elle a choisi un jeune acrobate du nom de Julian Lucio et a voulu l'embarquer. Je leur ai barré la route en disant que, s'ils devaient arrêter quelqu'un, ce serait moi. Et c'est ce qu'ils ont fait. J'ai passé trois jours dans une cellule humide au sous-sol du commissariat. Mais comme ils n'avaient aucune preuve contre moi, ils ont été obligés de me relâcher. Quand je suis revenu au cirque, tous les artistes m'attendaient sur la piste. À partir de ce jour-là, je suis vraiment devenu leur directeur. Ce que cet événement m'a appris, c'est que le seul moyen d'acquérir la confiance des autres, c'est de les faire passer avant soi. Cela prouve que ce qu'on fait c'est pour leur bien. Et j'espère que tu veux leur bien, Lise. J'espère aussi que Lucille est en forme. Embrasse-la pour moi.
Amicalement,

Ton oncle Hilmar.

Lucille tourna la tête vers Lise et s'approcha d'elle. La jeune femme replia la lettre, se leva et enlaça sa trompe.

– De la part de Hilmar, dit-elle.

En faisant un pas en arrière, elle vit son propre reflet dans les yeux marron sombre de Lucille, et ajouta :

– ... et de moi.

53

Un biscuit coincé entre les dents et son portable à l'oreille, Lise ouvrit la fenêtre à côté de son lit. Elle sentit la brise matinale lui caresser le visage. Le soleil tapait contre les cloisons depuis déjà une bonne heure, transformant la caravane en un four. Dehors, la troupe avait commencé à se réveiller. Wolfgang et Dieter descendaient à la plage, une serviette sur l'épaule. Jacobi, plein d'espoir, était posté entre sa caravane et celle de Tatjana, avec son tapis de sol sous le bras et du yoga dans les yeux. Deux caravanes plus loin, Lise aperçut Adam derrière la fenêtre de sa caravane, une tasse à la main.

Elle posa son biscuit entamé sur la table et alla s'écrouler sur la banquette avec son portable.

– ... C'était l'acrobate le plus vieux du monde, Vanja. Il est mort sur son trampoline.

– Tu plaisantes, là ? C'est ça, l'humour des gens du cirque ? À moins que ce ne soit une métaphore pour dire autre chose ? Qu'il a fait son numéro vraiment très mal ?

– Non. Il est réellement mort.

– Mon Dieu. Mais qu'est-ce que tu vas faire ?

– Les funérailles ont lieu dans quelques semaines. Nous ne pouvons rien faire d'autre que de continuer notre tournée. On va bientôt commencer à démonter le chapiteau. Et grâce à Børge je serai directrice du cirque aussi à Vartdal.

– Børge ?

– Oui, hier soir il m'a sauvée. Il a acheté le nombre nécessaire de billets pour que le spectacle puisse avoir lieu. Personne n'avait jamais fait une chose pareille pour moi, ajouta-t-elle après une pause.

– Pour toi ? Je ne connais pas Børge, je ne l'ai rencontré qu'une fois à Oslo il y a quelques années, mais d'après ce que tu m'as raconté, ça ne semble pas être le genre de type à faire quelque chose pour les autres sans en tirer un certain profit lui-même.

– Si j'hérite du cirque, tout ce qu'il en retirera, ce sont des honoraires pour les négociations. Rien de plus. Comme tu le dis toi-même, tu ne le connais pas. Il me soutient et croit en moi depuis tant d'années et il a été...

– Il a été quoi ? C'est ton... Est-ce que vous êtes... Enfin, tu vois ce que je veux dire...

– Non, non, mon Dieu, Vanja. Il a toujours été comme un père pour moi. Et il aimerait que je reprenne la boîte. Il va bientôt se retirer des affaires.

– J'espère juste qu'il ne va pas te décevoir. Je ne crois pas que Børge sache ce que ça signifie d'être père.

– Tu ne le connais pas, donc oublie, OK ?

– OK. On en discutera une autre fois. Parlons plutôt d'amour. Comment ça se passe avec le clown ?

– Fillip ? s'écria Lise en levant les yeux au ciel. Je t'ai déjà dit une bonne centaine de fois que je ne suis à la recherche de personne.

– Non, mais c'est généralement quand on ne cherche pas qu'on trouve. Et peut-être qu'il cherche quelqu'un, lui…

– Garde ton énergie pour tes conseils de couple dans le journal, Vanja. Faut que j'y aille.

– OK, on se voit dans cinq jours. J'ai acheté mes billets et réservé une chambre d'hôtel à Volda pour Yngve et moi.

– D'ici là, c'est pas sûr que je sois encore directrice de cirque.

– Il le faudra bien. La chambre n'est pas remboursable. Au fait, qui va prendre le relais du gars du trampoline ?

– Quoi ?

– Il va bien falloir que quelqu'un le remplace, non ? Pour que la représentation puisse avoir lieu.

– Merde ! pesta Lise en serrant les dents. Je n'avais pas pensé à ça.

54

La première chose que fit Lise après avoir parlé avec Vanja fut d'envoyer un sms à Børge pour lui demander de l'aider également à Vartdal. Elle était certaine, écrivit-elle, que la vente de billets serait à nouveau désastreuse, surtout après le décès de Reidar. Et elle ajouta qu'elle le rembourserait une fois le cirque vendu. Après avoir attendu sa réponse pendant une bonne demi-heure, elle fut bien contrariée en lisant :

Une fois seulement, Lise. Tu vas y arriver toute seule. Tu vas trouver une solution, je le sais. On se voit à Vartdal.

Elle courait maintenant entre les caravanes, pensant avoir trouvé à la fois le moyen de remplacer Reidar et celui de vendre suffisamment de billets. D'une pierre deux coups, donc. Mais il fallait d'abord qu'elle s'assure de la pierre à lancer. Autour d'elle, on chargeait le matériel sur les remorques. La grande toile avait été retirée et la majeure partie du squelette du chapiteau se trouvait sur le semi-remorque avec les gradins. Elle passa la tête par la porte arrière d'un camion garé au bord du terrain de foot.

– T'es là ?

Pas de réponse.

– Ta caravane était vide, alors je me suis dit que tu devais être ici.

Quelques secondes s'écoulèrent sans qu'il se passe rien.

– Tire-toi, lui cria soudain Adam.

– Je voudrais juste te parler un peu, dit Lise en devinant la silhouette du canon dans le noir.

Après s'être habituée à l'obscurité, elle distingua Adam, son casque sur la tête, qui dépassait de la bouche de l'engin. Les poches sous ses yeux indiquaient qu'il venait de se réveiller.

– Tu as… Tu dors dans ton canon ?

– Fous-moi la paix et tire-toi.

– Écoute, tu peux dormir exactement où tu veux. Moi, je m'en fous. Dormir dans un canon n'est pas… très étrange. Parce que je sais pourquoi tu le fais.

– Fous-moi le camp !

– Tu es un vrai artiste de cirque. *Old school.* Qui vit pour son art. Parce que c'est tout ce qui compte pour toi. Et ça, je le respecte.

– Je te dis de me foutre la paix !

– Je ne pense pas que tu veuilles avoir la paix. Tu n'es pas fait pour ça. Je pense plutôt que tu vis pour être sur scène. Voir le public retenir son souffle pendant le compte à rebours, entendre les applaudissements résonner sous le chapiteau quand tu es propulsé en l'air et que tu retombes sur le... matelas ? C'est bien un matelas ? Enfin, peu importe. Ce qui compte, c'est que tu reviennes sur la piste. Parce que je sais que ça te manque. Sinon tu ne passerais pas autant de temps... dans ton canon.

– Toi, tu sais ce que je ressens, c'est ça ? Tu sais ce que c'est que de faire un vol de vingt mètres et de s'écraser sur un sol dur ? dit-il en sortant la tête un peu plus et en se mettant de profil pour montrer son nez tordu et bosselé. Avant, j'avais le nez d'un dieu grec.

– Ça se répare. Je connais un chirurgien spécialisé en rhinoplastie à Oslo, ce n'est pas un problème. Ça coûte un peu cher, mais si tu en as envie...

Adam sortit son corps un peu plus et montra ses côtes du doigt.

– Six côtes cassées, le coccyx fêlé, des vertèbres déplacées, une fracture à la cheville et une autre au poignet. Sans compter la douleur... La seule chose qui n'a pas été touchée, c'est la tête, dit-il en tapotant son casque. Mais c'est en fait là que la blessure est la plus profonde.

– Heureusement, c'est ce qu'il y a de plus simple à guérir, répondit Lise avec enthousiasme.

– De plus simple ? Non, je ne crois pas. Hilmar a essayé.

– Qu'est-ce qu'il a fait ?

– Chaque matin, il venait dans ma caravane me raconter toutes les fois où il m'avait vu sur la piste. Chaque matin, il passait en revue une de mes performances. Il parlait de la précision de mon numéro. Il décrivait en détail ce qu'il avait vu et ressenti. La façon dont le public avait applaudi. Et il me disait que bientôt mon nom serait à nouveau en haut de l'affiche. Mais que je devais prendre mon temps, le temps qu'il fallait.

– Très bien. Alors je sais pourquoi il a échoué.

– Comment ça ?

– Il te parlait seulement des fois où ça se passait bien. Au lieu d'évoquer la fois où ça s'est mal passé et d'essayer de comprendre la cause de cet accident.

– Je sais ce qui s'est passé.

– Quoi ?

– Le canon n'a pas fonctionné comme il aurait dû. J'avais pourtant tout vérifié avant le spectacle. Comme chaque fois. J'avais fait un test en insérant un gros sac de mon poids et de ma taille dans le canon. Il a atteint sa cible. Comme toujours. Mais pendant la représentation, quelque chose a déraillé. Lorsque je suis revenu de l'hôpital, j'ai refait un test avec le sac qui, à nouveau, a atteint sa cible. Depuis, je refais régulièrement ce test avec le sac, mais jamais avec moi. Parce que je ne sais toujours pas si le problème venait de moi ou du canon.

– Comment il aurait pu venir de toi ?

– Être homme-canon, ce n'est pas simplement se mettre dans la bouche d'un canon et se faire propulser. Ça, tout le monde en est capable. Il s'agit de contrôler son corps. La moindre défaillance d'un genou, par exemple, peut avoir des conséquences dramatiques lors de l'atterrissage… Maintenant ça fait si longtemps que je n'ai pas fait mon numéro que je crains de ne plus jamais pouvoir recommencer. Ce serait sans doute mieux que j'abandonne. Que je vende mon canon et que je retourne en Angleterre.

– Oui, dit Lise en le regardant dans les yeux. C'est vrai, tu peux faire ça. Tu peux rentrer en Angleterre, boire du thé et...

– J'aime pas le thé. C'est juste de l'eau chaude colorée.

– Tu peux rentrer en Angleterre, répéta Lise en prenant une profonde inspiration, mais si tu le fais, tu le regretteras toute ta vie. Si tu ne te produis pas à nouveau sur une scène devant un public, ça te tourmentera jusqu'à ta mort. Réfléchis bien à ce que je viens de te dire.

– Je préférais ce que me disait Hilmar.

– Réfléchis-y quand même. Je pense que ça te mine déjà assez. Si tu avais réellement envisagé d'abandonner et de rentrer chez toi, tu ne dormirais pas dans ton canon. Il est grand temps de recommencer à faire marcher le canon, Adam. Par exemple à Vartdal dans deux jours...

Elle fit quelques pas, puis elle se retourna et le regarda droit dans les yeux.

– Est-ce que quelqu'un aurait pu trafiquer ton canon ?

– Quoi ?

– Tu étais une grande star. Les autres artistes ont pu être jaloux de toi. Ça n'aurait rien eu d'étrange. Tu te rappelles quel nom s'est retrouvé en haut de l'affiche après ton accident ? Quelqu'un a peut-être tout simplement saboté ton numéro.

Elle le vit froncer les sourcils.

55

– Vas-y, dis-le !

Une grosse pluie venant de la mer avait balayé Giske et retardé le démontage. Les essuie-glaces de la voiture de Lise travaillaient dur pour lui permettre de voir la route étroite sur laquelle elle roulait. Diana, sur le siège passager, la regardait du coin de l'œil. Elle avait insisté pour venir avec Lise, mais depuis qu'elles étaient descendues du ferry à Festøya, elles n'avaient pas échangé un mot. Diana lui avait juste demandé de prendre la E39 à la sortie d'Ålesund.

– Dire quoi ?

– Il doit bien y avoir quelque chose puisque tu n'as pas ouvert la bouche de tout le voyage. C'est Reidar ? Je sais très bien que tu penses que c'est ma faute s'il est mort.

– Non, répondit Diana en suivant du regard quelques vaches qui broutaient paresseusement dans un champ. Je pense à Adam. Il a ressorti son sac et dit qu'il ferait un test dès notre arrivée.

– Ne t'inquiète pas, ça va bien se passer.

– Je ne crois pas qu'il soit prêt à faire son numéro.

– C'est là qu'est le problème. Si personne ne pense qu'il soit prêt, il ne le croira jamais lui-même.

– Les gens adorent ça.

– Quoi ?

– Le danger. La possibilité que quelque chose se passe mal, précisa Diana en regardant le fjord sombre sur lequel le vent soufflait en rafales. C'est bien pour cette raison qu'Adam a été en haut de l'affiche pendant toutes ces années. Et tu veux te servir de ça pour vendre des billets, n'est-ce pas ? Tu vas utiliser son accident pour faire de la pub : « L'homme-canon autrefois victime d'un grave accident. Va-t-il s'en sortir cette fois-ci ? » Ou un truc comme ça.

– Adam est un artiste professionnel qui sait très bien...

– S'il se blesse, tu seras tenue pour responsable, l'interrompit Diana. Mais tu peux aussi l'arrêter, refuser qu'il se produise.

– Non, malheureusement, je ne peux pas. Il est effectivement ma seule chance de vendre suffisamment de billets. Pour rendre le spectacle possible. Tu le sais très bien, Diana. S'il ne se produit pas, c'est terminé pour moi. Je ne comprends pas pourquoi Hilmar a décidé d'installer le chapiteau dans ce bled paumé, dit Lise lorsqu'elles passèrent devant le panneau « Vartdal ». Il n'y a pas un chat ici.

– Il y a beaucoup de choses que tu ne sais pas, répondit Diana en montrant du doigt un chemin de terre sur la gauche. Sors ici.

– Mais les autres… protesta Lise en voyant les poids lourds et les caravanes du cirque continuer tout droit.

– Fais ce que je te dis.

Elle ralentit et prit le chemin de terre. L'herbe frottait contre le châssis de la voiture. Après une montée, elles arrivèrent devant une ferme dont la cour était envahie de végétation. Le toit s'était effondré là où l'humidité avait abîmé les poutres. La plupart des vitres étaient cassées et les plaques de peinture qui restaient encore sur les murs s'écaillaient. Lise tourna la tête et vit les ruines d'une grange de l'autre côté.

– Qu'est-ce qu'on fait ici ? Un safari de fermes délabrées ?

– C'est de là que vient ton nom. La ferme Gundersen. Ton père a vécu ici avec Hilmar. C'est pour ça que Hilmar tenait à ce que le cirque s'arrête à Vartdal.

– Mon père ne m'a jamais parlé de son village natal, dit Lise en frissonnant. Il m'a juste dit qu'il venait d'un petit coin dans le Sunnmøre.

– Et il y a une raison à ça. Hilmar m'a beaucoup parlé de son enfance ici. Des années heureuses, sans problèmes… jusqu'à ce que la tragédie frappe.

– Écoute, je ne suis pas intéressée par…

– Hilmar voulait que je t'emmène ici et que je te raconte l'histoire de ta famille. Viens.

Diana sortit de la voiture, traversa la cour et se mit à marcher en direction d'une vallée étroite située à quelques centaines de mètres de là.

Lise resta un petit moment assise dans la voiture en signe de protestation, puis se décida à rejoindre Diana.

– T'es sérieuse ? Mais il pleut à verse ! Et toi, tu veux m'emmener faire un pèlerinage ?
– Tu n'es pas en sucre ! Allez, suis-moi.

Elles remontèrent la vallée en longeant un petit ruisseau et se trouvèrent, au bout de vingt minutes de marche, devant un lac. Diana s'arrêta sur la rive, se pencha et toucha la surface de l'eau avec son index.
– C'est là que tout a basculé pour Hilmar et ton père.
– Génial. Merci beaucoup pour cette belle promenade. Toute cette boue est parfaite pour mes nouvelles chaussures, dit Lise en rassemblant ses cheveux afin de les essorer. Et quel beau lac. On retourne à la voiture maintenant ?
– Alors qu'il avait neuf ans, Hilmar a voulu traverser le lac gelé, mais la glace s'est fissurée sous lui. Ton grand-père a réussi à le sauver, mais la glace a cédé sous son poids et il s'est noyé. Ta grand-mère n'a pas supporté le décès de son mari et, peu de temps après, elle s'est suicidée. Les deux frères ont été séparés l'un de l'autre. Ton père a grandi dans une famille d'accueil très bienveillante dans l'Østland. Hilmar, lui, a grandi dans un orphelinat à Hareid où il recevait beaucoup de coups et peu d'amour. Il est devenu un adolescent agité et destructeur. Pour essayer de se libérer de ses démons, il a décidé d'apprendre le métier de pêcheur sur un chalutier, comme de nombreux jeunes de la région. Il posait des filets au large du Groenland et menait une vie très dure pour un adolescent de quatorze ans. Puis il a embarqué sur un cargo et il a navigué dans le monde

entier. Il s'est arrêté en Australie où il a travaillé comme docker pendant quelques années. Mais il n'avait toujours pas trouvé la paix intérieure qu'il recherchait. Son caractère instable l'a ensuite emmené aux États-Unis où il est resté encore quelques années, avant de retourner en Norvège, le cœur sombre et l'âme brisée. J'ai rencontré Hilmar pour la première fois à Hamar. À ce moment-là, il vivait chez ton père et ta mère. C'était peu de temps avant que tu naisses. Hilmar noyait son désespoir dans l'alcool. Puis quelque chose s'est passé entre lui et ton père, quelque chose qui est à l'origine de leur nouvelle séparation. Ils ne se sont plus jamais revus, dit Diana en marquant une légère pause. Hilmar a obtenu un emploi dans le cirque où je travaillais à l'époque. La mélancolie qu'il avait en lui s'était alors transformée en tristesse et en remords à la suite du conflit avec ton père. Mais il souffrait aussi d'un sentiment d'injustice. Il n'a jamais voulu me dire ce qui s'était passé entre lui et son frère. Je lui ai pourtant posé la question à plusieurs reprises. Le temps a passé et la vie de cirque a progressivement chassé sa noirceur et…

– Ne me le dis pas, laisse-moi deviner. Moi aussi, je dois laisser la vie de cirque chasser la noirceur en moi, c'est ça ? Et embrasser une nouvelle vie entourée de l'amour du cirque, *Kum ba yah* et tout le tralala ? ironisa Lise en regardant Diana. Je n'en suis pas encore là, pour le dire simplement. Et surtout, je n'ai pas de noirceur en moi. Merci pour cette séquence émotion, mais on va s'arrêter là et retourner à la voiture. J'ai un Anglais à faire propulser par la bouche d'un canon.

– Au moins maintenant tu sais d'où vient ton nom. Et aussi d'où viennent Hilmar et ton père, conclut-elle, puis elle montra du doigt un village au bout de la vallée et la silhouette d'une petite église qui se détachait sur l'horizon. C'est là que ton grand-père est enterré. Au pied d'un bouleau dans l'angle droit du petit cimetière. Hilmar voulait que tu ailles voir et...

– Hilmar voulait apparemment beaucoup de trucs bizarres. Mais on ne peut pas toujours avoir ce qu'on veut dans la vie.

– Hilmar voulait juste ce qu'il y a de mieux pour toi.

Lise faillit ouvrir la bouche pour répondre, mais serra les dents et partit en direction de la voiture.

56

L'après-midi avait progressivement laissé place à une douce et belle soirée. La pluie s'était arrêtée au moment où on avait commencé à installer le cirque sur le terrain du stade de Vartdal. Entre deux montagnes escarpées, une rivière serpentait dans la vallée, passant devant le champ à l'herbe vert tendre où trônerait bientôt le chapiteau. Depuis les jardins et les vérandas des maisons en bois situées au pied de la montagne, les habitants suivaient l'avancée du travail. Les mâts étaient dressés à l'aide de treuils et les monteurs préparaient la coupole qui allait coiffer le chapiteau. Les camions et les caravanes avaient repris leur place habituelle derrière le cirque où quelques-uns des artistes étaient en train de vérifier leur matériel. Assise dans l'enclos de Lucille, Lise regardait, elle aussi, ces gens s'affairer.

– On dirait une fourmilière, tu ne trouves pas, Lucille ? Une fourmilière remplie de fourmis très énervées. Et dont je serais la reine. Elles ont toutes leur fonction et leur mission, sauf une, dit-elle en jetant un œil vers la caravane d'Adam. Mais demain soir, ça va changer. Il deviendra la star des fourmis. En tout cas, il faut l'espérer.

Elle caressa la trompe de Lucille avant de quitter l'enclos pour se diriger vers la caravane d'Adam.

Après avoir frappé à sa porte sans obtenir de réponse, elle leva la tête vers la petite fenêtre de sa cuisine.

– Adam ? Tu es là ?

La caravane bougea, la porte s'ouvrit et Adam apparut sur le seuil.

– Entre.

Elle fut surprise par ce qu'elle découvrit. Il régnait un ordre impeccable à l'intérieur. Les livres étaient rangés par taille sur l'étagère au-dessus de la banquette, le plan de travail de la cuisine étincelait de propreté et le lit était soigneusement fait. Jamais elle n'aurait pu imaginer qu'un homme-canon qui avait perdu goût à la vie puisse être aussi organisé. Elle se serait plutôt attendue à voir traîner des bouteilles d'alcool vides sur le sol.

– En tout cas, tu sembles prêt.

– Oui, demain c'est le grand jour, répondit-il en acquiesçant d'un signe de tête tout en repositionnant son casque.

– Tu es sûr ? demanda-t-elle, percevant un léger tremblement dans sa voix. Tu devrais peut-être t'entraîner encore un peu. Ça ne serait pas une bonne idée ? De faire quelques derniers petits tests ?

– Non.

– Ça fait quand même longtemps que tu n'as pas… Ce serait bien, non ?

– Non merci.

– Si tu veux, on peut disposer tous nos matelas sur la piste, et je peux aussi en emprunter au lycée d'à côté, pour que tu...

– Emprunter quoi ? lui dit-il en la regardant comme si elle était folle.

– Oui... des gros tapis de sol. Tu sais ces matelas qu'on utilise généralement en sport au lycée. On peut aussi installer le filet de sécurité de Tatjana. Comme ça tu t'entraînes en toute tranquillité, afin que ton corps reprenne ses marques et réagisse comme il faut.

– Ce ne sera pas nécessaire. Je verrai ça à la représentation. Si je réussis, je suis de retour. Si j'échoue, j'en ai fini avec le cirque.

– Oui, mais tu sembles un peu... dit-elle en voyant que son regard était fuyant et sa voix légèrement instable. Tu es sûr ? Tu es vraiment sûr de vouloir le faire ?

– Oui, répondit-il d'un ton plus ferme avant de replacer encore une fois son casque sur sa tête. Demain soir, Adam von Munchausen remonte sur la piste.

– Génial. Si tu es prêt, je vais m'assurer que le monde entier le sache. Enfin, au moins les habitants de Vartdal et ses environs. Et aussi les trois cents abonnés sur le Facebook du Cirque Fandango.

– Je suis prêt.

57

L'UNIQUE HOMME-CANON D'EUROPE,
ADAM VON MUNCHAUSEN,
REMONTE SUR LA PISTE POUR LA PREMIÈRE FOIS
DEPUIS SON TERRIBLE ACCIDENT.
PREMIÈRE MONDIALE À VARTDAL !

Lise avait écrit le texte en grosses lettres au marqueur noir sur une bande autocollante blanche et avait placé celle-ci en haut de chaque affiche qu'elle collerait dans les rues de la ville. Lorsque Fillip l'avait vue porter les affiches jusqu'à sa voiture, il s'était mis en colère, l'accusant de vouloir exploiter Adam en le mettant en danger. Elle avait insinué qu'il était vexé parce qu'il savait que ça signifierait une augmentation conséquente de la vente de billets.

À présent, elle se trouvait devant un lampadaire dans une petite rue où quelques maisons éparses étaient baignées d'un doux soleil de fin de journée. Les arbres fruitiers dans les jardins ployaient sous le poids de pommes et de poires pas encore mûres, et les groseilliers étaient recouverts d'un filet de protection afin d'éloigner les petits oiseaux amateurs de baies sucrées.

Le ruban adhésif à la main, elle scotcha la dernière affiche avant de retourner à sa voiture et de se remettre en route. Après avoir tourné à droite, elle aperçut la petite église de Vartdal un peu plus loin, de l'autre côté de la rue. Elle détourna le regard mais une force irrésistible l'attira à nouveau vers l'église. *Non*, se dit-elle en secouant la tête, *n'y pense même pas, Diana*. Elle s'apprêtait à passer son chemin mais freina au dernier moment d'un coup sec.

– Bon, OK, finissons-en.

Elle se gara dans le parking vide et descendit. Au pied de l'église, elle aperçut quelques pierres tombales sur une pelouse vallonnée qui venait visiblement d'être tondue. Elle les contourna et avança sur le gazon tout en regardant autour d'elle. Un peu plus loin dans un coin, elle aperçut le vieux bouleau dont lui avait parlé Diana. Sous l'arbre, elle découvrit une petite plaque noire. Elle s'en approcha et lut l'inscription en lettres dorées :

ICI REPOSENT
LEIF ET MINDA GUNDERSEN
QUE LA PAIX SOIT AVEC VOUS
VOUS RESTEREZ À JAMAIS DANS NOS CŒURS

Une corneille se tenait en équilibre sur la clôture du cimetière. Lise la regarda en haussant les épaules.

– T'en penses quoi, mère Corneille ? Pourquoi Hilmar voulait-il que je vienne voir la tombe de Leif et Minda ?

Je ne les connaissais même pas. Mon père m'a à peine parlé d'eux. Il m'a juste dit qu'ils étaient morts quand il était petit. Et il ne m'a jamais expliqué ce qui leur était arrivé.

Elle s'approcha encore de la tombe afin d'enlever quelques feuilles mortes.

– Après tout, ce n'est qu'une pierre. Avec des os en dessous. Je préfère me souvenir de mon père d'une autre façon, dit-elle en sentant soudain l'émotion monter en elle. Je suis allée seulement deux fois sur sa tombe à Kirkenes, mais... De toute façon, son âme ne se trouve pas au cimetière. Elle est dans la maison qu'il a construite. Et aussi dans son jardin qu'il aimait tant et où il luttait farouchement contre les saisons. Il n'existe pas au monde un cassissier aussi choyé que celui qu'il a planté. Quand mon père est mort, son cassissier a...

Elle éclata en sanglots, surprise par la violence de sa réaction.

– Ça fait si longtemps que je n'ai pas pensé à lui. Je ne sais pas pourquoi mais petit à petit il s'est éloigné de moi... reprit-elle avant de s'arrêter à nouveau et de lever son doigt vers la corneille en souriant, les joues encore baignées de larmes. Ah mais oui, bien sûr ! C'est pour ça que Hilmar voulait que je vienne ici. Il voulait que je pense à ma famille. Il voulait me faire pleurer pour que j'entre en contact avec mes sentiments. Un genre de thérapie hippie, comme aurait dit Børge. Était-ce pour que mes émotions se reportent sur le cirque ? C'était ça son plan ? Que je considère le cirque comme ma famille ? Comme il le faisait, lui ?

La corneille pencha la tête sur le côté comme pour dire : « Ne m'implique pas là-dedans. »

– Si c'est ça, je suis le mouton le plus noir qui soit, n'est-ce pas ? dit-elle en séchant ses larmes. Moi qui veux vendre la maison et briser la famille. Bon, je n'ai pas le temps de bavarder avec toi plus longtemps. J'ai des affiches à coller.

Elle fit un petit signe de la main à la corneille et s'en alla.

58

Fillip était assis sur un rocher recouvert de mousse, à flanc de montagne, au-dessus de Vartdal. Un peu plus bas trônait le chapiteau dans la lueur dorée du soleil de fin de journée, mais il avait les yeux tournés vers la surface lisse et étincelante du fjord. Des oiseaux plongeaient pour attraper des poissons et faisaient des ronds dans l'eau qui s'agrandissaient jusqu'à pouvoir contenir le cirque tout entier avant de s'effacer progressivement. Fillip se tourna vers Miranda, assise sur un rocher un peu plus loin.

– Je ne sais pas ce que tu veux que je te dise, Miranda.

– Dis-moi juste pendant combien de temps encore tu comptes me punir.

– Te punir ?

– Tu sais très bien ce que je veux dire.

– Je ne te punis pas, c'est... difficile pour moi.

– Qu'est-ce qui est si difficile ? Je suis revenue, Fillip. Je t'ai choisi.

– Mais tu avais choisi un autre homme, dit-il en regardant à nouveau le fjord. Et quand tu as regretté ton choix, tu es revenue vers moi. Tu t'attendais à ce que je t'accueille les bras ouverts ? À ce que tout soit oublié ?

Miranda ouvrit la bouche pour répondre, mais Fillip fut plus rapide qu'elle :

– C'est compliqué pour moi d'oublier que tu as rompu nos fiançailles quatre semaines avant notre mariage et que tu as disparu du jour au lendemain. Sans préavis.

– Je t'ai déjà expliqué que j'ai eu peur, dit-elle en baissant les yeux vers la bruyère qui poussait sur la roche. Le mariage de mes parents a été un désastre et j'ai eu peur qu'il nous arrive la même chose. J'ai agi avec lâcheté. J'ai fui. C'était une grosse erreur. Il n'y a pas un jour où je ne l'ai pas regretté. Je t'aime, Fillip. Et je veux que tout redevienne comme avant.

Elle se leva pour l'embrasser, mais il détourna la tête.

– Je ne sais pas si ça pourra redevenir comme avant.

– C'est à cause d'elle, c'est ça ? De Lise ?

– Quoi ?

– Tu es amoureux d'elle.

– Qu'est-ce que tu racontes ? Je ne suis pas amoureux de Lise.

– Écoute-moi bien, Fillip, dit-elle en le regardant droit dans les yeux. Fais attention, elle va te trahir.

59

– En fait, ce n'est peut-être pas une bonne idée que vous veniez, dit Lise.

Elle était assise sur la banquette dans la caravane de Hilmar. Le rectangle lumineux de son portable, en mode haut-parleur, était posé sur la table. La lampe au-dessus d'elle était éteinte.

Sur l'écran, le profil de Børge adressait un sourire sévère au plafond sombre.

– Je ne peux pas annuler maintenant, Lise. C'est trop tard. Si j'appelle Mogens il va… Je ne veux même pas y penser. Ce gars est imprévisible. Les billets d'avion sont réservés et je dois passer le prendre demain matin. Il m'envoie des sms toutes les cinq minutes. De tout petits textes, genre haïkus, sur le cirque, la vie, la mort, Dieu… Il va péter les plombs s'il ne peut pas voir le spectacle demain soir. Et il annulera probablement l'offre d'achat. Ou encore pire. Je ne sais pas ce qui peut lui passer par la tête. Il souffre d'une violence pulsionnelle qu'il ne contrôle pas. L'année dernière il a été arrêté à cause d'un désaccord avec un galeriste sur l'emplacement d'une de ses installations. Il a recouvert le pauvre type de sirop et l'a traîné jusqu'à la forêt. Il a heureusement été arrêté avant d'avoir trouvé une fourmilière. Moi, je déteste les fourmis, Lise, OK ?

– Les choses ont un peu changé, et je crois que… j'ai un nouveau plan, dit-elle l'air pensif, en repoussant le rideau de la fenêtre pour regarder la caravane de Fillip.

– Un nouveau plan ?

– Oui.

– J'adore. La *killeuse* Lise Gundersen. Toujours un plan B, comme je te l'ai appris. N'empêche qu'on sera là demain, à 11 heures. Comme ça, tu auras le temps de me parler de ton nouveau plan. Mogens fait de la méditation tous les jours à midi. Enfin, il n'appelle pas ça de la méditation, mais de la synchronisation. En gros, ça a un rapport avec l'énergie et la métaphysique. Et avec les toxines… de l'âme, je crois. Il dit beaucoup de trucs très étranges. On se voit demain !

Elle resta un moment dans l'obscurité à regarder la caravane de Fillip. Elle voyait sa silhouette se découper sur ses rideaux fermés, comme une ombre chinoise. Finalement elle se leva, enfila une paire de sandales, s'avança vers la porte et posa sa main sur la poignée avant de s'immobiliser. Puis elle inspira profondément et l'abaissa.

La nuit était silencieuse lorsqu'elle traversa la petite place bordée de caravanes. Elle s'arrêta devant celle de Fillip et s'apprêta à frapper à la porte, mais se ravisa et fit demi-tour. Après avoir fait quelques pas, elle entendit la porte grincer derrière elle.

– Il est presque 1 heure du matin.

Elle s'arrêta, se retourna et vit Fillip dans l'embrasure vêtu d'un pantalon de pyjama et d'un T-shirt.

– Oui, je… je n'arrive pas à dormir. Il y a quelque chose dont j'aimerais te parler, et… Non, oublie, ce n'était rien.

– Moi non plus je n'arrive pas à dormir. Entre et dis-moi ce que tu avais l'intention de me dire.

Sur la table était posé un livre ouvert. Lise s'assit sur la banquette tout en regardant la couverture.

– Kipling ?

– Oui, dit-il en s'installant en face d'elle.

– *L'homme qui voulut être roi.* Tu fais des recherches ? Pour savoir comment se débarrasser des gens qui se pointent comme ça et qui veulent jouer à Dieu ?

– Tu es venue me voir pour me parler de livres ?

– Non. Je suis venue parce que… Je ne sais pas bien comment le dire sans que ça sonne… faux.

– Essaie.

– OK.

Elle prit une profonde inspiration le regard rivé sur la table.

– Depuis le jour où je suis arrivée au cirque à Valldal… il s'est passé beaucoup de choses. J'ai rencontré plein de gens… et j'ai fait la connaissance de Diana. C'est quelqu'un d'unique. Elle ne ressemble à personne. Comme vous tous ici, d'ailleurs. Elle est… particulière. Elle a une foi implacable en l'être humain. Presque une philosophie à la Disney, quoi. Elle pense que nous avons tous de la bonté en nous. De la compassion.

Lise leva les yeux vers Fillip.

– La capacité à placer les autres avant nous-mêmes. Comme Hilmar. J'ai passé ces dix dernières années à essayer de me débarrasser de certaines émotions qui m'encombraient. Pour être capable de faire mon boulot le mieux possible. J'ai vécu dans une bulle où il n'existait que moi et mon compte en banque. Et aussi Børge et l'entreprise. J'ai fait tout ce que j'ai pu pour m'assurer que cette bulle n'éclate pas. J'ai fermé la porte à toutes les émotions inappropriées dans mon travail. À la mauvaise conscience, par exemple, poursuivit-elle d'une voix légèrement tremblante, envers tous ces gens qui étaient directement touchés par les décisions que je prenais… Ce que j'essaie de te dire, c'est que je pense que le cirque a fait craquer cette bulle.

– Et paf, tu es devenue une nouvelle et meilleure personne ? Prête à sauver le monde et le cirque ? dit-il avant de se lever et d'aller se mettre en appui contre le bord de la paillasse de la cuisine. Tu t'attends à ce que je te croie ?

– Non, je…

Elle se leva, prête à partir mais, arrivée à la porte, elle se retourna et s'avança vers lui.

– Je ne sais plus quoi penser moi-même. Toujours est-il qu'il faut que je fasse quelque chose de ma vie. Avant qu'il ne soit trop tard.

Elle s'en alla sans remarquer Miranda qui sortait de la caravane voisine et qui s'immobilisa en voyant Fillip suivre Lise des yeux depuis le seuil de sa porte.

60

– Un chef-d'œuvre ! s'exclama Mogens Arafat Nilsen en observant Lucille de près dans son enclos. Aucun artiste n'est capable d'une telle création. Seule la nature. Ou Dieu ! Ou l'Artiste Ultime ! Ou le Magicien !

Il se retourna et adressa un large sourire à Lise et Børge qui se tenaient un peu à distance.

– Vous avez déjà vu quelque chose d'aussi laid ? poursuivit-il.

Lucille renifla en signe de désapprobation lorsqu'il se tourna à nouveau vers elle et suivit ses contours avec l'index comme si c'était un pinceau.

– D'aussi ridé ? D'aussi poilu et gris ? Et cette trompe ! On dirait une saucisse racornie qui serait restée pendant des semaines, voire des mois, sur un gril avant que le docteur Frankenstein ne lui donne vie. C'est tout simplement magnifique.

Il essaya de lui caresser le ventre mais elle s'éloigna d'un pas lourd.

– Tout va bien, ma chérie, lui dit-il. On va s'entraider, toi et moi. On va être amis. *Mogens et l'éléphante.* On dirait le titre d'un livre pour enfants. Tu resteras dans mon jardin jusqu'à ce que ton grand jour arrive. J'ai déjà engagé un chef mexicain et invité deux cents personnes. Ça va être merveilleux.

– Vous voulez visiter le chapiteau ? demanda Lise en s'avançant vers Mogens.

– Oui, j'adorerais, dit-il avant de se tourner à nouveau vers Lucille. C'est toi et moi, baby !

Børge se joignit à eux.

– Voici... commença Lise sous le chapiteau.

– La piste ! la coupa Mogens en passant devant elle pour aller s'agenouiller au milieu, les bras levés vers le ciel.

Lise regarda Børge d'un air atterré.

– Complètement siphonné, chuchota Børge en réponse tout en hochant la tête. Mais riche comme Crésus...

– Qu'est-ce que c'est ? l'interrompit Mogens qui venait d'apercevoir le canon à l'autre bout de la piste.

– Un canon. Il appartient à Adam von Munchausen, l'unique homme-canon d'Europe du Nord.

– Un homme-canon, répéta Mogens d'une voix tremblante. Mais c'est...

Il se remit debout et monta lentement les quelques marches du petit escabeau vers la pièce d'artillerie.

– Un projectile de chair et de sang, de cœur et de cerveau, d'yeux ouverts et de veines pulsatiles...

Il se glissa, les pieds en premier, dans la bouche du canon.

– Et tout ça est propulsé dans...

Il ferma les yeux, un sourire béat aux lèvres.

– On contrôle tout jusqu'à la dernière seconde et puis BOUM ! On se mêle au néant, suspendu dans le vide entre l'action et la conséquence.

– Oui, c'est... bégaya Lise en cherchant le mot juste, assez... puissant. Voire dangereux...

– Non, l'interrompit Mogens en écarquillant les yeux, toujours un sourire aux lèvres. C'est un vol charter de trois secondes dans l'exaltation ultime. *All inclusive*, puis BOUM ! et on atterrit à nouveau dans la réalité. Dure et brutale. L'exaltation ultime ne peut être appréciée qu'avec un billet aller-retour. On ne peut rien apprécier tant qu'on ne l'a pas perdu. On dirait une chanson de Mariah Carey.

– Oui, c'est... (Lise se tourna vers Børge.) Bon, on poursuit la visite ? Et si on prenait un café dans ma caravane ? J'aimerais vous parler de quelque chose.

– Je reste ici, dit Mogens toujours les yeux fermés. Pour méditer. Laissez-moi tranquille avec mon canon.

– Complètement siphonné, je te dis, chuchota à nouveau Børge à Lise tout en haussant les épaules. Tu as bien une machine à cappuccinos ?

61

– Tu as changé d'avis ? Putain mais qu'est-ce que tu veux dire par là ? Merde, tu ne peux quand même pas changer d'avis simplement parce que…

La voix furieuse de Børge traversait les fines parois de la caravane de Hilmar. Quelques personnes à proximité s'arrêtèrent pour écouter.

Diana sortit la tête par sa fenêtre pour voir ce qui se passait. Jacobi, qui se trouvait le plus près de la caravane de Hilmar, faillit tomber à la renverse en voyant la porte s'ouvrir. Fillip, juste à côté de lui, avait les yeux fixés sur la caravane quand Lise en sortit précipitamment, suivie de près par Børge. Ils s'arrêtèrent sans se rendre compte de la présence des autres. Le visage de Børge était déformé par la colère.

– T'as complètement perdu la tête, Lise ? s'écria-t-il. Ou alors ils t'ont droguée…

– Non, l'interrompit-elle. Je crois que j'ai… fini par réaliser une chose.

– Ah oui ? Très bien, je suis tout ouïe ! Quelle révélation divine a bien pu court-circuiter ton cerveau ?

– Je ne sais pas, mais… quelque chose a changé. Peut-être que c'est moi, mais… Tout ce que je sais c'est que je ne peux pas continuer comme avant.

– Des conneries, Lise ! Tu n'as pas changé. Les gens comme nous restent comme ils sont. C'est inscrit dans notre ADN.

– Je n'étais pas comme ça avant de te rencontrer. Et les gens ici… dit-elle en se retournant et en croisant le regard de Diana. Je crois qu'ils m'ont rappelé qui j'étais. Ou plutôt qui je voulais être il y a des années. Aujourd'hui, quand je me regarde dans le miroir, je…

– Quand tu te regardes dans le miroir ? Merde, mais qu'est-ce que tu dis ? Miroir, mon beau miroir, dis-moi qui est la plus folle de ce pays ?!

– Je veux tout recommencer à zéro, Børge. D'une manière ou d'une autre.

– Attends, qu'est-ce que tu veux dire par « tout recommencer à zéro » ? Tu veux démissionner, c'est ça ? Tu veux envoyer balader tout ce que tu as construit, tout ce dont tu as rêvé pour… pour faire quoi ? Devenir directrice de cirque à plein temps ? Partir en tournée avec ces *freaks* et habiter dans une caravane toute pourrie ?

– Je ne sais pas ce que je vais faire. Mais je sais que je ne peux pas laisser Mogens acheter ce cirque pour le brûler.

– Attends… dit Fillip qui écoutait la conversation. Comment ça, le brûler ?

– Ce qu'elle veut dire, hurla Børge en pointant furieusement son doigt vers le chapiteau, c'est que le grand artiste Mogens Arafat Nilsen va mettre le feu à ce putain de bordel et diffuser la scène en direct sur Internet.

Terrifié, Fillip regarda Lise qui se tourna vers Børge.

– Ça ne se produira pas. C'est fini, Børge.

– Tu vas le regretter ! lui promit-il en braquant un index tremblant sur elle tout en reculant vers l'obscurité entre les caravanes. Écoute bien ce que je vais te dire. Dans quelques semaines, quand tu seras assise dans ta vieille caravane, épuisée par ta vie « d'artiste », je veux que tu te souviennes de tout ce que tu as abandonné. De tout ce que tu aurais pu avoir. Parce qu'il n'y a pas de retour possible, Lise. Mets-toi bien ça dans le crâne.

Lise le vit disparaître, puis elle retourna dans la caravane de Hilmar sans croiser le regard des autres.

62

Une heure après le départ de Børge, Lise entendit frapper à la porte de sa caravane. Elle se leva péniblement de la banquette pour aller ouvrir.

Sur le seuil se tenait Mogens, torse nu et dégoulinant de sueur. Ses cheveux blonds étaient trempés et une mèche sur son front avait pris la forme d'un point d'interrogation.

– Où est Noddy ?

– Qui ça ?

– Le gars de l'argent. Je n'arrive pas à le trouver.

– Tu parles de Børge ?

– Je préfère l'appeler Noddy, dit-il en faisant une grimace comme s'il avait avalé quelque chose de dégoûtant.

– Il est parti il y a un petit moment. Je crois qu'il est en route pour l'aéroport.

– Ah, OK, répondit-il le regard vide et les bras ballants.

– Oui, Børge… ou plutôt… Noddy est parti. Je peux t'appeler un taxi, si tu veux ?

– Ce que je veux n'a aucune importance.

– OK, mais…

– C'est en dehors de mon contrôle. La volonté est une tentative pitoyable créée par l'homme pour éviter le destin.

– Ah oui ? Donc… tu crois au destin ?

– Non.

– Très bien. Et maintenant… qu'est-ce que tu comptes faire ? Le cirque reprend la route demain.

– J'ai un rencard avec le néant, répondit Mogens avant de se retourner et de partir en direction du chapiteau.

Lise voulut le suivre, mais il disparut derrière un des camions et elle le perdit de vue.

Sur le chemin du chapiteau, elle passa devant Dieter et Wolfgang qui s'entraînaient entre l'enclos de Lucille et leur caravane. Jacobi et Tatjana, assis un peu plus loin sur la pelouse, regardaient les quilles voler dans les airs de l'un à l'autre. Quand ils l'aperçurent, Lise nota qu'il y avait quelque chose de nouveau dans leurs yeux. Comme une attente.

Elle entra par la porte arrière. Le chapiteau était vide, à part un petit moineau qui cherchait désespérément à sortir à l'air libre en se cognant contre la toile au-dessus de l'estrade de l'orchestre. Lise traversa la piste jusqu'à l'entrée principale, mais Mogens était introuvable.

Une fois dehors, elle resta un moment à regarder le paysage de l'autre côté de la route nationale. Un *færing*[1]

1. Bateau de pêche traditionnel scandinave en bois, à rames et parfois à voiles.

naviguait sur le fjord, son sillage formait un angle aigu à la surface lisse de l'eau. Au nord-est, elle aperçut la ferme d'où venait son père. Même de loin, on voyait que la toiture était en mauvais état. Les taches d'humidité étaient plus nombreuses que le nombre de champs alentour. Elle fixa des yeux la petite maison en cherchant à mettre de l'ordre dans ses sentiments, si toutefois elle en avait. Soudain, Diana surgit à côté d'elle et regarda dans la même direction.

– Les racines sont tenaces, dit-elle. Elles se propagent sous la terre, elles s'accrochent à elle et ne veulent plus s'en détacher. Il est difficile de les arracher. Leur rôle est de maintenir l'arbre et toutes ses branches, quelle que soit la force du vent. Même si l'arbre est abattu et les branches enlevées, les unes après les autres, les racines restent. Toujours aussi tenaces.

– Je ne connaissais pas cet endroit. Mes racines… se sont développées dans le Finnmark.

– Mais désormais tu le connais. C'est toujours mieux de savoir d'où l'on vient. Pour le meilleur et pour le pire. Qu'est-ce que tu comptes faire maintenant ? demanda Diana en se tournant vers Lise.

– Comment ça ?

– Tu as quitté ton boulot. Et tu as dit que tu pensais avoir changé. C'est vrai ? Tu as réellement changé ?

– Je ne sais pas. Je ne sais plus rien. Tout me semble si… chaotique. Ça m'est tombé dessus. Il faut que j'essaie de changer. Si quelqu'un m'avait dit il y a quelques semaines ce qui m'arriverait, je l'aurais traité de cinglé et je lui aurais dit d'aller se faire soigner. Mais, en fait, c'est peut-être moi qui suis cinglée. À moins que ce ne soit toi qui m'aies ensorcelée ?

– Quoi ?

– Sur la plage de Giske. Avec tes mains chaudes de sorcière ?

– Si j'avais ce don-là, dit Diana en riant et en regardant ses mains, je m'en servirais pour que Wolfgang arrête de faire cuire son chou tous les matins. Mais je ne l'aurais jamais utilisé sur toi. Le mieux, c'est de comprendre les choses par soi-même. C'est ce que ton oncle voulait que tu fasses. Pas nécessairement que tu choisisses de vivre dans un cirque comme lui. Il voulait te donner la possibilité de jeter un nouveau regard sur ta vie et de te demander s'il y a différentes façons de la vivre. De meilleures façons. Il voulait ce qu'il y a de mieux pour toi. Mais qu'est-ce qui est le mieux pour toi ? À toi de le découvrir.

– Oui.

– Et le cirque ? Il reste deux représentations. Tu vas aller jusqu'au bout ? Ou retourner à Oslo ?

– Je ne sais pas... répondit Lise en se tournant vers le chapiteau. Je suppose que je vais devoir m'inscrire comme demandeuse d'emploi. Tôt ou tard. Mais je vais peut-être d'abord terminer ce que j'ai commencé ici. Il faudrait sans doute que j'aie une discussion avec tout le monde à ce sujet, avant la représentation de ce soir.

– C'est une bonne idée.

– OK. Au fait, comment se passent les ventes ?

– Qu'Adam se produise ce soir a beaucoup aidé, dit Diana en jetant un œil vers la petite billetterie à côté de l'entrée où se tenaient deux villageois. Ce n'est pas complet mais nous avons vendu un peu plus du tiers des places.

– Super. Peux-tu prévenir les autres que j'aimerais les voir sur la piste avant de faire entrer le public ?

– Bien sûr.

– Merci, dit Lise en jetant encore une fois un œil vers la ferme.

63

Tout le monde était déjà regroupé sous le chapiteau lorsque Wolfgang traversa la piste pour essayer de se faire une place entre Tatjana et Jacobi. Certains artistes restaient debout, tandis que d'autres étaient assis sur le côté. Jacobi se tenait bien collé à Tatjana pour ne pas laisser passer Wolfgang. Les deux hommes se toisèrent durant un petit moment, dans un combat de coqs maladroit, tout en s'efforçant de ne rien laisser paraître. Finalement, Wolfgang céda et se mit de l'autre côté de Tatjana où se trouvait Miranda, qui leva les yeux au ciel en lui laissant une petite place. Il fit une grimace énervée en voyant le sourire triomphal de Jacobi.

– C'est quoi le but de cette réunion ? demanda Wolfgang à Tatjana.

– Je pense qu'elle va nous dire ce que je sais depuis le début : qu'elle veut ce qu'il y a de mieux pour nous, lui répondit Jacobi.

– Ce qu'il y a de mieux pour nous ? J'en doute, elle n'a pas exactement le...

– La voilà, les interrompit Tatjana en faisant un geste vers l'entrée.

Lise alla se placer au centre de la piste et regarda chacun des artistes, l'un après l'autre. Elle s'arrêta finalement sur Fillip.

– Je sais que vous vous demandez ce qui se passe. Certains d'entre vous ont assisté à ma dispute avec Børge devant ma caravane. Børge est mon patron à Oslo. Ou plutôt, il l'était. Et vous vous demandez probablement ce que j'ai l'intention de faire maintenant. C'est pour cette raison que je voulais vous voir. Pour vous expliquer ce que je lui ai dit, et aussi ce que j'ai dit à Diana. J'ai rencontré Børge à un moment compliqué de ma vie. C'était peu après un événement qui m'avait fait perdre confiance en l'humanité. Børge a réussi à me convaincre qu'il ne faut compter sur personne d'autre que soi-même et...

– Garde ça pour ta biographie. Personne ici ne te croit, la coupa Miranda en lançant un regard à Fillip pour s'assurer qu'il l'approuvait.

– Je comprends très bien que certains d'entre vous soient en colère. J'ai tout de suite été claire sur mes intentions pour ce cirque, mais aujourd'hui ça a changé. *J'ai* changé, dit-elle en voyant les visages sceptiques qui l'entouraient. Et je sais, bien sûr, que c'est difficile pour vous de me croire, vu que j'y crois à peine moi-même. J'ai quand même été cette autre personne pendant dix ans, et... je ne sais pas, c'est difficile à expliquer.

Fillip prit la parole :

– Alors, qu'est-ce que tu vas faire ? demanda-t-il. Rentrer à Oslo ?

– Oui. Même si là-bas il ne me reste plus que mon appartement. Il va falloir que je recommence tout à zéro, peut-être reprendre ce que j'avais entrepris avant que Børge n'apparaisse dans ma vie.

– C'était quoi ?

Elle regarda Fillip dans les yeux.

– J'ai… participé à la création de la branche norvégienne d'une ONG de première urgence internationale. Avec un homme en qui j'avais une totale confiance et avec qui je pensais passer le restant de ma vie. Un homme à qui j'aurais tout donné. Mais un beau jour il a fait quelque chose qui m'a… dit-elle d'une voix sur le point de se briser, … complètement anéantie. Il a disparu sans laisser de trace, en emportant l'argent que nous avions récolté ensemble. Je me suis retrouvée seule à devoir gérer la situation. L'affaire a fait la une de tous les journaux. Même si personne n'avait de preuves contre moi, tout le monde a cru que j'étais impliquée et j'ai longtemps traîné cette casserole derrière moi. J'ai voulu trouver du boulot dans d'autres ONG, mais à chaque fois cette histoire remontait à la surface. Et chaque fois je devenais de plus en plus amère.

Le silence qui s'était abattu sous le chapiteau était difficile à interpréter. Lise regarda Diana qui lui fit signe de poursuivre.

– Puis j'ai rencontré Børge. À un moment où j'étais vraiment au fond du trou. Il a évacué tout ce que j'avais d'amertume et d'obscurité en moi et m'a fait découvrir un autre monde. Sa philosophie était simple : pourquoi se soucier des autres puisque personne ne se soucie de vous ? Les gens ne pensent qu'à eux. Il a déposé une graine en moi, que j'ai cultivée comme une vérité jusqu'à ce que je vienne... ici, dit-elle avant de s'interrompre pour observer l'assemblée. Que je vous rencontre. Voilà toute la triste vérité.

Un long silence s'ensuivit. Ils échangèrent tous des regards désorientés. Fillip reprit finalement la parole :

– Qu'est-ce que tu comptes faire avec le Cirque Fandango ?

– J'ai beaucoup réfléchi. Hilmar avait un plan en tête, avec les conditions que vous connaissez, et maintenant que je me tiens devant vous, après avoir quitté un emploi qui m'aurait permis de gagner des millions, on peut dire que son plan a réussi. Par conséquent, en signe de gratitude et de respect pour sa volonté, j'ai l'intention d'aller jusqu'au bout de ma mission.

– Tu veux donc diriger ce cirque pendant encore deux représentations ?

– Oui, j'aimerais beaucoup. Et quoi qu'il se passe, vous aurez la part des recettes qui vous revient.

– Et après ?

– Eh bien, après la représentation à Volda, je pense que vous continuerez à montrer de la réticence à mon égard et à refuser de faire vos numéros, ce pour quoi je ne vous blâme absolument pas. Donc mon « après » sera sans doute déjà à ce moment-là. Cette histoire sera finie pour moi. Si suffisamment de billets sont vendus pour la dernière représentation, je vous transférerai mon héritage. Je comprends que vous ayez du mal à me croire, mais… disons simplement que, après avoir passé dix ans aux côtés de Børge, je ne suis pas très au point question karma et que mon séjour chez vous m'a permis d'y voir plus clair. Voilà. C'est à peu près tout ce que j'avais à vous dire. Merci de m'avoir écoutée.

64

– Et maintenant, mesdames et messieurs…

Le chapiteau était à moitié plein et le public attendait impatiemment la suite du spectacle. Lise se tenait au milieu de la piste, le micro à la main. Jusqu'à présent, la représentation s'était déroulée au-delà de ses attentes. L'orchestre avait joué sans aucune fausse note et tous les artistes avaient exécuté leur numéro de façon irréprochable devant un public enthousiaste.

– Le moment est maintenant venu de vous présenter le grand… l'unique… Adam von Munchausen, le seul homme-canon humain d'Europe !

Les applaudissements dans les gradins éclatèrent à nouveau, tandis qu'elle tendait le bras vers le rideau pour accueillir l'artiste. Mais celui-ci ne bougea pas.

– Prenez votre temps, Adam von Munchausen, dit Lise dans le micro.

Le public applaudit de plus belle sans que rien se passe. Les gens commencèrent à échanger des regards perplexes.

Lise se tourna vers le rideau derrière elle et aperçut Fillip qui lui faisait signe de venir. Il était visiblement inquiet.

– Mesdames et messieurs, je vais vous demander quelques petites minutes de patience pour permettre au grand Adam von Munchausen de faire ses derniers préparatifs avant de se produire devant vous. Sa performance incroyable est considérée comme la plus dangereuse du monde !

Elle fit signe à l'orchestre de jouer un morceau avant d'aller rejoindre Fillip.

– Qu'est-ce qui se passe ?

– Adam ne veut pas. Il a peur.

Lise s'approcha d'Adam qui faisait les cent pas devant son canon.

– Adam, ça va bien se passer.

– Ça n'a pas été le cas la dernière fois, lui répondit-il en la regardant avec des yeux effrayés. Pourquoi est-ce que ça se passerait bien cette fois-ci ?

– On en a déjà discuté. Rien ne peut mal sc passer. Tu es le roi de... Tu es le maître de cet art, pas vrai ?

– Non, non, non, je... (Sa voix monta dans les aigus.) Il va me tuer. Le canon. Tu as dit au public toi-même que c'était dangereux.

Lise essaya de le calmer en posant sa main sur son épaule, mais il était incapable de rester en place.

– C'était juste pour faire monter la tension afin que le public se concentre, tu le sais très bien. Tu maîtrises parfaitement ton numéro. Combien d'hommes-canons sont déjà morts ? Personne, que je sache.

– Quatorze, dit Adam en s'arrêtant et en la fixant.

– Quoi ?

– Quatorze personnes sont mortes depuis 1949.

– Ah, OK. Mais c'est… Allez, tu vas y arriver. Et tu le sais. Tu as fait ça des centaines de fois…

– Non, l'interrompit Adam qui s'était remis à piétiner nerveusement. Oublie. J'en ai terminé avec les canons. Plus jamais je… Je n'ose pas.

– Moi je vais y aller ! s'écria soudain une voix derrière Lise.

Elle se retourna et vit le visage souriant de Mogens qui dépassait de la bouche du canon.

– Mais merde… qu'est-ce que tu fous là ? Ça fait longtemps que tu es là-dedans ?

– Depuis hier. Je suis le boulet, tu comprends ? Non. Comment pourrais-tu ? Personne ne peut comprendre avant d'être devenu lui-même un boulet. Allez, propulse-moi du canon.

– Oublie, Mogens. Sors de là !

– Non, j'ai un pacte avec le néant.

– Il n'en est pas question. Tu ne peux pas… commença-t-elle, mais elle s'interrompit en voyant les yeux d'Adam où il n'y avait plus la moindre trace de peur. C'est le canon d'Adam. Si tu veux devenir l'unique homme-canon d'Europe, ce serait formidable pour moi, mais ça ne pourra se faire qu'avec le consentement d'Adam.

– Tu es d'accord ? demanda Mogens à Adam en le regardant droit dans les yeux.

– D'accord ? répéta Adam d'une voix soudain tonitruante. Tu me demandes à moi, Adam Foddl... Adam von Munchausen, si je suis d'accord pour que tu sois propulsé de mon canon ?

– Ouais, c'est ça, mon pote. Pour l'art et pour la vie.

– Tu crois franchement que toi qui n'as aucune expérience, tu peux t'installer comme ça dans la bouche de MON canon, t'en faire éjecter et te dire que tout va bien se passer ? Tu vas mourir. C'est tout ce qui va t'arriver. Pour se prétendre *homme-canon*, il faut des années de pratique et d'expérience. Chaque muscle doit être tendu exactement de la même façon chaque fois. Tu n'as rien à faire dans ce canon. Fous-moi le camp !

– Non.

– Maintenant ! Sors de mon canon ! J'ai pas le temps pour ce genre de conneries. J'ai un numéro à faire.

Lise sourit joyeusement et fit signe à Fillip et Jacobi de venir.

– Vous voulez bien aider Mogens à sortir du canon, s'il vous plaît ?

Mogens s'enfonça encore plus dans la bouche tandis que Fillip et Jacobi installaient l'escabeau. Ils montèrent et attrapèrent Mogens, mais le lâchèrent aussitôt.

– Allez, leur cria Lise. Pourquoi vous mettez autant de temps ?

– Eh bien, il est complètement... dit Fillip en jetant un regard embarrassé dans la bouche du canon.

– Allez, faites vite, le public s'impatiente.

Fillip et Jacobi échangèrent un regard avant de faire une nouvelle tentative.

– Merde alors... s'exclama Lise.

Plus le corps de Mogens sortait du canon, plus il était évident qu'il était tout nu. L'huile de lubrification avait coloré le point d'interrogation tatoué sur sa poitrine en vert.

– Mais pourquoi n'as-tu pas de vêtements ?

– Un boulet ne peut pas en porter, s'écria Mogens qui refusait de coopérer. Métal contre métal, hurla-t-il, traîné vers la sortie par Fillip et Jacobi. Vous pouvez sortir le boulet du canon, mais vous ne pourrez jamais sortir le boulet qui est en moi !

– Mais on va te sortir de la piste, et vite fait, dit Lise en faisant un geste agacé vers les coulisses.

Elle vit Adam grimper les quelques marches vers le canon et s'immobiliser devant la bouche.

– Adam, tu es prêt ?

Les secondes s'égrenèrent tandis qu'Adam fixait la bouche sans broncher.

– Non, dit-il avant de redescendre. Je croyais que je l'étais, ce fou a rallumé la flamme en moi, mais... elle s'est à nouveau éteinte. Ce canon veut me tuer, je le sais. Je ne peux pas, désolé.

Lise pesta en silence, puis s'efforça de rassembler ses esprits.

– OK, on va trouver une autre solution. On pourrait... dit-elle avant de s'interrompre et de regarder autour d'elle.

Soudain elle écarquilla les yeux. Elle venait d'avoir une idée.

– Le trampoline de Reidar !

– Quoi ?

– Allez chercher le trampoline de Reidar, cria-t-elle à Wolfgang et Dieter, et installez-le sur la piste.

– Qui va se produire sur le trampoline ? demanda Adam d'un air confus.

– Toi. Écoute-moi, dit-elle avant qu'il ne puisse protester. Accorde-moi quelques secondes. Le plus important pour surmonter ta peur du canon, c'est de retourner sur la piste et te trouver face au public. Tu seras alors à nouveau dans l'ambiance que tu aimais tant. Et le public te redonnera ta confiance perdue, et ça, ça pourra...

– Mais je ne sais rien faire, l'interrompit Adam. Je n'ai jamais posé le pied sur un trampoline.

– Ça n'a aucune importance. Oublie tout ça. Imprègne-toi juste de l'atmosphère et... fais un ou deux sauts.

– OK, dit-il en hochant la tête après l'avoir longuement regardée.

– Quoi ? bégaya Lise, Tu es d'accord pour le faire ?

– Oui.

– Génial ! Pendant que tu t'échauffes, je vais te présenter.

Lise se précipita sur la piste, le micro à la main. Le trampoline était déjà là.

– Et maintenant, mesdames et messieurs, pour la première fois ce soir au Cirque Fandango, je vous prie d'accueillir Adam von Munchausen, le dernier et l'unique homme-canon d'Europe qui va vous éblouir avec son art... du trampoline !

Des roulements de tambour se firent entendre depuis l'orchestre, puis s'arrêtèrent lorsque Adam apparut sur la piste avec son casque sur la tête. La confusion du public s'accrut lorsqu'il grimpa sur le trampoline et resta immobile à le regarder.

Lise fit signe à l'orchestre. Les roulements de la caisse claire reprirent et furent suivis d'un coup de cymbales. Puis Adam fit un saut. Le premier rebond donna plus de force à son deuxième saut, ce qui le fit éclater d'un rire enfantin et joyeux. Il resta un long moment à faire des sauts de plus en plus hauts, tout en levant un pouce vers Lise. Le bonheur se lisait sur son visage. Elle le regarda évoluer sur le trampoline tandis que la stupéfaction du public se transformait en irritation. Les gens se mirent à huer. Lise se dépêcha de reprendre le micro, retourna sur la piste et fit signe à Adam d'arrêter.

– Et on applaudit bien fort Adam von Munchausen !

L'enthousiasme retrouvé d'Adam lui faisait ignorer les huées et l'absence d'applaudissements. Il continua de sauter tout en criant à Lise :

– C'est trop génial !

65

Le croissant de lune au-dessus de Vartdal répandait une douce lumière argentée sur le flanc de la montagne et traçait un petit chemin phosphorescent jusqu'au chapiteau. Lise se tenait devant Lucille dans l'enclos. Elle avait une enveloppe à la main. Le moment était solennel. Elle se préparait à lire le texte comme un prêtre se prépare à célébrer une messe. « La quatrième lettre de Hilmar. » La chaire, c'était le tabouret sur lequel elle était assise, l'église, c'était l'enclos de l'éléphante, et l'assemblée des fidèles, c'était Lucille. La bouteille de soda arôme poire, c'était le vin liturgique. Lise prit une gorgée, puis leva la bouteille devant Lucille.

– *Buvez ce breuvage, car ceci est le sang de Kermit le Christ,* dit-elle à Lucille qui la regardait en bougeant les oreilles. Allez, Lucille, un peu d'humour biblique. Ça ne te fait pas rire ?

Lucille répondit en enfonçant sa trompe dans l'abreuvoir et en arrosant Lise.

– OK, OK, ça suffit. Trêve d'humour biblique. Je lis.

Elle avait eu un mal fou à faire descendre Adam du trampoline, mais qu'importe puisque le public avait déjà quitté le chapiteau depuis bien longtemps. À la fin de la représentation, lorsque les artistes étaient revenus sur la piste pour saluer, les gradins étaient vides. Mais leur réaction avait été très différente des fois précédentes. Ils avaient remplacé leur froideur habituelle envers Lise par de l'enthousiasme. Selon Diana, cela signifiait qu'un grand pas en avant avait été fait. Il y avait cependant quelque chose dans le comportement de Diana que Lise ne parvenait pas à s'expliquer. La vieille femme lui avait assuré que Hilmar aurait été heureux de ce qui se passait à Vartdal et Lise s'était attendue à ce qu'elle le soit, elle aussi. Mais elle était restée impassible. Elle avait regardé Lise dans les yeux en lui disant avec un grand calme : « J'espère que tu vas faire encore plusieurs pas en avant et que tu finiras par trouver le chemin. Le bon chemin. » Puis elle lui avait tendu la lettre de Hilmar avant de se retirer dans sa caravane. Pendant que tous les autres se rassemblaient autour d'un feu pour faire griller des saucisses, Lise était allée retrouver Lucille.

Quelques nuages venus du sud-ouest avancèrent lentement vers le fjord en cachant la lune. Lise, assise sur le tabouret, déplia la lettre. Elle voyait la fumée du feu se répandre dans le ciel sombre et entendait au loin des éclats de voix, comme venus d'un vieux poste de radio.

– T'es prête, Lucille ?

À la lumière de son portable, elle se mit à lire :

Chère Lise,

Félicitations pour ta quatrième représentation ! Il ne t'en reste plus qu'une. Bien joué. Beaucoup de choses peuvent mal se passer lorsqu'on dirige un cirque. Le matériel peut se casser quelques minutes avant le début d'une représentation, un camion peut tomber en panne à mi-chemin entre deux villes, les artistes peuvent avoir tout un tas de problèmes qu'il faut gérer. Il y a de nombreuses années, nous avions une contorsionniste au sein de l'équipe qui était toujours très inquiète avant son numéro et très soulagée après. Un soir, en pleine représentation, elle est soudain sortie de son étroite cage de verre en disant qu'elle ne voulait pas continuer. Quand je lui ai demandé ce qui n'allait pas, elle m'a avoué qu'elle souffrait de claustrophobie. Ce qui n'est pas franchement idéal pour une contorsionniste. Elle a décidé de quitter le cirque et de travailler comme gardienne de parking. Je n'ai eu que deux jours pour lui trouver une remplaçante. Travailler dans un cirque n'est pas de tout repos et ça donne bien des soucis. Mais c'est aussi une vie qui procure beaucoup de bonheur. Je dois une grande partie de mon bonheur personnel à Diana. Pendant toutes ces années, elle a été là pour moi. Et encore aujourd'hui, elle est là pour moi, en t'aidant. Sa bonté est inconditionnelle. Elle n'a aucun motif caché. Souviens-toi de ça, Lise. Je me suis toujours demandé d'où venait sa bonté. Naître dans ce monde est une loterie et il y a beaucoup de perdants. Diana en faisait partie. Elle n'a jamais voulu me parler de son enfance, mais à force d'insister, elle a fini par céder. Elle m'a raconté qu'un jour, quand elle était petite, un cirque avait traversé son village. Dans beaucoup de villages en Roumanie, le cirque était pour les habitants le grand événement de l'année. Il n'y avait pas d'autres distractions pour échapper à la dure réalité. À part l'alcool. Ce qui était le point faible de son père. Il battait sa mère et, lorsque Diana essayait d'intervenir, il s'attaquait aussi à elle. Elle m'a montré des cicatrices sur ses avant-bras et m'a expliqué qu'il la punissait avec le tisonnier chauffé à blanc. Elle se souvient encore du grésillement sur sa peau. Et de l'odeur. C'est de l'odeur qu'elle se souvient le mieux. Il lui disait que chaque brûlure serait inscrite sur sa peau à jamais pour qu'elle se souvienne de ce qu'elle avait fait. Alors que, en réalité, elle n'avait rien fait d'autre qu'essayer d'aider sa mère. Mais un soir, elle est arrivée trop tard. En rentrant chez elle, elle a trouvé son père ronflant dans le fauteuil du salon et sa mère gisant sur le sol de la chambre. Le visage tuméfié au point d'être méconnaissable. Impossible de la réveiller. Diana a rassemblé quelques affaires dans un chiffon et s'est enfuie. Sur une route de campagne en dehors du village, elle a croisé un cirque. Des roulottes bariolées tirées par des chevaux. L'une d'elles s'est arrêtée et l'homme qui la conduisait a demandé où elle avait l'intention de se rendre en pleine nuit. « Loin d'ici », a-t-elle répondu. L'homme était le directeur du cirque. J'ignore s'il avait remarqué les brûlures sur ses bras ou les cicatrices sur son âme, toujours

est-il qu'il lui a proposé de venir avec eux. Elle a grandi dans ce cirque. Elle y a travaillé comme une acharnée en acceptant de faire les pires tâches. Mais elle était entourée de gens qui se souciaient les uns des autres et qui s'occupaient d'elle. Elle n'a plus jamais ressenti la peur qui avait fait partie de son quotidien. Toi aussi, tu connaîtras la bienveillance des artistes de ce cirque, si tu l'acceptes et que tu veux bien la leur rendre. Le sentiment de sécurité et de quiétude que cela t'offrira te donnera une nouvelle vie. Une vie heureuse. Basée sur la confiance. Bientôt tu seras capable de croire à nouveau aux autres. De croire que les autres te veulent du bien. Ce qui, au début, n'a pas dû être simple pour Diana. Et j'espère que jamais elle ne perdra cette confiance. Cela l'anéantirait.
Amicalement,

Ton oncle Hilmar.

Lise tourna la tête vers Lucille et ouvrit la bouche pour plaisanter afin de dissiper la gravité de la lettre, mais elle n'y parvint pas. Les mots ne voulaient pas se présenter. Elle resta un long moment à regarder la feuille. Alors qu'elle la repliait et s'apprêtait à se lever du tabouret, elle entendit des pas derrière elle dans l'obscurité et leva son portable pour mieux voir.

– C'est qui ?

– Juste un clown répondit Fillip dont la silhouette devint visible dans l'enclos. Et toi, tu es là à parler avec toi-même ?

– Je discute avec Hilmar, répondit-elle en lui montrant l'enveloppe. Il a encore beaucoup de choses sur le cœur. Vous avez terminé votre barbecue ?

– Moi oui, pas les autres. J'avais envie d'aller me coucher, mais je voulais d'abord voir ce que tu faisais, dit-il en la regardant dans les yeux. Quitter son emploi n'est pas simple. Ça a dû être une décision difficile. Tout comme tirer un trait sur sa vie. Parce que c'est bien ce que tu veux faire, n'est-ce pas ?

– Je ne sais pas vraiment ce que je veux faire. Tout ce que je sais, c'est que je ne peux plus continuer comme avant. On verra bien ce qui m'attend. Pour l'instant, j'ai décidé de tenir jusqu'à la dernière représentation, comme le souhaitait mon oncle, et... Hilmar avait raison. C'est fou, mais partir en tournée avec ce cirque m'a réellement changée. Quelque chose s'est produit en moi que je n'avais absolument pas prévu. Je suppose que c'est difficile pour toi de me croire, mais c'est bien ce qui m'est arrivé. La *Twilight Zone*[1], comme on dit. Comme si c'était tiré d'un roman à l'eau de rose.

– Et tu comptes faire quoi avec le cirque ?

– Rien. Il ne m'appartient pas. Peu importe ce que dit le testament de Hilmar, il est à toi. Et à Diana, à Jacobi, aux frères Heine, à Tatjana, à Adam et à Miranda aussi. Vous devez donc le garder. Avec l'espoir que vous serez d'accord pour qu'il soit aussi un tout petit peu à moi.

1. La zone grise.

Fillip la regarda un long moment en silence. Puis il lui fit un sourire en disant :

– Eh bien, tu pourras toujours nous aider avec le démontage demain matin. Pour commencer ?

66

Accroupie dans la rangée supérieure des gradins, Lise essayait de desserrer un écrou sur la barre métallique d'une balustrade de protection. Les sièges en plastique rouge avaient déjà été enlevés et empilés dans des caisses qui avaient ensuite été chargées sur un gros camion garé à côté de la piste. La petite estrade de l'orchestre avait également été démontée, mais personne ne s'était encore attaqué au décrochage de la toile du chapiteau qui, pour l'instant, les protégeait de la pluie battante.

C'est d'ailleurs le tambourinement de la pluie contre le toit de sa caravane qui l'avait réveillée avant l'alarme de son portable. Après avoir pris son petit déjeuner – du pain croquant avec un morceau desséché de *brunost*[1] –, elle était sortie pour participer au démontage, mais l'accueil des autres avait été glacial. Les frères Heine, Tatjana et les musiciens de l'orchestre n'avaient même pas daigné lever les yeux pour la saluer. Puis Fillip était

1. Sorte de fromage norvégien à pâte brune et au goût caramélisé.

arrivé, accompagné de Jacobi, et ils lui avaient proposé de leur donner un coup de main. Dès ce moment, l'ambiance avait totalement changé. Comme si le fait que Fillip l'intègre dans son travail l'avait graciée aux yeux des autres. Il lui avait accordé l'adhésion à un club exclusif. Du moins, une adhésion à l'essai. Cela ne les avait cependant pas empêchés de l'observer du coin de l'œil, sans doute à la recherche d'une faille dans sa nouvelle attitude. Mais, faute d'en trouver, leurs regards suspicieux avaient cessé. Lorsque l'équipe s'était attaquée aux mâts, le travail était devenu plus exigeant et l'entraide nécessaire. Le petit groupe s'était mis à bavarder de Hilmar, des différents endroits où ils avaient fait étape avec le chapiteau et des représentations qui affichaient complet. Ils avaient aussi raconté des anecdotes comiques, des histoires d'incidents sur la piste. Lise sentait bien la pointe de mélancolie qui se dégageait de ces souvenirs. De même que le désir de revenir aux temps meilleurs.

– Impossible de desserrer cet écrou, soupira-t-elle.

– Ils ont tendance à se gripper, expliqua Fillip en s'approchant. Parfois il suffit de donner un petit coup de pied sur la barre.

Lise suivit son conseil et donna un grand coup dans la balustrade avec son pied droit. Déséquilibrée, elle lutta pour ne pas tomber et se retrouva soudain dans les bras de Fillip.

– C'est bon, je te tiens.

L'espace de quelques secondes, elle fut troublée par la chaleur du cou de Fillip contre sa joue.

– Oui… merci, dit-elle en se retournant et en jetant un regard rapide autour d'elle. (Elle vit Jacobi en bas, en train de charger le camion.) Je crois que Jacobi a besoin d'aide… Tu peux peut-être t'occuper de cette balustrade ?

Sans attendre sa réponse, elle se précipita vers l'allée centrale. En descendant les marches, elle aperçut Miranda de l'autre côté de la piste, les yeux rivés sur Fillip. Puis la jeune femme tourna son regard vers Lise avant de reprendre son activité.

Jacobi était en train de serrer des sangles autour d'une caisse remplie de tubes métalliques. Lise se pencha en avant et fit semblant de l'aider.

– Alors, comment ça se passe ici ?

– Pas aussi bien que pour toi là-haut.

Il fit un geste circulaire avec son index vers Wolfgang, qui se tenait sur la plateforme de chargement, le boîtier de commande dans les mains. Le ronronnement du moteur Diesel s'accompagna alors du grincement de la grue du camion qui se mit lentement à hisser les mâts.

– Qu'est-ce que tu veux dire par là ?

– C'est un bon truc, ça.

– Quoi ?

– De perdre l'équilibre. Pour que Fillip te prenne dans ses bras. Ça a bien marché.

– Non, non, c'était pas…

– En revanche, je ne pense pas que ça va marcher aussi bien pour moi, l'interrompit-il avec un sourire triste aux lèvres.

Lise le vit jeter un regard vers Tatjana qui était en train de desserrer les écrous du bord de la piste.

– Quand on arrivera à Volda, on va avoir une nouvelle conversation tous les deux, dit-elle. Je te donnerai d'autres petits trucs qui pourraient fonctionner.

– Mais... avec ce qui s'est passé, notre accord n'est plus valable, si ? Tu veux toujours m'aider ?

– Disons juste que j'ai un gros déficit dans mes comptes, dit-elle en parcourant le chapiteau du regard. Et je pense que ce cirque est l'occasion pour moi de tenter de les rééquilibrer.

– Tu pourrais peut-être continuer la tournée avec nous ? Après la représentation à Volda ?

– Peut-être...

67

– Oublie tout ce que je t'ai déjà dit.

Le voyage de Vartdal jusqu'à Ørsta avait demandé une trentaine de minutes. Ils avaient longé des champs d'un vert tendre et le fjord fouetté par la pluie. Le convoi était ensuite passé par Hovdebygda et devant le musée Ivar Aasen, avant d'atteindre le stade de Volda vingt minutes plus tard. La caravane de Hilmar était maintenant garée sur le rivage d'un lac. Le chapiteau lui cachait la vue sur le fjord de l'autre côté du terrain de foot. Lise se tenait devant le plan de travail de la petite cuisine et regardait Jacobi qui était assis sur la banquette l'air concentré.

– Sois toi-même. Parce que c'est toi que Tatjana doit aimer, pas quelqu'un qui joue un rôle. Sois sincère.

– Mais… je dois donc lui dire que je n'aime pas vraiment le yoga ?

– Oui, dis-lui.

– Et que je… commença-t-il en se demandant s'il allait oser prononcer les mots, … que j'aime m'habiller en facteur quand je… enfin, dans ma chambre quand je dois…

– Non, non, ne sois pas honnête à ce point. Un peu d'honnêteté à la fois c'est mieux. Par contre, parle-lui de tes sentiments. Dis-lui ce que tu ressens.

– Mais comment je vais faire ça ?

– Il te suffit de lui parler franchement. Dis-lui que tu l'aimes depuis longtemps et que tu veux l'inviter à dîner pour en discuter avec elle. Ou faire une promenade avec elle au bord de l'eau. Écoute-moi, poursuivit-elle en voyant la confusion s'installer à nouveau dans les yeux de Jacobi, le pire qui puisse t'arriver, c'est qu'elle te dise non. Mais ça ne signifie pas pour autant qu'elle ne te dira pas oui plus tard, OK ? Il lui faudra peut-être un peu de temps pour s'habituer à l'idée. Mais au moins, elle saura ce que tu ressens.

– Tu sais quoi ? Je pense que tu as raison. Je vais attendre un peu avant de lui montrer mon uniforme de facteur. Mais je vais lui parler de ce que je ressens. Dès ce soir. Après le spectacle, ajouta-t-il avant de regarder Lise un sourire aux lèvres. Tu me fais penser à lui…

– À qui ?

– À Hilmar. Ç'a toujours été la meilleure personne avec qui parler de ces choses-là. Il se souciait vraiment des autres. Comme toi.

Troublée, Lise se mit à bredouiller sans trouver ses mots, mais fut interrompue par des coups à la porte.

– Y a quelqu'un ? C'est ici qu'habite la directrice du cirque ? dit une voix avec un fort accent du Finnmark.

– Vanja ! s'écria Lise en ouvrant. Ton avion n'était pas censé atterrir cet après-midi ?

– J'ai pu prendre un vol plus tôt entre Oslo et Ålesund.

– Où est Yngve ? Il s'est perdu dans la métropole de Volda ?

– Non, il a dû annuler à la dernière minute. Un groupe de Taïwanais est arrivé via la Finlande et a exigé un safari version « crabe royal ».

– Dommage, dit Lise en lui faisant signe d'entrer. Je te présente Jacobi. Il est acrobate gastronome.

– Oh ! Incroyable ! Je suis la sœur de Lise, dit Vanja en prenant la main tendue de Jacobi. Tu es ce genre de chef qui fait de la cuisine moléculaire, c'est ça ? J'ai vu ça à la télé. Mousse de bœuf et son émulsion de rutabaga.

– Non, il avale des objets, se dépêcha de rectifier Lise en voyant le visage de Jacobi devenir rouge de colère. C'est un acrobate de cirque. Jacobi, on peut se parler plus tard ?

– Bien sûr, répondit-il, avant de quitter la caravane la tête haute.

– Toi dans une caravane, rit Vanja en s'affalant sur la banquette. Si quelqu'un m'avait dit ça il y a quelques semaines, j'aurais...

– Oui, je sais.

– C'est aussi... ton acrobate particulier ?

– Quoi ? Mais non, n'importe quoi !

– Ou tu as un autre acrobate dans le coin ?

– Non, ou plutôt... dit Lise avant de s'interrompre et de s'asseoir en face de Vanja.

– Vas-y, déballe, c'est qui ?

– Non, c'est personne, OK ? En ce moment j'ai d'autres soucis.

– Qu'est-ce qui se passe ?

– J'ai quitté mon boulot.

– Comment ça ? Tu as reçu une meilleure offre d'une autre boîte ?

– Non, pas exactement. C'est... compliqué.

– T'as juste démissionné ?

– Oui.

– Je le savais, dit Vanja en laissant éclater sa joie. Tu as fini par en avoir assez de détruire la vie des gens. Je savais que tu étais encore là, quelque part au fond. La bonne vieille Lise que j'aimais tant avant que tu ne rencontres ce Børge. Rien ne peut me faire plus plaisir que ça, alors je...

– C'est bon, l'interrompit Lise en se levant. Allons dans le chapiteau. Je vais te présenter aux artistes et, comme ça, tu auras un aperçu de la vie d'un cirque. Ils doivent être en train de s'entraîner en ce moment. J'ai aussi quelques petites choses à faire avant la représentation. Tu pourras m'aider à coller des affiches.

Vanja s'apprêtait à la suivre, mais s'arrêta sur le seuil de la porte quand elle aperçut quelque chose dans le placard entrouvert à côté du plan de travail.

– Attends une minute. C'est... ?

– Oui, répondit Lise en suivant son regard.

– Formidable ! dit Vanja, et elle attrapa le costume scintillant de Lise dans le placard. J'ai hâte d'être à ce soir !

68

– Non, mais c'est pas vrai ! dit Lise en regardant Lucille qui l'ignorait complètement et qui s'était agenouillée devant Vanja.

Lors de sa visite du chapiteau, Vanja avait salué tout le monde, excepté Lucille. Lise l'avait ensuite emmenée sillonner les rues de Volda afin de coller des affiches. Puis elles étaient allées déjeuner rapidement dans un snack avant de retourner au cirque.

Vanja fit quelques pas vers la tête massive de l'éléphante et lui caressa la trompe.

– Elle est incroyable, dit-elle avant de se tourner vers sa sœur. Qu'est-ce qu'il y a ?

– Disons juste que je n'ai pas eu un accueil aussi chaleureux que toi.

– Ça ne m'étonne pas vu que tu avais envisagé de la vendre au plus offrant. Mais heureusement, ce n'est plus le cas.

– La représentation va bientôt commencer, il faut que j'aille me changer, dit Lise avant de se diriger vers la caravane de Hilmar.

Vanja se tourna à nouveau vers Lucille.

– Tu es tellement belle que j'aimerais te ramener chez moi à Kirkenes. Tu es déjà allée là-bas ? Je crois que le cirque y est venu il y a longtemps. En hiver, il y fait froid comme dans un enfer inversé, mais tu as la peau épaisse, n'est-ce pas ? Si les touristes de Yngve te voyaient, ils deviendraient fous. Un éléphant arctique. On pourrait te peindre en blanc. Mais je ne sais pas ce qu'Yngve dirait si je revenais avec un éléphant dans ma valise.

– Ça n'arrivera jamais, dit une voix derrière elle.

Vanja se retourna et vit Mogens Arafat Nilsen, la tête penchée au-dessus de l'abreuvoir. Après avoir bu quelques gorgées d'eau, il se redressa et contempla Lucille.

– Elle appartient à l'art.

– Quoi ?

– Et l'art n'appartient à personne. Il est là, c'est tout. Comme il a toujours été.

– On ne s'est jamais rencontrés, je crois. Tu n'étais pas là quand j'ai salué tous les artistes. Tu travailles dans ce cirque ?

– Mauvaise question.

– Ah… et quelle est la question que je devrais te poser ?

– Il n'y a qu'une bonne question. Qui permet de trouver la réponse à tout. Et ça n'a aucun rapport avec le travail ou le cirque. La nuit quand je dors, elles sont là. (Il posa sa main droite sur sa tête.) Aussi bien la question que la réponse. Mais le matin, tout est parti, ajouta-t-il en faisant une grimace de frustration. Comme si je les avais avalées avec le petit déjeuner, tu comprends ? Entre le pâté de foie et les saucisses !

– En tout cas, tu sembles faire des rêves bien agités, dit Vanja qui ne comprenait pas bien à qui elle avait affaire.

– Non, dit-il en secouant la tête. Les rêves ne sont que des échos vides. Comme une série télé autobiographique qui se déroule dans notre tête, mais sans réalisateur ni manuscrit. C'est banal et inintéressant.

– Ah, OK.

Lucille se leva et recula de quelques pas quand elle vit Mogens s'approcher d'elle.

– Tu es un éléphant. Et je suis un éléphant, dit-il avant de se tourner vers Vanja. Mais toi, tu n'es pas un éléphant !

– Non, pour autant que je sache, dit Vanja en faisant quelques pas vers la clôture. Je dois y aller. J'espère que ça va s'arranger pour… tes questions et tes réponses. Et aussi pour les saucisses.

69

L'orchestre jouait une version instrumentale dissonante de *Poker Face* de Lady Gaga dans une tentative enjouée de plaire à la jeunesse. Lise attendait dans les coulisses, le micro à la main. À travers l'interstice entre les deux rideaux, elle observait les gradins.

– Lise, regarde par ici !

Lise tourna la tête et fut éblouie par un flash. Lorsqu'elle rouvrit les yeux, elle découvrit Vanja le portable levé et un large sourire aux lèvres.

Le costume de Lise brillait de mille feux à la lumière de l'ampoule au-dessus d'elles.

– Ça vaut tous les billets d'avion du monde de te voir habillée comme ça, se réjouit Vanja.

– Très drôle.

Lise jeta un nouveau regard entre les rideaux. Elle voyait des parents piquer des bouts de barbe à papa au sommet des énormes nuages cotonneux que tenait leur enfant. Elle huma l'air. L'odeur de pop-corn mêlée à celle de sciure de bois humide lui semblait si familière, et pourtant elle n'arrivait pas à l'associer à un souvenir précis.

– Je crois que ce n'est pas la peine d'attendre plus longtemps, il n'y aura probablement plus personne. Le chapiteau est rempli à moitié.

– Au fait, j'ai croisé un mec bizarre dans l'enclos de l'éléphante, dit Vanja. Il m'a parlé de rêves et de saucisses.

– Ah oui ? On a un bon quota d'extravagants dans ce cirque, dit Lise avant de faire un signe aux frères Heine qui se tenaient en justaucorps derrière Vanja. Vous êtes prêts ?

Les deux frères acquiescèrent. Elle fit signe aux musiciens de passer de *Poker Face* à un morceau de trompette.

En entrant sur la piste, elle vit que Vanja la suivait des yeux, un sourire enthousiaste aux lèvres.

– Mesdames et messieurs, bienvenue au Cirque Fandango ! dit-elle en s'inclinant courtoisement vers le public. Ce soir, nous allons vous proposer toute une série de numéros incroyables. Pour commencer, je vous prie d'accueillir les frères Heine !

Elle tendit son bras vers le rideau. L'orchestre se mit à jouer une sorte de marche, le rideau s'ouvrit et Wolfgang et Dieter apparurent. Du coin de l'œil, elle vit que Vanja avait du mal à réprimer un rire.

Wolfgang et Dieter commencèrent leur numéro en jonglant avec deux quilles, puis trois, quatre, cinq, tout en reculant et en s'écartant l'un de l'autre. Lorsqu'ils arrivèrent chacun à un bout de la piste, un roulement de tambour se fit entendre et les deux jongleurs se tournèrent le dos tout en continuant à faire voltiger les quilles. Le roulement de tambour s'arrêta. Wolfgang récupéra toutes les quilles et les posa sur le sol. Les deux frères s'inclinèrent sous des applaudissements modérés. Soudain Dieter bondit sur le rebord de la piste et se précipita vers un homme qui avait les yeux rivés sur son portable.

– Excusez-moi, puis-je emprunter votre téléphone ?

L'homme acquiesça à contrecœur et le lui tendit. Entre-temps Wolfgang s'était placé au centre de la piste, les yeux bandés. Sans se retourner, Dieter lui lança le portable.

Paniqué, l'homme se leva comme si c'était son enfant qu'on venait de jeter, mais poussa un soupir de soulagement en voyant Wolfgang le rattraper.

Dieter emprunta ensuite le portable d'une femme, puis celui d'un jeune homme, avant de regagner la piste à son tour. Il se banda les yeux et siffla pour attirer l'attention de Wolfgang qui répondit en lui lançant le premier portable. Quelques secondes plus tard, les deux autres portables volaient dans les airs sous les yeux inquiets de leurs propriétaires. Pour finir, Dieter activa les écrans et montra à l'assemblée des selfies de lui et de Wolfgang en pleine action.

Après avoir salué le public, ils quittèrent la piste.

Lise revint et présenta Jacobi.

Avec un grand sourire Jacobi se dirigea vers le support à sabres que Fillip avait placé au centre de la piste. Il se saisit d'abord d'un sabre court qu'il enfonça profondément dans sa gorge. Mais même lorsque seul le manche resta visible, les applaudissements demeurèrent mitigés.

Jacobi poursuivit son numéro avec un sabre à la lame plus longue, mais la réaction du public était toujours aussi peu enthousiaste. La déception était visible dans les yeux de Jacobi. Lise leva le pouce pour l'encourager et il répondit par un hochement de tête reconnaissant.

Il reposa le sabre pour attraper un bâton lumineux attaché à un fil de pêche. Lise lui fit signe de renoncer à ce numéro, mais il lui adressa un sourire confiant, ôta sa chemise et fit glisser le bâton lumineux dans sa gorge.

Avec une fascination morbide, le public suivait la lumière verte qui descendait de plus en plus bas dans le corps de Jacobi pour s'arrêter dans son abdomen. Des applaudissements enthousiastes éclatèrent.

Jacobi salua le public et lança un regard fier à Lise avant d'attraper le fil afin de remonter le bâton lumineux. Mais rien ne se produisit. La lumière verte continuait à illuminer son abdomen. Il fit signe à l'orchestre de se remettre à jouer pour l'accompagner vers la sortie. Il salua le public avant de se précipiter dans les coulisses.

– Qu'est-ce qui se passe ? lui demanda Lise qui l'avait suivi.

– Le fil est cassé. Ne t'inquiète pas, il faut juste que j'enfonce mes doigts dans ma gorge pour récupérer le bâton.

– Oui, mes amis... c'était donc... le grand Jacobi ! annonça Lise qui avait regagné la piste. Et le moment est maintenant venu de souhaiter la bienvenue à Tatjana Zoljovska, la reine de la voltige aérienne !

Les trompettes retentirent et un projecteur éclaira Tatjana debout sur la plateforme. Elle tint le trapèze d'une main et salua le public de l'autre, avant de s'élancer avec grâce dans les airs et d'attraper un autre trapèze qui lui arrivait du côté opposé. Elle se posa sur la plateforme d'en face, puis s'élança à nouveau, cette fois-ci en effectuant un double saut périlleux entre les deux trapèzes. Un frémissement parcourut le public.

Diana a raison, pensa Lise en voyant les visages concentrés et impatients dans les gradins. *Ce qui importe le plus à ces gens, c'est la possibilité de voir un accident se produire.* Elle continua de suivre des yeux Tatjana qui se lança encore une fois dans le vide. La jeune femme exécuta alors un triple saut périlleux arrière. Le public retenait son souffle. Mais lorsque Tatjana attrapa le second trapèze, Lise remarqua que les applaudissements étaient plus mesurés qu'enthousiastes. Elle regagna le centre de la piste au moment où Tatjana saluait le public du haut de la plateforme.

– Mesdames et messieurs, dit-elle, je vous demande d'applaudir bien fort Tatjana Zoljovska !

Le projecteur laissa Tatjana dans l'obscurité et la grande boîte en bois de Miranda fut rapidement installée.

– Et maintenant, veuillez applaudir Miranda et ses… lapins magiques ! poursuivit-elle.

Miranda lui lança un regard glacial avant d'avancer sur la piste. Elle posa son chapeau à l'envers sur la caisse et leva sa baguette.

– Abracadabra !

Les lapins bondirent hors du chapeau, l'un après l'autre, chacun vêtu d'un maillot rouge portant un numéro. Miranda agita sa baguette magique et les plaça devant la piste de courses où ils se positionnèrent docilement. Elle sortit un pistolet de sa poche pour donner le signal de départ.

– À vos marques, prêts, sautez !

Le coup de feu fit bondir tous les lapins, sauf un qui s'allongea sur le côté et resta immobile, comme s'il avait reçu une balle. Miranda le regarda en secouant la tête, avant de le soulever et de le déposer sur la caisse.

Dieter entra alors avec une grande casserole qu'il mit par terre. Miranda fourra le lapin dedans et mit le couvercle avec un haussement d'épaules désolé en direction du public. Des murmures se firent entendre dans les gradins quand elle retourna devant la piste de courses où les autres lapins avaient commencé leur deuxième tour. Miranda se plaça devant la ligne d'arrivée afin d'accueillir le gagnant. Elle agita sa baguette en direction du vainqueur et celui-ci se dressa sur ses pattes arrière et fit avec ses pattes avant le célèbre geste de l'éclair d'Usain Bolt.

Le public éclata de rire. Miranda agita ensuite sa baguette vers les perdants qui baissèrent la tête avant de retourner, penauds, sur la caisse et de disparaître dans le chapeau. Le moment était maintenant venu de faire apparaître Fillip. Elle enfonça sa main dans le chapeau comme elle faisait à chaque fois pour le présenter, mais cette fois-ci rien ne se passa. Elle se tourna alors vers le public, la mine désolée. Soudain le couvercle de la casserole se mit à bouger, puis sauta après quelques violentes secousses. Le lapin, qu'elle y avait mis, sortit sa tête pour progressivement apparaître tout entier, assis sur la tête de Fillip en costume de clown. Il regarda autour de lui, l'air dérouté, comme s'il s'était trompé d'étage en sortant d'un ascenseur. Soudain, il leva les yeux, s'aperçut avec surprise qu'il avait quelque chose sur la tête et découvrit le lapin.

Miranda agita sa baguette et le lapin fit un bond vers la caisse, puis disparut dans le chapeau. Elle s'inclina devant le public avant de s'en aller.

À présent seul sur la piste, Fillip se dirigea en sautillant vers les enfants assis au premier rang. Les yeux dans le vide, il enleva son nez rouge, l'observa, ouvrit la bouche comme s'il s'apprêtait à croquer dedans. Puis il jeta un regard vers les enfants pour leur demander s'il devait le manger. Seul un petit garçon avait suivi son numéro assez attentivement pour hocher la tête. Fillip enfonça alors ses dents dans le nez, mais poussa aussitôt un cri de dégoût. Surpris, les enfants sursautèrent. Fillip regarda à nouveau son nez, cette fois en mimant que son goût était vraiment mauvais, et le jeta par terre.

Mais soudain son visage s'illumina, il leva son index en l'air en criant : « Eurêka ! » Après s'être assuré qu'il avait l'attention de tous les enfants, il saisit son propre nez et l'enleva. Grâce au maquillage, son visage en dessous était tout plat et son vrai nez invisible. Les enfants regardèrent le faux nez dans sa main en écarquillant les yeux. Il le leur tendit comme si c'était un bonbon. Horrifiés, ils secouèrent la tête en se détournant. Avec un haussement d'épaules, Fillip le balança en l'air, le rattrapa avec sa bouche et l'avala.

L'air satisfait, il regarda le public tout en se léchant les doigts et en se frottant le ventre. Mais soudain il fut traversé par des secousses et, le visage déformé par la douleur, il recracha le nez qui atterrit sur les genoux d'un des enfants. Paniqué, celui-ci le balança par terre. Fillip s'approcha de lui en disant :

– S'il te plaît, tu peux me rendre mon nez ? J'en ai besoin pour sentir ma fleur.

Une fleur sur sa boutonnière se mit à bouger.

L'enfant regarda Fillip, puis le nez. Les autres suivaient maintenant le numéro avec enthousiasme.

Le clown s'avança encore plus près de l'enfant en le regardant d'un air suppliant :

– S'il te plaît ?

L'enfant se baissa et ramassa le nez à contrecœur. Il le tendit du bout des doigts à Fillip qui l'attrapa avec un large sourire. Puis il le tint devant la fleur de sa boutonnière tout en faisant des bruits de reniflement.

– Délicieux !

En entendant les enfants éclater d'un rire sonore, Fillip lança un regard étonné à Lise. Il se retourna vers le public, remit son nez en place et s'inclina, mais tomba en avant et fit une culbute avant de se remettre debout. Il s'inclina à nouveau et quitta la piste.

En sortant il s'arrêta devant Lise.

– Tu as vu ça ? Tu as entendu comme ils ont ri ?

Elle posa sa main sur son épaule et lui sourit avant de reprendre sa place au milieu de la piste.

– Et maintenant, mesdames et messieurs, il est grand temps d'accueillir… commença-t-elle, mais elle vit soudain du coin de l'œil quelque chose qui l'arrêta net.

Le visage de Vanja entre les rideaux avait été remplacé par celui d'Adam qui secouait violemment la tête. Lise lui fit des signes discrets pour lui demander d'entrer sur la piste, mais il refusa. Lise se tourna alors vers le public.

– OK, mesdames et messieurs, ce que je voulais dire, c'est que le moment est maintenant venu de faire une petite pause. Vous pouvez rallumer vos portables et poster quelques photos sur les réseaux sociaux si vous le désirez.

Elle se précipita dans les coulisses pour trouver Adam en survêtement, entouré de Diana et de Vanja.

– Qu'est-ce qui se passe ?

– Je ne peux pas entrer sur la piste.

– Le trampoline est cassé ?

– Non, quelqu'un m'a volé mon justaucorps.

– Mais évidemment, murmura Lise pour elle-même. Tu es sûr que tu ne l'as pas tout simplement posé quelque part ? Ça m'étonnerait que ton justaucorps ait un intérêt quelconque pour un voleur.

– Je suis sûr que quelqu'un me l'a volé.

– OK, mais tu peux te produire en survêtement, non ? Puisque tu vas juste faire quelques sauts sur le trampoline ?

– Impossible. Je ne peux pas faire mon numéro si je n'ai pas mon justaucorps.

– Je ne crois pas que quelqu'un se souciera de ce que tu portes, dit Lise en sentant l'irritation monter.

– Moi, je m'en soucie ! rétorqua-t-il en haussant les épaules, puis il quitta le chapiteau.

– Qu'est-ce qu'on va faire ? demanda Lise, dépitée, à Diana.

– Ça n'a plus aucune importance qu'Adam se produise ou non. Peu importe que les gradins soient pleins ou pas. Ce n'est plus d'actualité, n'est-ce pas ?

Après quelques minutes de silence, Lise se tourna vers Vanja et la regarda droit dans les yeux, un grand sourire aux lèvres.

– Non, Lise, oublie. Je ne monterai pas sur ce trampoline. Jamais de la vie. C'est hors de question.

Lise ouvrit la bouche pour insister mais fut interrompue par une voix au loin :

– Poussez-moi sur la piste !

Toutes les trois se retournèrent et virent quelque chose bouger dans la bouche du canon d'Adam. Lise s'avança.

– Pardon ?

Deux mains sortirent alors de l'obscurité pour s'agripper au rebord de la bouche. Elles furent suivies d'un grognement et de la tête de Mogens coiffée du casque d'Adam.

– Poussez-moi sur la piste et propulsez-moi de ce canon. Je suis prêt. L'univers est prêt à me recevoir.

– C'est lui ! s'écria aussitôt Vanja en faisant un signe de tête vers Mogens. Le mec bizarre que j'ai rencontré dans l'enclos.

– Bizarre, bizarre... ricana Mogens. Il n'y a rien de bizarre entre le ciel et la terre. Nous sommes tous faits de poussière d'étoiles, et Dieu est un gigantesque aspirateur. Nous ne sommes que des variations naturelles d'atomes rangés dans un certain ordre. Et moi, je suis une ogive nucléaire. Prête à effacer la mesquinerie parmi les adeptes du grand aspirateur. Mon message pour eux a un temps de dégradation bien plus élevé que la radioactivité. Donc amenez-moi sur la piste et faites-moi éjecter de ce canon !

Lise regarda Diana, puis Vanja qui, toutes les deux, secouaient la tête. Après quelques secondes de réflexion, elle montra la piste du doigt et demanda à Jacobi et Wolfgang d'y pousser le canon et de bien positionner le matelas de réception.

Jacobi et Wolfgang s'exécutèrent mais Diana leur barra le passage.

– Tu ne peux pas faire ça, Lise. C'est beaucoup trop dangereux.

– Tu as entendu, Mogens ? demanda Lise en se tournant vers la bouche du canon.

– Mais oui, c'est ça. C'est trop dangereux.

– Il en est conscient, alors c'est OK ? dit-elle à Diana. Et c'est lui l'homme qui veut acheter le cirque pour le brûler.

Diana leva les yeux vers Mogens, puis fit un signe de tête à Lise et recula de quelques pas pour permettre à Jacobi et Wolfgang de passer avec le canon.

– Tu es sûre de ce que tu fais ? Tu sais avec quoi tu joues ? demanda Vanja à Lise.

– Ne t'inquiète pas. C'est comme avec le fauteuil Sacco. Le pire qui puisse arriver, c'est que le matelas se déchire. Du moins je crois, répondit-elle avant d'entrer sur la piste le micro à la main. Mesdames et messieurs, je suis très heureuse de vous annoncer que cette soirée à Volda est un peu spéciale puisqu'une grande surprise vous attend !

Un roulement de tambour retentit depuis l'estrade de l'orchestre et aussitôt après le canon apparut sur la piste. Dieter et Fillip positionnèrent le matelas en calculant la bonne distance.

– Veuillez applaudir Mogens Arafat Nilsen ! L'unique homme-canon d'Europe du Nord qui va maintenant se produire pour la première fois de sa vie. Et peut-être la dernière !

Un murmure s'éleva dans les gradins. Certains spectateurs se mirent debout pour mieux voir. Mogens sortit la tête du canon et son casque étincela sous les projecteurs.

– Je ne suis pas un homme-canon, mais une ogive nucléaire ! s'écria-t-il.

Son affirmation fut noyée par les applaudissements. Jacobi et Wolfgang placèrent le canon au centre de la piste et bloquèrent les roues. Lise demanda le silence. Puis elle adressa un hochement de tête à l'orchestre qui se remit à jouer.

Quand le roulement de tambour retentit, un grand sourire se dessina sur le visage de Mogens.

– Regardez-moi voler, regardez-moi... hurla-t-il, mais son sourire s'évanouit lorsqu'il découvrit l'emplacement du matelas. Euh... c'est peut-être un peu loin, non ? Le véritable artiste est celui qui ne se produit pas, n'est-ce pas ? Celui qui sauve le monde par sa propre quête de l'âme et garde tout ça en lui, non ? Euh... donc je crois que je vais juste...

Personne ne l'ayant entendu, personne ne répondit.

– Nous sommes donc d'accord, dit-il en tendant les bras de la bouche du canon pour sortir, mais il heurta malencontreusement le bouton de déclenchement.

On entendit un clic, son visage se figea et le canon le propulsa dans les airs.

Le ressort était si puissant que ses jambes se plièrent et qu'il partit en vrille au-dessus de la piste, en gesticulant dans tous les sens. L'atterrissage fut rapide et brutal.

Il s'écrasa sur le matelas, roula jusqu'au bord et s'aplatit par terre.

Il n'y avait plus un bruit dans l'assemblée. Le public s'était levé pour mieux voir dans un mélange de frayeur et d'excitation.

Tous les artistes, ainsi que Lise, Diana et Vanja, s'étaient rassemblés sur la piste et regardaient Mogens avec effroi. Celui-ci ne bougeait pas. Lise ferma les yeux, persuadée qu'il était mort. Mais un grognement la fit les rouvrir. Et Mogens se releva, un sourire ironique aux lèvres.

– *Boom Shaka Laka !* Voilà ce que j'appelle de la créa... commença-t-il.

Ses yeux se révulsèrent, ses jambes chancelèrent et il tomba à la renverse.

Quelques secondes de silence s'ensuivirent. Puis des applaudissements éclatèrent, si puissants que les gradins se mirent à trembler.

Affolée, Lise fit signe à Fillip et Jacobi d'aller l'aider. Ils le soulevèrent et le déposèrent sur une couverture qu'ils traînèrent jusque dans les coulisses.

– Il est mort ? demanda Lise en courant derrière eux.

– Non, juste évanoui. On va le remettre sur pied.

– Tu vois, c'est exactement comme avec le fauteuil Sacco, lança-t-elle à Vanja en évitant de croiser le regard de Diana.

Puis elle sortit du chapiteau et partit en direction de l'enclos.

– Maintenant c'est à nous de jouer, Lucille, dit-elle en lui caressant le ventre. Notre dernière représentation. Puis tu seras débarrassée de moi.

Lucille agita une oreille comme pour dire qu'elle entendait la tristesse sous le ton ironique dans la voix de Lise.

– Tu viens ?

70

Les étincelles embrasèrent la nuit comme un feu d'artifice lorsque Lise posa une nouvelle bûche dans le feu. Après le numéro de Lucille, le chapiteau s'était progressivement vidé. Quand il ne restait plus que la troupe, Fillip avait convié tout le monde à un grand barbecue au bord du lac. Y compris Lise, et Vanja.

Lise croisa le regard de Fillip qui était assis de l'autre côté des flammes une bière à la main.

Jacobi et Tatjana avaient passé un long moment avec eux, jusqu'à ce que Jacobi murmure quelque chose à l'oreille de Tatjana et qu'ils se lèvent pour disparaître dans l'obscurité.

Miranda, elle, avait été invisible de toute la soirée.

Vanja, un gobelet de vin à la main, donna un petit coup de coude à sa sœur.

– Très beau spectacle ce soir, dit-elle. Je suis impressionnée. Et fière. Tu as tellement changé. Mais je ne suis pas étonnée quand je vois ces gens qui t'entourent... Il se dégage d'eux quelque chose de très particulier. Alors prends bien soin d'eux.

La joie qui se lisait sur les visages des artistes autour du feu se reflétait sur le sien.

Lise croisa à nouveau le regard de Fillip. Elle ouvrit la bouche pour dire quelque chose, mais les mots restèrent bloqués dans sa gorge.

– Hilmar aurait été fier, lui aussi, dit Diana qui faisait griller une saucisse au bout d'un bâton. Il aurait été si heureux de te voir ce soir, Lise, entourée des siens. Et des tiens. Je sais que tu vas prendre soin d'eux, ajouta-t-elle en posant sa main sur son épaule.

Lise s'apprêtait à nouveau à dire quelque chose, mais ne réussit toujours pas à trouver les mots. Elle contempla les flammes en silence.

– Tout va bien ? lui demanda Vanja en se penchant vers sa sœur. Tu es si calme.

– Oui... C'est juste que...

Jacobi apparut soudain dans la lumière du feu, Tatjana à ses côtés. Lise remarqua qu'ils se tenaient par la main.

– Un toast ! proposa-t-il. Buvons à la santé de la directrice de notre cirque et de ma bonne amie, Lise Gundersen !

Ils levèrent tous leur verre.

– Ce soir c'était ta dernière représentation, reprit Jacobi. Peu importe où le destin t'emmènera, tu seras toujours la bienvenue au Cirque Fandango. Maintenant, tu es des nôtres.

Ils exprimèrent tous leur approbation en poussant des cris joyeux. Mais ils furent soudain interrompus par une voix qui leur parvenait du lac.

– Non, elle ne l'est pas, dit Miranda en montrant Lise du doigt. Elle ne sera jamais des nôtres.

– Miranda, arrête… dit Fillip.

– Elle a l'intention de vendre le cirque.

– Ne dis pas de bêtises, gronda Jacobi en lui lançant un regard noir, Lise est…

– Je t'ai entendue tout à l'heure, dit Miranda en regardant Lise droit dans les yeux. Après le spectacle, quand tu parlais au téléphone avec ton patron. La fenêtre de ta caravane était ouverte. Je t'ai entendue dire que personne n'avait rien soupçonné et que le cirque était maintenant à toi. Et qu'il fallait qu'il prépare les papiers.

Tout le monde dévisagea Lise en silence. On n'entendait plus que le crépitement du feu.

– Lise ? C'est vrai ? demanda finalement Jacobi.

En l'absence de réponse de sa part, il se retourna et repartit dans l'obscurité, suivie de Tatjana.

Puis Diana se leva à son tour. En voyant ses yeux embués de larmes, Lise ferma les siens. Quand elle les rouvrit, Diana avait disparu.

Fillip, de l'autre côté du feu, s'était également levé. Il regarda Lise, ouvrit la bouche, puis secoua la tête sans rien dire et disparut à son tour. Rapidement suivi par tous les autres.

Il ne restait plus que Vanja qui fixait les flammes pour ne pas avoir à croiser le regard de Lise. Les deux sœurs restèrent silencieuses un long moment.

– Tu ne me dis rien ? Tu ne m'engueules pas ? s'écria soudain Lise.

Vanja se leva et s'en alla sans se retourner.

71

– Et l'Oscar revient à... dit Børge en levant sa flûte de champagne à deux mains comme s'il s'agissait de la statuette, ... Lise Gundersen !

Deux jours s'étaient écoulés depuis la dernière représentation. Le lendemain, Lise s'était réveillée avant le lever du soleil pour éviter de croiser quelqu'un. Puis elle s'était installée au volant de sa voiture et était partie en direction d'Oslo.

– Arrête, tout le monde nous regarde, dit Lise en voyant les clients du restaurant se tourner vers eux.

– Qu'ils nous regardent. Et qu'ils nous écoutent aussi, dit-il en remplissant à nouveau leurs flûtes. Je vous présente Lise Gundersen, une légende vivante !

– Merde, Børge, arrête ça, dit-elle en se cachant le visage dans ses mains.

– Mais tu en es une. Et je trouve que je mériterais bien un Oscar, moi aussi. Pour le meilleur second rôle. Celui du fauteur de troubles... Putain, Marlon Brando n'aurait pas fait mieux. Rien de ce qui a déjà été fait dans cette branche n'est à la hauteur de ça. Personne n'est jamais allé aussi loin que toi. Ce sera écrit dans les livres d'histoire. Tu as même réussi à transformer notre client en homme-canon ! Incroyable ! J'ai dû l'appeler une vingtaine de fois après avoir quitté Vartdal pour lui expliquer notre projet, mais il n'a jamais répondu. S'il n'était pas tombé amoureux de ce canon, notre plan n'aurait sans doute pas fonctionné. À ta santé ! Et à la santé du Cirque Fandango !

Il fit tinter une nouvelle fois sa flûte contre celle de Lise.

Lise leva la sienne sans grand enthousiasme. Børge pencha la tête sur le côté et la contempla.

– Qu'est-ce qui t'arrive ? Il y a un mois tu aurais hurlé de joie avec ton putain d'accent du Finnmark après une si belle victoire, sans même te soucier des gens autour.

– Y a rien. C'est juste que...

– Tu t'inquiètes pour eux ? Les gens du cirque ? Merde, Lise, combien de fois je t'ai dit de...

– Non, non, je suis juste un peu fatiguée.

– C'est normal. Mais l'effort que tu as fourni en valait vraiment la peine. Dès que Mogens aura fait le virement, tout changera pour toi. L'appartement que tu voulais acheter ? Oublie-le. Tu vas pouvoir t'offrir une maison d'archi à la place. Avec une piscine intérieure.

– Jamais je ne gagnerai autant d'argent, même si je deviens ton associée.

Børge la regarda pendant un long moment. Puis il fouilla dans la poche de son pantalon et en sortit une clé.

– Elle est pour toi.

– C'est quoi ?

– Ton avenir. Et mon passé. Je suis tellement fier de toi, dit-il en posant sa main sur la sienne. Tu as prouvé à maintes reprises que tu… es exactement comme moi. Nous n'avons besoin de personne. C'est la clé de mon bureau. J'ai accompli beaucoup de choses dans ma vie. J'ai travaillé dur et gagné énormément d'argent. Mais aujourd'hui, j'ai fait mon temps. L'heure est venue pour moi de profiter du fruit de mon travail. Je veux que tu rachètes mes parts. Maintenant. Pas dans quelques années. Comme ça tout sera à toi.

– Mais la vente du cirque et mes économies ne suffiront pas à…

– Je sais. Mais ça n'a aucune importance. Appelle ça plutôt un héritage. Tu aimes la boîte autant que moi. Elle aurait dû être à toi depuis déjà bien longtemps, compte tenu de tout ce que tu as fait pour elle. Tu le mérites. Et si tu acceptes… il n'y aura aucune limite à toutes les opportunités qu'elle t'offrira. De l'argent, un statut, le pouvoir. Tout ce que tu as à faire, c'est d'accepter ce que je te propose.

La bougie sur la table répandait une lumière douce et faisait briller la clé que Børge lui tendait. Quelques secondes s'écoulèrent. Lise tourna la tête et croisa son reflet dans la fenêtre donnant sur la rue. Puis elle se redressa, ouvrit la main et accepta la clé.

– Félicitations, dit Børge avec un grand sourire. Je vais préparer les papiers. La boîte sera à toi immédiatement après la vente du cirque.

72

La pièce dans laquelle Fillip se trouvait lui faisait penser à ces salles angoissantes où se tiennent les interrogatoires de la police dans les séries américaines. Des murs nus et blancs, un bureau avec une chaise de chaque côté. Il ne manquait plus que le miroir sans tain.

Il avait quitté Volda en compagnie de Wolfgang avant que le village ne se réveille. Après avoir traversé le fjord par le premier ferry, ils avaient roulé jusqu'à Ålesund. Il avait déposé Wolfgang devant un des centres commerciaux à Moa pour se présenter seul au bureau régional de la NAV[1] situé au centre de la ville. Il avait dû attendre deux bonnes heures avant d'être invité à entrer dans la pièce où il se trouvait à présent.

– Cela fait deux semaines que le cirque… que la dernière représentation a eu lieu.

L'employé de la NAV baissa la tête vers le papier posé devant lui, puis la releva et regarda Fillip.

1. NAV (Ny arbeids- og velferdsforvaltning) : Administration norvégienne du travail et de la protection sociale.

– Et vous êtes… clown ?

– Euh… oui, répondit Fillip en redressant le dos.

– Vous n'avez pas l'air d'un clown.

– Parce que je porte un costume normal ? Mon métier, c'est bien clown. Mais je ne me promène pas habillé en clown quand je ne travaille pas. C'est comme Superman, vous voyez ? Je me transforme quand les gens ont besoin de moi.

– Malheureusement il n'y a pas grand-chose sur votre CV qui puisse nous intéresser. Pourquoi… n'êtes-vous plus clown ?

– Il y a quelques semaines, le cirque… a changé de propriétaire. Le nouveau l'a aussitôt vendu à un artiste qui viendra dans une semaine. Cet homme a l'intention de mettre fin aux activités du cirque pour de bon, et nous qui y avons travaillé… nous ne savons pas ce que nous allons devenir. Nous sommes tous dans une situation difficile, car nous n'avons jamais rien fait d'autre.

L'employé regarda à nouveau le papier sur son bureau.

– Je comprends. Malheureusement très peu d'employeurs recherchent des clowns, dit-il en passant de la feuille à l'écran de son ordinateur portable. Mais ce n'est pas ça le plus grand souci. Si vous êtes au chômage pendant encore deux semaines, votre permis de travail ne sera plus valide.

– Je sais. C'est pour ça que je suis ici. Pour trouver un travail.

– Ça va être délicat.

– Je suis prêt à faire n'importe quoi. Il doit bien y avoir un boulot dont personne ne veut. J'accepte tout ce que vous me proposez. Je ne peux pas retourner en Italie, il n'y a plus rien pour moi là-bas. Plus... de famille. Plus rien.

– En ce moment nous n'avons malheureusement pas de travail pour quelqu'un... avec vos qualifications, dit l'employé en rendant son CV à Fillip, avant de se lever pour mettre fin à l'entretien. Mais nous vous contacterons si quelque chose se présente, d'accord ?

Dans le centre-ville d'Ålesund, Fillip se promena devant des boutiques et des cafés. Il zigzagua entre des gens avec des viennoiseries et des boissons, qui cherchaient une table libre. Il marcha le long de l'étroit canal de Brosundet où les maisons se reflétaient dans l'eau. On aurait dit que quelqu'un avait découpé une partie de Venise et l'avait placée ici, dans cette petite ville du Sunnmøre.

Avec des crevettes fraîchement cuites achetées à un petit bateau de pêche, Fillip s'installa sur un banc et les partagea avec une mouette affamée. Pendant un long moment, il regarda passer les gens, mais son inquiétude était toujours aussi intense lorsque le sachet fut vide et qu'ils furent rassasiés, lui et la mouette. Dans une tentative de dissiper ses idées noires, il grimpa les quatre cent dix-huit marches jusqu'au belvédère de Fjellstua. En compagnie de touristes, qui faisaient une croisière avec Hurtigruten dans les fjords norvégiens, il passa près d'une heure sur la grande terrasse à regarder la vue panoramique sur la ville et les îles. Puis il retourna chercher la voiture dans le parking de la NAV et repartit à Moa.

À l'angle d'une rue, il s'arrêta soudain en voyant Wolfgang devant un magasin de jeux vidéo. Il portait une armure médiévale et tenait un bouclier et une épée dans les mains. Fillip s'apprêtait à redémarrer lorsqu'il entendit deux garçons d'environ dix-sept ans discuter devant l'entrée du magasin.

– Faut qu'on prenne un selfie avec lui, dit l'un d'eux en montrant Wolfgang du doigt.

Son copain acquiesça avec enthousiasme. Le premier s'approcha de Wolfgang.

– On peut prendre un selfie avec vous ? demanda-t-il.

Wolfgang hocha fièrement la tête et le garçon s'accroupit à côté de lui en mettant son bras autour de ses épaules.

– OK ! dit l'autre garçon, et il leva son mobile tout en pouffant de rire. Dites... freeeakshow !

En les entendant rire, Fillip se précipita pour les repousser.

– Fichez le camp, cria-t-il.

– Du calme, lui dit un des deux. On prend juste une photo avec le gnome.

Ils éclatèrent à nouveau de rire, mais s'arrêtèrent en voyant la rage dans les yeux de Fillip.

– Je vous le répète : fichez le camp !

Ils s'en allèrent toujours en gloussant. Fillip se tourna vers Wolfgang.

– Ne fais pas attention à ces petits cons.

– Ce n'est pas la première fois aujourd'hui.

– Au moins tu as du travail. C'est bien. Tu vas t'en sortir, lui répondit Fillip pour essayer de l'encourager.

– Oui. Malgré toutes mes recherches, c'est le seul boulot que j'aie réussi à trouver. C'est ça l'avenir, dit Wolfgang en baissant la tête vers son armure avant de regarder Fillip. Faire de la retape pour des jeux vidéo et être humilié par des gosses.

– Faut juste l'accepter. On ne peut pas faire autrement.

– Comment ça s'est passé à la NAV ?

– Ça... finira bien par s'arranger. Pour nous tous. Écoute-moi, après l'enterrement de Reidar, on va se réunir et essayer de trouver quelque chose d'intelligent à faire. Tout va s'arranger, j'en suis certain, déclara Fillip avec un sourire, mais son regard disait le contraire.

73

– Qu'est-ce que tu veux dire ?

Jacobi essaya de cacher son visage derrière la tasse de thé qu'il tenait dans ses mains. Tatjana était assise en face de lui dans sa petite caravane. Sur la table entre eux, était posée une assiette avec des biscuits. Jacobi regarda par la fenêtre. Les caravanes étaient toujours garées derrière le chapiteau, mais il n'y avait pas âme qui vive. Personne ne s'entraînait sous le soleil de l'après-midi. On n'entendait pas de rire, pas de conversation. Jacobi baissa sa tasse de thé et dévisagea Tatjana.

– Je veux qu'on arrête avant que ça devienne trop sérieux.

– Mais pourquoi ? Je ne comprends pas, Jacobi, dit-elle, les yeux remplis de larmes.

– Parce que tu n'as aucun avenir avec moi, répondit-il en essayant de dissimuler l'émotion dans sa voix. J'ai cherché du travail partout. Les gens me regardent en riant quand je leur explique mon métier. Personne ne me prend au sérieux. Et je ne veux pas que tu… gâches ta vie en étant avec moi. Tu mérites tellement mieux.

– Mais je m'en fiche, Jacobi. Tout ce qui m'importe c'est...

– Moi je ne m'en fiche pas, rétorqua-t-il en se levant et en se dirigeant vers la porte. Je suis désolée, Tatjana. Tu n'as pas idée d'à quel point je suis désolé.

L'émotion dans sa voix fut masquée par le grincement de la porte qu'il referma derrière lui.

74

– Vanja, rappelle-moi…

La montagne Svolværgeita s'élevait dans le ciel comme un pic gris et massif derrière l'église blanche. Lise gara sa voiture de location un peu plus loin sur le parking et attendit que tout le monde soit entré dans l'église pour s'approcher. Mais arrivée devant la porte, elle ne réussit pas à franchir le seuil. Elle se posta devant l'une des fenêtres pour écouter l'orgue. Elle n'entendait pas le sermon du prêtre à travers la vitre mais elle voyait le cercueil de Reidar.

Elle s'adossa au mur, son portable contre l'oreille.

– S'il te plaît. Je t'ai appelée une bonne cinquantaine de fois, mais tu ne réponds jamais. Je veux juste te parler. T'expliquer pourquoi…

Elle fut interrompue par un bip qui mit fin à son message. Les yeux baissés, elle fourra son téléphone dans sa poche.

Quand l'organiste interpréta le postlude pour clore la cérémonie, elle se dirigea rapidement vers l'angle du cimetière. À l'abri d'un pin, elle attendit un long moment avant de voir Fillip, Jacobi, Wolfgang, Dieter, Tatjana et Miranda sortir de l'église en portant le cercueil de Reidar vers la tombe ouverte. Diana les suivait avec l'orchestre et la famille de Reidar.

Le cercueil fut prudemment déposé au-dessus de la tombe. Tous reculèrent de quelques pas et le prêtre prit la parole, mais le vent s'empara de ses mots, les empêchant de parvenir jusqu'à Lise. Elle le vit faire un signe de croix et jeter une poignée de terre sur le cercueil avant que celui-ci soit lentement descendu dans la tombe. Elle lut le chagrin sur leurs visages quand ils essayèrent de se réconforter les uns les autres. Soudain Miranda leva les yeux et découvrit avec stupeur la présence de Lise.

L'espace d'un instant, la jeune femme envisagea de s'en aller, mais elle se ravisa et s'approcha du petit groupe.

Diana vint à sa rencontre, suivie de Miranda.

– Comment oses-tu ? Tu n'as pas honte ? Qu'est-ce que tu fais ici ? l'invectiva Miranda.

– Je ne sais pas. Je voulais juste...

Lise chercha un signe de sympathie dans les yeux de Diana, mais n'en trouva pas. Elle se retournait pour partir quand elle sentit la main de la vieille femme se poser sur son épaule.

– La dernière lettre de Hilmar, dit-elle en sortant une enveloppe blanche de sa poche. Maintenant tu ferais mieux de t'en aller.

Sa voix était glaciale, comme si elle s'adressait à quelqu'un qu'elle ne connaissait pas et qu'elle ne voulait surtout pas connaître. Les mots frappèrent Lise comme une gifle. Elle ouvrit la bouche, mais ne parvint pas à sortir un seul mot. Jacobi derrière Diana la regardait avec des yeux pleins de haine. La lettre à la main, elle fit un signe de tête à la vieille femme, tourna les talons et repartit vers sa voiture.

75

Chère Lise,

Si tu lis cette lettre c'est que les cinq représentations sont terminées et que le cirque est à toi.

L'obscurité de la nuit avait transformé la fenêtre de l'appartement de Lise en une masse noire et oppressante. Elle se redressa sur le canapé et ferma les rideaux. Après être restée allongée pendant des heures sans trouver le sommeil, elle était allée chercher la lettre dans le tiroir de la cuisine où elle l'avait rangée dès son retour de Svolvær deux jours plus tôt. Børge lui avait déconseillé de la lire. « Oublie-la, avait-il dit. Jette-la à la poubelle. Elle appartient au passé et n'a plus aucune signification pour toi. » Mais elle n'avait pas réussi à s'en débarrasser. Quelque chose l'en avait empêchée et elle avait décidé de la lire pour pouvoir passer à autre chose. Les jambes recroquevillées sous elle, elle continua sa lecture :

Et j'en suis très heureux ! Maintenant il ne te reste plus qu'à décider ce que tu veux en faire. Mais avant que tu prennes ta décision, j'ai quelque chose à te dire.
Il y a de nombreuses années, j'ai commis un acte grave que je regrette encore aujourd'hui. C'est un lourd fardeau qui pèse sur mes épaules et pour lequel j'éprouve encore une grande honte. Ça s'est passé alors que je venais de rentrer en Norvège après plusieurs années à l'étranger. Jusque-là, ma vie n'avait été qu'un long tunnel sombre. J'étais plus souvent ivre que sobre. J'étais devenu intolérant et égoïste. Mais mon frère Oskar, ton père, m'a ouvert grand la porte de sa maison. C'était une époque heureuse pour lui et ta mère. Ils venaient de se marier, bien décidés à fonder une famille. Je ne me souvenais pas d'avoir été un jour heureux. Au lieu de me réjouir pour mon frère, j'étais amer et jaloux. Il avait tout eu. Une enfance heureuse au sein d'une famille d'accueil aimante et une épouse merveilleuse.
Un soir alors que ton père n'était pas encore rentré, j'étais ivre, comme d'habitude, et je me sentais si injustement traité par la vie que j'ai voulu tout lui prendre. Je voulais ce qu'il avait, je voulais qu'il connaisse l'obscurité dans laquelle j'avais toujours vécu. J'ai donc essayé de convaincre ta mère de s'enfuir avec moi. Comme elle ne voulait pas, je l'ai forcée à me suivre. Je l'ai traînée hors de la maison et je l'ai obligée à monter dans ma voiture. J'étais tellement ivre que j'arrivais à peine à voir la route et, après avoir roulé un moment, j'ai perdu le contrôle du véhicule et je me suis écrasé contre un arbre.

Le lendemain, je me suis réveillé chez mon frère. Il était penché au-dessus de mon lit. Il m'a regardé en me disant que ta mère était à l'hôpital et que ça aurait pu très mal se terminer. Le souvenir de ce qui s'était passé m'est lentement revenu à travers ma gueule de bois et j'ai juré que je n'avais rien voulu faire de mal, que c'était la faute de l'alcool. Mon frère m'a dit qu'il ne m'avait pas dénoncé à la police. Je l'ai remercié en lui promettant qu'une telle chose ne se reproduirait plus. Mais il m'a demandé de partir. De ne plus revenir et de ne plus jamais essayer de le contacter.

Peu de temps après, j'ai rencontré Diana et ma vie a été transformée. J'ai trouvé le bonheur, ce qui jusque-là m'avait paru impossible. Mais le chagrin d'avoir perdu mon frère ne m'a jamais quitté. J'ai toujours gardé l'espoir de pouvoir me réconcilier avec lui. Puis, un beau jour, j'ai appris sa mort. Ça m'a anéanti. Mais j'ignorais qu'il avait une fille. Je l'ai su quand il était presque trop tard. Ça a été un bonheur immense pour moi de savoir que tu existais, Lise. Et en même temps un grand chagrin puisque je savais aussi que je ne te connaîtrais jamais. C'est la raison pour laquelle j'ai posé la condition des cinq représentations dans mon testament. Voyager avec le cirque et vivre avec tous les artistes que j'aimais tant étaient pour moi le seul moyen d'être en lien avec toi. Je voulais que tu vives ce que j'ai vécu, que tu ressentes ce que j'ai ressenti, que tu puisses au moins me connaître un peu. Mon plus grand bonheur, c'est d'avoir réussi à enrichir un peu la vie de la fille de mon frère, puisque j'ai failli ruiner la sienne.

Amicalement,

Ton oncle Hilmar.

Ses yeux s'étaient embués pendant la lecture. Lorsqu'elle posa la lettre sur la table, des larmes se mirent à couler sur ses joues. À côté d'elle, l'écran de son portable s'éclaira. C'était un message de Børge : *Prête pour demain, ma petite rock-star ? Alors le royaume sera à toi !*

Elle regarda le téléphone puis la lettre sur la table. Elle essuya ses larmes avec la manche de son pull et répondit : *Oui.*

76

Une rafale de vent venant de l'ouest déséquilibra Mogens lorsqu'il avança vers l'entrée du chapiteau à l'aide de ses béquilles. Lise et Børge marchaient derrière lui. Børge était fatigué et grognon. Malgré ses tentatives pour persuader Mogens qu'il valait mieux se rendre à Volda en avion, celui-ci avait insisté pour y aller en voiture après un long discours imbitable sur les tortues et le CO_2.

La pluie se mit à tomber juste au moment où ils entraient sous le chapiteau. Elle tambourinait contre la toile quand ils passèrent dans l'obscurité derrière les gradins. À mi-chemin vers la piste, Lise aperçut Lucille. Elle se faufila rapidement devant Mogens et tendit la main pour caresser le ventre de l'éléphante, mais celle-ci s'écarta. Derrière elle, Lise découvrit tous les artistes qui s'étaient rassemblés.

Elle s'immobilisa entre Mogens et Børge. Personne ne parlait, mais les regards froids et durs que lui lança la troupe du cirque en disaient suffisamment long pour qu'elle se sente mal à l'aise. Børge se racla la gorge et prit finalement la parole :

– Eh bien, nous voilà tous réunis ici. Ce qui va se passer maintenant, c'est...

Il fut interrompu par Mogens qui leva une de ses béquilles vers le chapiteau et les gradins en reprenant :

– Ce qui va se passer maintenant, c'est que tout ça va être déposé... sur l'autel de l'art. En sacrifice à l'éternité.

– Et comment tu comptes t'y prendre ? demanda Fillip en s'avançant vers lui.

Le visage de Mogens s'illumina d'un large sourire qui le fit ressembler à un personnage fou de bande dessinée.

– Je vais laisser les flammes le nettoyer. Le dévorer pendant que le monde regarde. Pendant que le monde est là et se fait dévorer par les flammes, lui aussi. Enfin, via les iPad, précisa-t-il. Oui, je sais, dit-il en se méprenant sur la tristesse qui se dessinait sur les visages autour de lui. C'est fantastique ! Ce sera un moment unique dans l'histoire de l'art. Sans précédent. Ce sera un moment inoubliable de voir les flammes engloutir tout ça... Enfin, pas tout, ajouta-t-il après avoir réfléchi pendant quelques secondes. Pas le canon. Il fait partie de moi maintenant. Et pas l'éléphante non plus.

– Qu'est-ce que tu vas faire de Lucille ? demanda Diana qui s'était approchée de Fillip.

– C'est mon trésor, gloussa Mogens. Elle est tellement hideuse... Mon voisin va halluciner quand il viendra à ma grillade-party en compagnie des robots financiers matérialistes et manipulés par le système qu'il appelle ses amis.

– Elle va se promener dans ton jardin ?

– T'es cinglée ! dit-il en la regardant comme si elle avait réellement perdu la tête. Je ne peux pas la laisser se balader comme ça et chier partout. Non, je vais organiser un barbecue. Et Lucille sera le plat principal.

– Non ! dit Lise en regardant Diana, mais en s'adressant à Mogens.

– Non ? Comment ça, non ? s'étonna Mogens en fronçant les sourcils, ce qui rendit son sourire encore plus fou.

– Oui, pourquoi tu dis non, Lise ? demanda Børge.

– Parce que Mogens ne va pas faire griller Lucille. Et il ne va pas non plus mettre le feu au Cirque Fandango. Je ne veux plus le vendre.

– Mais merde, qu'est-ce que tu dis ? explosa Børge, le visage rouge de colère. Mogens va acheter ce cirque. C'est pour ça qu'on est ici ! Tu ne peux pas changer d'avis maintenant !

– Pourquoi pas ? Parce que ta boîte est au bord de la faillite ? Couverte de dettes et avec plus d'une cinquantaine d'assignations en justice ? Parce que tu veux t'en débarrasser, me mettre tout ça sur le dos et te sauver ?

– Mais qu'est-ce que tu racontes…

– C'est Vanja qui me l'a appris quand elle m'a finalement rappelée. Elle avait fait quelques recherches, si tu vois ce que je veux dire.

– Et alors ? Ça n'a aucune importance. Ton nom figure en bas du contrat que tu as signé avec ma boîte. Tu t'engages à vendre le cirque !

– Tu as raison. Ça n'a aucune importance, dit Lise en voyant l'espoir disparaître à nouveau du visage de Fillip et des autres. J'avais déjà changé d'avis avant que Vanja ne m'appelle. En fait, j'ai pris ma décision après avoir lu la lettre de Hilmar, dit-elle en cherchant le regard de Diana. Le contrat stipule que c'est à moi de décider à qui je veux vendre le cirque. Et je veux me le vendre. À moi.

– T'as complètement perdu la tête ? s'écria Børge, et sa voix résonna sous le chapiteau. Tu n'as absolument pas les moyens de surenchérir !

– Non, effectivement. Mais je n'en ai pas besoin non plus puisqu'il n'y a pas de clause à ce sujet dans le contrat. Je ne suis pas obligée de vendre au plus offrant. Il est seulement écrit que je dois vendre au prix minimum fixé. Un million de couronnes. J'ai donc les moyens.

– Soit, mais tu ne peux pas te vendre ce cirque à toi.

– C'est vrai. C'est la raison pour laquelle je viens de transférer toutes mes économies sur le compte de Vanja. C'est à elle que je vais vendre le cirque. Tu serais d'accord pour t'occuper de la paperasse ?

– Ce… C'est… bégaya Børge en s'efforçant de rassembler ses esprits. Écoute-moi maintenant, Lise. Ça a toujours été toi et moi contre le reste du monde. Tu ne peux pas me laisser tomber maintenant, pas après tout ce que j'ai fait pour toi.

– Eh bien, ce cirque m'a changée. Aujourd'hui je n'ai plus rien contre le reste du monde, dit-elle avant de se tourner vers Fillip et Diana. Et j'espère que le monde n'a rien contre moi.

– Merde, tu ne peux pas... cria Børge en voulant l'agripper, mais Fillip se jeta sur lui et l'en empêcha.

Dieter aida Fillip à traîner Børge hors du chapiteau.

Jacobi s'approcha de Lise, posa sa main sur son bras et la regarda dans les yeux.

– Je le savais. Au fond de moi, je savais que tu ne nous laisserais pas tomber.

– Alors tu vas peut-être pouvoir concurrencer Diana, mon cher Jacobi ? dit Wolfgang en faisant semblant de regarder dans une boule de cristal. « Jacobi, l'avaleur de sabres extralucide ». Mais je sais comment ça va se terminer, dit-il en faisant un clin d'œil à Lise. Tu vas l'avaler, la boule de cristal.

Lise éclata de rire, mais redevint sérieuse lorsque Fillip reprit sa place dans le groupe sur la piste.

– Qu'est-ce que tu comptes faire du cirque ?

– Eh bien... je... bredouilla-t-elle en essayant de dissimuler sa nervosité. *Je suis juste une fille, debout devant un cirque, et qui lui demande de...* Non. Je suis la nièce de Hilmar. Et je sais que vous aurez du mal à me pardonner après tout ce qui s'est passé. Mais j'aimerais vivre la vie qu'il a vécue. Avec vous. Si vous acceptez, ajouta-t-elle en regardant Fillip.

– Qu'en est-il des ventes catastrophiques de billets et de l'avenir noir du cirque ? dit-il en levant les mains vers les gradins. Tu crois que ça va subitement changer ?

– J'y ai un peu réfléchi. Je crois que ça sera possible si *nous* changeons. Vous avez remarqué vous-mêmes le nombre de hipsters qui viennent au cirque pour faire des selfies. Les gradins sont remplis de barbus. Pourquoi on ne se produirait pas aussi dans les grandes villes ? Où il y a beaucoup de hipsters. Et d'adultes nostalgiques. Je suis sûre qu'on pourrait gagner suffisamment d'argent pour pouvoir continuer. En tout cas, j'ai envie d'essayer. Au lieu de baisser les bras. Et j'espère que vous voulez tenter le coup avec moi.

Jacobi et plusieurs artistes du groupe hochèrent la tête. Puis le silence s'installa sur la piste. Les secondes s'égrenèrent sans que rien se passe jusqu'à ce que Fillip hausse les épaules et esquisse un sourire.

– Ta proposition me semble meilleure que celle de la NAV.

Lise échangea un regard soulagé et reconnaissant avec Diana dont les yeux étaient pleins de larmes.

Un barrissement attira l'attention de tout le monde.

– Chuuut, *babydoll*, disait Mogens à l'autre bout de la piste en poussant Lucille vers la sortie.

Il avait le visage rougi par l'effort qu'il déployait en essayant de faire avancer l'éléphante qui ne bougeait pas d'un pouce. À bout de souffle, il fit une pause et s'aperçut que tout le monde le regardait.

– Il n'y a rien à voir ici. Rien. *Nada*, dit-il en se remettant à pousser. Occupez-vous plutôt de votre *happy end* !

HOMMAGE

Le cirque de ce roman s'appelle Fandango en hommage à deux hommes, tous les deux prénommés Arne, qui ont contribué à enrichir la culture norvégienne. Après avoir créé le Cirque Arnardo en 1949, Arne Arnardo est devenu le directeur de cirque le plus célèbre et le plus populaire de Norvège. Il l'a dirigé jusqu'à sa mort, intervenue au cours d'une représentation en 1995. Il avait alors quatre-vingts ans. Arne Skouen, réalisateur, écrivain et journaliste norvégien, a, durant près de sept décennies, contribué à façonner le récit cinématographique norvégien. Au début des années cinquante, il a fait un long métrage dédié à Arne Arnardo à qui il a aussi confié le rôle principal. En 1954, Arnardo est ainsi passé de la piste à l'écran en tant que directeur du Cirque Fandango dans le film du même nom.

Magne Hovden

RÉALISATION : NORD COMPO À VILLENEUVE-D'ASCQ
ACHEVÉ D'IMPRIMER SUR ROTO-PAGE
PAR L'IMPRIMERIE FLOCH À MAYENNE
DÉPÔT LÉGAL : MAI 2021. N° 143500 (98076)
Imprimé en France